Seitensprünge 2

Für Floris und Christine

Mia Ming

Seitensprünge 2

33 Männer erzählen von aufregenden Affären,
gefährlichen Liebschaften und haarsträubenden Eskapaden

Schwarzkopf & Schwarzkopf

INHALT

Versuchungen sollte man nachgeben.
Wer weiß, ob sie wiederkommen!
OSCAR WILDE

Frauen möchten in der Liebe Romane erleben,
Männer Kurzgeschichten.
DAPHNE DU MAURIER

Die Liebe besteht zu
drei Vierteln aus Neugier.
GIACOMO GIROLAMO CASANOVA

Liebe Leserinnen, liebe Leser!

Warum gehen Männer fremd? Das ist eine Frage, die sich Frauen immer wieder stellen und auf die Frauenzeitschriften unermüdlich eine Antwort suchen – mit immer neuen und doch unbefriedigenden Ergebnissen. Denn die simple Antwort »Weil sie immer Sex wollen« ist unzureichend und in vielen Fällen auch ungerecht. Natürlich gehen Männer nicht alle aus demselben Grund fremd. Natürlich dient ein Seitensprung erst einmal der Befriedigung sexueller Bedürfnisse. Aber er kann auch die Suche nach Liebe, ein Anzeichen für mangelndes Selbstbewusstsein oder eine Frustreaktion auf Beziehungsprobleme sein. Manche Männer haben Angst, etwas zu verpassen, und einige finden Fremdgehen einfach ganz normal.

Anstatt mir weiterhin über männliche Untreue den Kopf zu zerbrechen und fragwürdige Theorien aufzustellen, habe ich die Männer direkt und unter vier Augen nach ihren Seitensprungerfahrungen gefragt und die besten Geschichten aufgeschrieben. Die detaillierten Berichte sollen Licht ins Dunkel der männlichen Triebe bringen.

Und sie bestätigen: Viele Männer suchen gezielt nach einem Seitensprung, einige können einfach nicht Nein sagen, wenn sich die Gelegenheit bietet, und manche holen sich draußen, was sie zu Hause nicht bekommen. Doch während die einen ungeniert eine monatelange Affäre haben, leiden andere unter den Gewissensbissen nach einem heimlichen One-Night-Stand. Ein Seitensprung hat alle Zutaten für ein großes Geschlechterdrama, einen erotischen Psychokrimi oder auch eine skurrile Beziehungskomödie. Nur für das Happy End gibt es leider keine Garantie.

Berlin, im Frühjahr 2011
Mia Ming

Andere Mütter haben auch schöne Söhne

Marlon (31), Journalist, Freiburg,
über
Juliane (34), Lehrerin, Freiburg

>> Die letzten fünf Nächte habe ich kaum geschlafen. Eifersucht hat mich gepackt und hält mich in brutalem Würgegriff. Immerzu stelle ich mir Max und Juliane vor, im Stehen, an die Sportmatte gelehnt ... <<

Vier Jahre bin ich jetzt schon mit Juliane zusammen. Vier Jahre. Da ist es doch klar, dass es ab und an vielleicht ein wenig ... na ja, ein wenig eintönig wird. Aber da erzähle ich Ihnen sicherlich nichts Neues. Es ist auch ganz normal, dass ich mir andere hübsche Frauen anschaue und mir vorstelle, wie es mit denen wohl so sein mag. Juliane und ich wohnen ja auch zusammen, da sieht man sich jeden Tag, und wenn man den anderen vier Jahre lang tagtäglich vor Augen hat, bleibt die Erotik immer mehr auf der Strecke.

Auch ohne Kinder, mit Kindern ist es natürlich noch mal ein anderes Thema, dann hat man keine Zeit mehr, nur noch Windeln und Babybrei. Aber auch so, wenn man eigentlich Zeit füreinander hätte, sind die heißen Liebesnächte doch rar gesät. Um es mal vorsichtig auszudrücken.

Bei uns ist nach vier Jahren sogar eine ziemliche Flaute eingetreten. Dabei liebe ich Juliane sehr, ich könnte mir nicht vorstellen, jemals ohne sie zu sein. Aber früher hätte ich mir auch nicht vorstellen können, jemals freiwillig ohne Sex ins Bett zu gehen. Wie müde oder abgespannt man sich auch fühlt, ein bisschen Liebe geht doch immer, dachte ich. Aber man wird faul und träge. Ich fühle mich wohl mit Juliane; wenn ich abends nach Hause komme, kochen wir und kuscheln auf dem Sofa, vor dem Fernseher. Das ist zwar schön, aber wenn ich mir vorstelle, dass es jetzt immer so weitergeht ... Diese Entwicklung hat mir Sorgen gemacht, vor allem, da ich früher ganz anders war, Sex war immer eine enorm wichtige Komponente in meinem Leben.

Auch dass ich immer mehr nach anderen Frauen geschaut habe, gefiel mir nicht. Manchmal kam mir eine auf der Straße entgegen, lächelte mich an, ich sah es genau, verheißungsvoll und auffordernd nickte sie mir zu, und wie ferngesteuert drehte ich mich um, folgte ihr. Ich passte sie ab, am Ausgang oder wenn sie an einer Ampel stehen blieb, lächelte zurück – doch dann dieser irritierte Blick, als hätte sie mich nie gesehen, mich gar nicht wahrgenommen. Und das hatte sie auch nicht. Alles meine Einbildung! Peinlich berührt trollte ich mich dann, fühlte mich aufdringlich und verhaltensauffällig.

Dabei folgte dieses Verhalten keinem klaren Plan, im Gegenteil. Hätte sich die Frau mit dem vermeintlich auffordernden Lächeln tatsächlich umgedreht, Interesse an mir gezeigt, hätte ich nicht gewusst, wie ich reagieren sollte. Ein großer Aufreißer war ich nämlich auch nie. Vor allem, da ich in einer festen Beziehung lebe.

Ich bin kein guter Lügner und ich möchte auch gar kein Lügner sein. Hintergehen wollte ich Juliane nicht, sie auf keinen Fall verletzen. Sie hatte sich nie eifersüchtig gezeigt, doch hatte ich ihr bisher auch nie einen Grund dafür gegeben. Wie würde sie reagieren, wenn ich sie fragte, ob wir unsere Beziehung nicht ein wenig … na ja, offener gestalten könnten? Es fiel mir schwer zu beurteilen, wie sie die Sache sah.

»Die ist aber hübsch«, warf ich harmlos ein, als wir abends in einem Restaurant saßen und eine graziöse Blondine an unserem Tisch vorbeischwebte. »Findest du nicht auch?«

Juliane betrachtete mich entgeistert, lächelte dann und fragte: »Willst du mir irgendwas sagen? Soll ich mir die Haare blondieren? Auch ein leberwurstfarbenes Kleid tragen? Abnehmen? Sprich dich ruhig aus.«

Ein heikles Thema das Ganze. Juliane missversteht mich gern und behauptet, ich fände sie zu dick. Dabei ist das völliger Quatsch, sie ist höchstens ein wenig pummelig und das gefällt mir gut. Damit hat das alles überhaupt nichts zu tun. So würde das nichts werden. Ich musste klare Worte finden.

»Liebling, wir sind jetzt schon so lange zusammen und ich liebe dich wirklich sehr …«, begann ich.

»Aber?«, fragte meine Freundin mit hochgezogenen Brauen und pickte dabei Pizzakrümel vom Teller.

»Kein Aber«, fuhr ich fort, »… aber ich hab mich gefragt, ob du nicht auch findest, dass unser Liebesleben etwas eintönig geworden ist, was ja auch ganz normal ist nach vier Jahren. Du bist natürlich die einzige Frau, die ich liebe, aber …« So druckste ich noch eine Weile herum, ich bin nicht gut in solchen Sachen. Juliane hatte ihr Kinn aufgestützt und beobachtete mich aufmerksam.

»Da habe ich mich also gefragt«, schloss ich meine umständlichen Ausführungen schließlich, »was du von einer … na ja offenen Beziehung halten würdest?«

Jetzt war es raus: eine offene Beziehung! Gebannt wartete ich auf Julianes Reaktion.

»Hmm«, seufzte sie nachdenklich und schnipste einen Krümel von der Tischkante. »Offene Beziehung – was soll das denn genau sein? Was stellst du dir darunter vor?«

13

»Du weißt doch ... also dass wir einander die Freiheit lassen, auch andere Partner, also Sexualpartner zu haben.«

»Und erzählen wir einander von diesen anderen Partnern?« Dieser sachliche Tonfall war typisch für Juliane.

»Natürlich. Wir erzählen uns weiterhin immer alles. Ich will ja auch nicht wild in der Gegend herumbumsen, ich wollte nur wissen, wie du generell dazu stehst, wenn ich meine Fühler ein bisschen ausfahre.«

»Iiih«, Juliane verzog das Gesicht. Schlechte Wortwahl.

»Ich meine, falls sich eines Tages etwas in dieser Richtung ergeben sollte.«

»Also hat sich bisher nichts ergeben?«, fragte sie.

»Nein«, antwortete ich ehrlich.

»Und wenn ich dagegen bin, würdest du das auch akzeptieren? Oder ist das hier nur eine rhetorische Befragung?«

»Nein, nein, auf keinen Fall, aber ...«

»Hmm. Das klingt alles noch etwas unausgegoren«, unterbrach sie mich. »Darüber muss ich nachdenken, darüber, wie das überhaupt laufen soll. Und ob ich das möchte ... Ich glaube aber, ich möchte das nicht.« Jetzt sah sie ein wenig unglücklich aus. Ich nahm sie in die Arme, versicherte, dass es nur so ein Gedanke gewesen sei, und hoffte inständig, dass ich mit meiner Offenbarung keinen größeren Schaden angerichtet hatte. Auf einmal schien mir die Verlockung anderer Frauen hohl und leer angesichts der Vorstellung, Juliane zu verlieren. Meine Liebe war mir mehr wert, so viel war sicher.

Sechs Wochen ist dieses Gespräch jetzt her. Im Nachhinein erscheint es mir immer schwachsinniger. Was hab ich mir dabei nur wieder gedacht? Als ich meinem besten Freund davon erzählt habe, hat er schallend gelacht.

»O Mann, so was kann man seiner Freundin doch nicht ernsthaft erzählen!«, sagte er kopfschüttelnd. »Ich kann mir Julianes Gesicht genau vorstellen. Mann, Mann, Marlon, du bist echt unglaublich!« Er konnte keinerlei Verständnis für mich aufbringen.

»Offene Beziehung?! Freie Liebe, oder was? Das ist doch absolut nicht mehr zeitgemäß, das hat schon bei den Hippies nicht geklappt. Wenn sich die Gelegenheit für einen Seitensprung ergibt, dann greift man zu oder nicht!

Da muss man nicht groß planen und palavern und Diskussionsgruppen bilden. Und wenn es passiert ist, ist es eh zu spät, da scherst du dich dann auch nicht mehr groß ums schlechte Gewissen, bringt ja nichts!«

Ich grummelte, wusste aber insgeheim, dass er recht hatte. Also schwieg ich fortan über dieses Thema und hoffte, dass Juliane meine Schnapsidee vergessen hatte. Nach diesem Abend war ich auch zufriedener, wusste die Harmonie unserer Zweisamkeit zu schätzen, da ich nicht mehr ständig überlegte, ob sich etwas ändern müsse und wie ich diese Veränderungen angehen könnte.

Vor fünf Tagen kam ich abends aus dem Fitnessstudio. Juliane saß in der Küche, vor sich ein Glas Rotwein. Der Tisch war nicht gedeckt, wie ich mit knurrendem Magen zur Kenntnis nahm.

»Was ist denn mit dem Abendbrot?«, fragte ich quengelig. Da erst bemerkte ich, dass Juliane irgendwie merkwürdig aussah. Ihre Wangen waren gerötet, ihr Blick leicht entrückt.

»Ich hab keinen Hunger«, sagte sie versonnen.

»Wer sind Sie und was haben Sie mit Juliane gemacht? Die hat immer Hunger!«, versuchte ich zu scherzen, doch sie reagierte gar nicht. Dann gab sie sich einen Ruck, zog ihren Stuhl zurecht und sagte: »Marlon, ich hab über deinen Vorschlag nachgedacht!«

»V-Vorschlag?«, fragte ich alarmiert.

»Ja, und ich hab angefangen!« Sie klang hocherfreut.

»Womit?«

»Na, mit der offenen Beziehung!«, sagte sie fröhlich. Es herrschte einen Moment Stille.

15

»WAAS?!« War ich das, der da schrie? »Du kannst doch nicht einfach so ANFANGEN! Das geht doch nicht! Wir müssen das doch erst besprechen!«

»Wieso? Was ist denn los? Du sagtest doch, du fändest unsere Beziehung etwas eintönig und neue Erfahrungen könnten nicht schaden.«

»Spaß! Das ist ein Spaß, oder?«, rief ich. »Du willst mich ärgern, weil ich das vorgeschlagen habe.«

»Nein, wieso? Reg dich doch nicht so auf! Lass mich doch mal erzählen.«

Und dann erzählte mir Juliane von Max aus ihrem Lehrerkollegium. Ich hatte schon früher von ihm gehört, allerdings als einem von vielen Kollegen. Sie hätten sich schon immer prima verstanden, nachmittags zusammen die Unterrichtsvorbereitungen für den nächsten Tag getroffen, er sei aufmerksam, interessiert, sympathisch und – an dieser Stelle hätte ich mir am liebsten die Ohren zugehalten – Max hätte Juliane schon immer gemocht. Und sie ein wenig hofiert. Ganz harmlos, aber als sie Max von unserem Gespräch und meinem Vorschlag erzählt habe – »Mit Max kann man über alles reden« –, hätte sich das geändert und Max habe offen zugegeben, in Juliane verliebt zu sein. Juliane war zuerst ein wenig entrüstet, sie waren doch gute Freunde, sie wollte die Freundschaft nicht kaputt machen, außerdem konnte sie sich nicht vorstellen, mit jemand anders ... Sie brach ab und kicherte. Übelkeit stieg in mir hoch. Meine Hoffnung, dass sie nur einen Spaß mit mir trieb, schwand zunehmend. Meine Freundin sah aus wie eine dicke, zufriedene Katze, gleich würde sie zu schnurren anfangen.

Aber heute dann, fuhr Juliane fort, waren die beiden in der Turnhalle nach dem Fortbildungsseminar noch zusammen ein paar Übungen durchgegangen und sich dabei ... Mit einem Blick auf mein versteinertes Gesicht unterdrückte Juliane ein weiteres Kichern. Plötzlich seien sie sich ... na ja näher gekommen. Dort sei ohnehin so eine besondere Atmosphäre, da in den Lagerräumen für die Sportgeräte, wo die Matten standen …

»Im Stehen?!«, rief ich empört. Juliane verdrehte die Augen.

»Ist ja auch egal«, unterbrach sie die eigenen Ausführungen, »jedenfalls war es abenteuerlich, wir hätten ja auch erwischt werden können … es war auch ganz schön prickelnd, ist einfach so über uns gekommen. Danach haben wir uns versprochen, dass sich nichts zwischen uns ändern wird, wir noch genauso gute Freunde sind wie zuvor.«

»Wie schön für euch«, würgte ich. Wollte sie mich quälen?

»Aber, Schatz, jetzt stört es dich doch? Auf einmal? Hätte ich dir nicht davon erzählen sollen?«

»Stören?«, japste ich verzweifelt. »Wie konntest du nur …?« Hilflos griff ich nach ihrem Rotweinglas und kippte es hinunter. Der Appetit war mir vergangen.

Die letzten fünf Nächte habe ich kaum geschlafen. Eifersucht hat mich gepackt und hält mich in brutalem Würgegriff. Immerzu stelle ich mir Max und Juliane vor, im Stehen, an die Sportmatte gelehnt … Jedes einzelne Turnutensil meiner Schulzeit erscheint vor meinem geistigen Auge, ungefragt, ich sehe die beiden miteinander auf dem Bock zugange, artistisch in den Ringen hängen, sich ungestüm zwischen den Bällen auf dem Boden rollen … das hält mich wach. Als ich Juliane davon erzählt habe, brach sie in lautes Gelächter aus und sagte dann beruhigend, so sei das Ganze nicht vonstatten gegangen. Eher eine ganz schnelle Nummer, die sich auch nicht wiederholen würde. Wenn sie gewusst hätte, dass es mich so stört, wäre es nie passiert!

Jetzt weiß sie es. Das versichert sie mir seither immer wieder, doch es hilft nicht.

»Ich wusste ja gar nicht, dass du so eifersüchtig bist«, sagt sie geschmeichelt, wenn ich sie nachmittags vom Unterricht abhole. Ich habe mir dafür extra Urlaub genommen, aber nächste Woche geht das nicht mehr. Da muss ich mich irgendwie wieder zusammenreißen und in die Redaktion. Das Leben muss ja weitergehen. Ich sehe mich schon Kontrollanrufe tätigen, jeweils im Abstand von fünf Minuten.

»Du musst dich wieder abregen«, sagt Juliane mit leichter Besorgnis, aber ein wenig genießt sie das Ganze auch. Ich möchte mich ja abregen, das ist aber nicht so leicht. Es ginge sicher besser, wenn ich diesen Max verprügeln dürfte, aber davon will Juliane nichts hören. Sie hat leider kein Verständnis für so etwas.

»Ich sag jetzt nicht, selbst schuld«, sagt Juliane, und ich beiße die Zähne zusammen. Sie hat ja recht. Aber das macht es nicht besser.

Ein Gutes aber hat das Ganze – die sexuelle Flaute ist vorbei. Nicht nur, weil ich nachts nicht mehr schlafen kann.

Das Fenster
zum Hinterhof

Pierre (26), Student, Dresden,
über
Kathleen (24), Kundenberaterin, Dresden

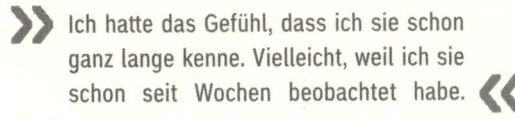

>> Ich hatte das Gefühl, dass ich sie schon ganz lange kenne. Vielleicht, weil ich sie schon seit Wochen beobachtet habe. <<

Alles fing damit an, dass ich immer an meinem Küchenfenster rauche. Ich kann von dort in die gegenüberliegenden Wohnungen schauen und die Nachbarn beobachten. Ich muss zugeben, dass ich meist kein oder nur wenig Licht anmache, damit es den Nachbarn nicht so auffällt. Es hat nichts mit Spannen zu tun, es ist eher wie Fernsehen, während ich eben eine rauche.

Eines Abends fiel mir auf, dass in der Wohnung gegenüber, die ein Stockwerk unter meiner liegt, jemand Neues einzog. Vier junge Männer haben renoviert und Kisten reingetragen. Am nächsten Tag sah ich eine wirklich hübsche Blondine die Kisten auspacken. Ich muss zugeben, dass ich mich immer so an mein Fenster gesetzt habe, dass sie mich möglichst nicht sehen konnte. Nach zwei Tagen war ihr Wohnzimmer fertig eingerichtet. In die anderen Zimmer konnte ich nicht sehen, da das Badezimmer ein Fenster mit einem Sichtschutz hatte und der Rest der Wohnung zur anderen Seite gelegen war.

Meine neue Nachbarin war so Mitte zwanzig. Sie schien sich keine Gedanken zu machen, ob man in ihre Wohnung sehen konnte, jedenfalls hängte sie keine Vorhänge auf. Es war Sommer und sehr heiß und sie lief die meiste Zeit nur in Tanga und Unterhemd durch die Wohnung. Besonders gefiel es mir zuzusehen, wie sie Bilder aufhängte oder nach vorn gebeugt Schubladen einräumte. Abends legte sie sich gern halbnackt aufs Sofa, telefonierte und trank Wein.

Meine damalige Freundin Danielle, eine Französin, wohnte dem Schauspiel eines Abends bei.

»Eine ganz schöne Schlampe, deine Nachbarin«, sagte sie entrüstet und ließ meine Jalousie runterschnappen. Jetzt war es ziemlich düster in meiner Küche.

»Wieso denn, sie ist doch in ihrer Wohnung, da kann sie doch machen, was sie will?«, verteidigte ich die Unbekannte.

»Aber sie weiß ganz genau, dass man sie sehen kann!« Danielle fand mein Fernsehprogramm gar nicht lustig.

»Na gut«, gab ich klein bei. Danielle war aufbrausend, auf einen Streit mit ihr wollte ich mich nicht einlassen, denn das war jedes Mal schrecklich anstrengend.

Weil es so warm war, habe ich angefangen, am offenen Fenster zu rauchen, und abends auch mal mehr Licht angemacht. Irgendwie hat es mich schon gereizt, die hübsche Nachbarin kennenzulernen. Es dauerte auch nur ein paar Tage, da lehnte sie sich aus ihrem Fenster und schaute mich ganz direkt an. Zum Gruß habe ich die Hand gehoben. Sie lächelte und verschwand wieder in ihrer Wohnung.

An diesem Abend fläzte sie sich derart lasziv auf ihrem Sofa, dass ich richtig nervös wurde. Tat sie das für mich? Bei diesem Gedanken wurde mir noch heißer. Sie fummelte an ihrer Fernbedienung herum, ließ sie zwischen ihren Beinen auf das Sofa gleiten, drehte sich auf den Bauch und streckte mir ihren knackigen Po entgegen. Ob sie wusste, mit was für einem Ständer ich sie beobachtete?

Zu dieser Zeit schrieb ich meine Examensarbeit, und ich merkte, dass ich oft an sie denken musste und es gar nicht abwarten konnte, bis sie endlich nach Hause kam. Eines Abends war ich mit meinen Freunden im Biergarten, und da war sie, mit einem älteren Mann. Ich hatte schon von meiner neuen sexy Nachbarin erzählt und die anderen haben sie sofort unter die Lupe genommen.

»Die Frau ist eine Ansage, keine Frage. Die nehme ich«, kam von Tobi.

»Das ist *meine* Nachbarin«, gab ich zurück.

»Ja, aber du hast doch Danielle. Ich dagegen bin frei und zu allem bereit.«

»Mensch, Tobi, die Alte steht auf ältere Herren.« Benni bedachte Tobi und mich mit einem mitleidigen Blick. »Euch sieht die gar nicht! Ihr seid der zu arm.«

Wir rissen noch ein paar Witze über meine Nachbarin und ihren grauhaarigen Begleiter, als sie plötzlich an unserem Tisch stand.

»Kennen wir uns nicht?«, fragte sie und sah mich an.

»J-ja, ich, ich wohne gegenüber«, stotterte ich aufgeregt wie ein kleiner Junge.

»Stimmt, ich hab dich am Fenster gesehen. Ich heiße Kathleen, aber alle nennen mich Kathi.«

Was für eine Stimme!

»Besuch Pierre doch mal, dann könnt ihr zusammen eine am Fenster rauchen!« Tobi musste sich ein Lachen verbeißen, die anderen kicherten. Ich hätte sie alle erwürgen können! Kathi sollte doch nicht wissen, dass ich meinen Freunden von unserer geheimen Beziehung erzählt hatte. Das ging doch nur uns beide etwas an. Ich schämte mich. Doch sie verstand den Scherz nicht oder tat zumindest so. Freundlich winkend ging sie zu ihrem Tisch zurück.

Wenige Wochen später traf ich sie im Supermarkt. Sie fragte mich, ob ich ihr beim Anbringen einer Lampe helfen könnte. Sofort! Also stand ich wenig später in ihrem Wohnzimmer auf einer Leiter und ließ mir viel Zeit beim Montieren der Lampe. Als wir danach auf ihrem Sofa saßen und bereits die zweite Flasche Wein leerten, konnte ich nicht anders und küsste sie. Sie hatte Lippen …, so etwas habe ich noch nie erlebt. Weich und warm, die waren selbst ungeschminkt ganz rot, als wären sie angemalt. Sie küsste mich zurück und ich umarmte sie. Das schüchterne Küssen wurde sehr schnell sehr wild und wir landeten auf dem Fußboden. Ich ließ meine Hand zwischen ihre Beine gleiten, Kathi stöhnte leise auf und bog ihren Oberkörper nach hinten. Vorsichtig nahm sie meinen Schwanz in die Hand und begann ihn langsam und dann immer schneller zu reiben.

Sex mit Kathi war das Beste, was ich je erlebt hatte. Den Rest des Abends lagen wir mal auf dem Sofa und mal auf dem Teppich und haben immer wieder miteinander geschlafen. Ich hatte das Gefühl, dass ich sie schon ganz lange kenne. Vielleicht, weil ich sie schon seit Wochen beobachtet habe.

Es war schon spät, als es einen lauten Knall gab und die Fensterscheibe ins Zimmer flog. Überall waren Scherben, vor Schreck sind wir fast vom Sofa gefallen. Nach ein paar Sekunden ertönte lautes Geschrei: »Du Asch, du Wichser, du bist das Allerletzte!«

Asch? Das war Danielles französischer Akzent, den ich sonst immer so gern hörte. Meine Freundin stand an meinem Fenster, schrie und trommelte temperamentvoll mit den Fäusten gegen die Wand.

»Ich asse dich!« Sie warf Geschirr und Besteck, und was sie so alles in meiner Küche fand, in unsere Richtung und schrie wüste Beschimpfungen. Kathi und ich gingen in Deckung, als mein Turnschuh angeflogen kam. Gott sei Dank konnte Danielle wie die meisten Mädchen nicht gut werfen, sodass das meiste im Hinterhof landete. Ich wusste nicht, was ich tun sollte, also haben wir einfach das Licht gelöscht und sind in Kathis Schlafzimmer gegangen. Dort haben wir die Nacht verbracht. Danielles Geschrei klang noch eine Weile durch den Hof, dann war es ruhig.

Als ich am nächsten Tag in meine Wohnung kam, sah es aus, als hätte eine Bombe eingeschlagen. Danielle hatte ganze Arbeit geleistet, das hätte ich ihr gar nicht zugetraut. Einige Küchensachen waren noch brauchbar, ich konnte sie im Hof einsammeln, aber ich musste mir ein neues Sofa kaufen, da Danielle meins mit Honig, Nutella und Haferflocken geteert und gefedert hatte. Was sie mit dem Bett gemacht hat, erzähle ich hier lieber nicht. Ich war heilfroh, als ich sah, dass mein Laptop wie durch ein Wunder unversehrt auf dem Schrank stand. Sie muss ihn in ihrer blinden Wut übersehen haben.

Seither bin ich vorsichtiger damit, wem ich meinen Wohnungsschlüssel anvertraue.

Kathi und ich waren nun ein Paar. Leider nur eine knappe Woche. Kathi war völlig schockiert, als sie zum ersten Mal aus meinem Fenster in ihr Wohnzimmer sah. Enttäuscht musste ich mir eingestehen, dass sie gar nicht gewusst hatte, was für ein Programm sie mir seit Wochen geboten hatte. Unsere Beziehung war also sehr einseitig gewesen. Nach fünf Tagen verließ Kathi mich ohne eine Erklärung und hängte Vorhänge vor ihre Fenster.

Female Body Inspector

Mikael (27), Künstler, Dortmund,
über
Jana (26), Krankenschwester, Dortmund

>> Noch bevor ich die Tür aufschob, wusste ich,
dass hier etwas nicht stimmte. Die Vorhänge waren zugezogen, die Luft im Zimmer roch
schwer, süßlich ... nach Schweiß und Sex. <<

Vor ein paar Wochen war ich mit meiner Freundin Jana im Urlaub
in der Türkei. Sie kennt immer überall komische Typen, die sich
hocherfreut zeigen, wenn sie ihr behilflich sein dürfen. So auch im
Reisebüro. Eine selbstgefällige Kröte mit protzigen Klunkern an
den Fingern tippte dort ein paar Angaben in die Tasten et voilà
zehn Tage Türkische Riviera, Fünf-Sterne-Anlage, alles inklusive,
zu einem wirklich erstaunlichen Preis. Jana gluckste freudig und
klatschte in die Hände, der Typ wackelte geschmeichelt mit dem
Kopf und sagte mehrmals: »Für dich doch gern.«

Dann verabschiedeten die beiden sich mit zehn Wangenküss-
chen. Mir fuchtelte er nur kurz zu, ohne mich dabei anzusehen.
Aber ich wollte mich nicht beschweren, solche Kontakte sind
natürlich höchst praktisch.

»Wer war denn das?«, fragte ich trotzdem nach, als Jana und
ich wieder auf der Fußgängerzone standen.

»Das war der Kevin, ein Kumpel. Den kenn ich aus dem Beatwerk.«

»Ah! Von deinen Mädelsabenden!«, erwiderte ich freundlich. Das Beatwerk ist ein widerwärtiger Laden hier in Dortmund, ich würde lieber öffentlich masturbieren, als so einen Möchtegern-Schicki-Club zu betreten. Dass da so Kröten wie der Kevin gern hingingen, konnte ich mir allerdings bildlich vorstellen. Mal richtig die Sau rauslassen ... bäh.

»Ziemliche Speichelproduktion, der Gute. Ist das krankhaft?«, setzte ich nach.

»Jetzt hör mal auf, Mika!«, antwortete meine Freundin ungehalten. »Du bist doch nur wieder eifersüchtig! Dabei hat der Kevin uns gerade Bombentarife klargemacht. So billig kommt man normalerweise nicht in die Fünf-Sterne-Anlagen!«

»Ich sowieso nicht«, nickte ich ergeben. Janas Behauptung, ich sei eifersüchtig, eifersüchtig auf die Kröte, empörte mich zwar, aber ich verkniff mir eine Entgegnung. Lieber keinen Streit provozieren, denn Eifersucht war ein heikles Thema. Sie warf mir das oft vor, ganz zu Unrecht, wie ich fand.

Mir gingen zwar ab und an Janas Verehrer auf die Nerven, wenn sie allzu schamlos um sie herumbalzten. Mir missfiel es, wenn Jana darauf einging, affektiert kicherte und mit den Augen klimperte, um noch mehr Komplimente und Bestätigung zu bekommen. Ich konnte ihr dann kaum zusehen, dabei gibt es sonst nichts, was ich lieber ansehe als sie.

Doch das war keine Eifersucht, nein, ich fand es einfach unangenehm und ihrer nicht würdig. Aber ich wusste, dass es eigentlich nichts bedeutete. Sie dachte sich nichts dabei, die Verehrer waren ihr nicht wichtig. Wenn ich ab und an mein Missfallen bekundete, ging es mir dabei mehr um sie als um mich.

Wäre ich eifersüchtig, würde ich ganz anders reagieren. Ein wirklicher Rivale, der Jana etwas bedeutete und unsere Liebe gefährdete, würde mich völlig aus der Fassung bringen. Ich würde mit allen

Mitteln versuchen, der Bessere für sie zu sein, und ihr zu zeigen, dass sie mit mir glücklicher wäre. Glaube ich zumindest, vielleicht würde ich auch in blinder Panik alles noch schlimmer machen.

Aber dazu schwieg ich jetzt besser, griff nach Janas Hand und sagte: »Unser erster gemeinsamer Urlaub!«

»Siehst du! Beschwer dich nicht und freu dich lieber!«

Und wie ich mich freute. Auch wenn ich eigentlich einen Backpacker-Trip durch den Urwald bevorzugt hätte und Janas beste Freundin Kerstin plötzlich auch noch mitfahren sollte. Komplettiert von ihrem Freund Rainer, der sich Rainier nannte. Französisch ausgesprochen, er fand, das passe besser zu ihm. Ob Rainer oder Rainier, der Typ war eine halslose Hohlbirne, der sich den ganzen Tag aufplusterte und mit seinen Muskeln spielte. Mit Kerstin war ich schon in die Grundschule gegangen, später hatte ich durch sie Jana kennengelernt. Dafür war ich ihr sehr dankbar, sonst hielt sich meine Zuneigung aber auch für sie mittlerweile in Grenzen.

»Wie schön, dass Rainier auch mitkommt, zu unserem ersten gemeinsamen Urlaub«, seufzte ich, »der Typ ist wirklich 'ne Stimmungskanone. Da kann ja nichts mehr schiefgehen.«

»Ach komm, Mika«, tröstete mich Jana, »so schlimm ist er auch nicht. Und du wirst bestimmt eh nicht viel von den beiden mitbekommen!«

Von wegen. Bereits im Flugzeug saßen wir in Viererreihen, Rainer nahm mindestens das Doppelte der ihm zustehenden Sitzfläche ein, blätterte in einem Auto-Magazin und monologisierte ohne Unterlass über das, was er da las. Jana und Kerstin palaverten fröhlich miteinander auf der andern Seite. Ich tat, als würde ich schlafen, aber das nahm Rainer nicht zur Kenntnis, sondern boxte mir immer wieder seinen Ellenbogen in die Seite, um Aufmerksamkeit zu bekommen.

In Antalya angekommen, bezogen wir die Zimmer, deren geschmackloses Luxus-Ambiente den letzten Hauch von Urwald und Abenteuer im Keim erstickte. Als ich wenig später mit Jana am Pool lag und gerade die ersten All-inclusive-Cocktails orderte, gesellten sich Kerstin und Rainer liebevoll vorgebräunt und in knapper Badewäsche zu uns. Im Schlepptau hatten sie ein Animateurpärchen. Athletisch und dauerlächelnd – sonnige Gemüter, wie es sich gehörte. Beide trugen hässliche Basecaps mit dem Animationsschriftzug des Hotels und dazu bedruckte T-Shirts. Zugegeben, ich hege Vorurteile gegen Leute, die bedruckte T-Shirts tragen, und diese waren besonders abscheulich. Das Shirt der ungesund gebräunten Animateurin zierte ein überdimensionaler Dolce&Gabbana-Schriftzug. Auf dem Shirt ihres Partners prangte in großen Lettern FBI – und in Klammern darunter: Female Body Inspector.

FBI erinnerte mich an Dolph Lundgren und auch er selbst schien der Ansicht zu sein, er könne mit Rocky in den Ring steigen. Würg! Enthusiastisch brachten sie ihr Programm vor, Minigolf, Po-weg, Volleyball, Aquagym ... Ich gähnte und versteckte mich hinter meinem Buch.

»Oh, gleich Beach-Volleyball?!«, rief Jana entzückt und wenig später verschwanden meine drei Reisebegleiter im Schlepptau des fröhlichen Pärchens. Ich blieb allein auf meiner Sonnenliege, trank Piña Colada und las lustlos über Verschwörungstheorien, bis der Abend kam.

Das Abendbuffet war verstörend opulent, das konnte doch niemand aufessen, nicht mal halbwegs. Was geschah wohl mit all den Resten, wurden sie in LKWs abtransportiert, ins Meer gepumpt oder kamen sie doch vielleicht bedürftigeren Teilen der Bevölkerung zugute? Ich hoffte es, nahm mir aber vor, bei Gelegenheit den Hotelmanager zu befragen. Doch dazu kam es nicht mehr, ich hatte dann andere Sorgen ... Ich aß, bis die Gier von Übelkeit abgelöst wurde. Aber ich war ja auch im Urlaub, jetzt einen schönen Verdauungswhisky, gediegen mit Jana auf dem Balkon und ab ins Bett! Traumhaft. Jana aber hatte andere Pläne. Disco, Disco in der Hotelanlage, mit Kerstin im kurzen Glitzerfummel … als könnte sie so was nicht auch zu Hause erledigen. Rainier ging erst mal »das Abendessen loswerden«. Ob er damit auskotzen oder trainieren meinte, weiß ich nicht, interessierte mich auch nicht. Resigniert legte ich mich ins Hotelbett, um auf Jana zu warten, und schmollte einsam und allein, bis ich eingeschlafen war.

Jana kam offenbar spät, denn den nächsten Tag verschlief sie halb, während ich Frühaufsteher alleine am Strand entlanglief. Schon wieder oder noch immer schmollend. Nachmittags lagen wir dann zu zweit auf Liegen am Strand, Jana döste mit geschlossenen Augen und schimpfte nur ab und an gequält auf die All-inclusive-Cocktails, von denen man einen schrecklichen Schädel bekam. Ja, schrecklich, das fand ich auch.

Sogar bleich und verkatert sah Jana hinreißend aus. Ein normaler Mensch wird hässlich, wenn er von Übelkeit gebeutelt das Gesicht verzieht, doch es gibt Menschen, vielleicht drei oder vier auf der Welt, bei denen einfach alles, was sie tun, schön aussieht. Jana gehört dazu … leider, muss ich heute sagen. Abends besuchte sie trotz ihres Zustandes noch einen Bauch-weg-Kurs vor dem Essen, dann saßen wir zu viert am Tisch und lauschten Rainer und Kerstin, die uns ungefragt ihre Beziehungsdramatik offenlegten. Ein Diskurs, der sich in zahllosen anklagenden »Der Rainer macht immer das« und »Die Kerstin macht dafür aber immer das« erschöpfte. Puh. So hatte ich mir den Urlaub nicht vorgestellt!

Die nächsten Tage verliefen ähnlich, ständig lief ich wie ein Vollidiot hinter Jana her oder wartete auf sie oder hatte Kumpel Rainer an der Backe, der mich mit öden Anekdoten, über die er selbst und nur er selbst lauthals lachen konnte, für sich gewinnen wollte. Er witterte meine Antipathie – das war ja auch nicht schwierig –, akzeptierte sie jedoch nicht, da er sich selbst für einen super Typen hielt.

Am dritten Tag schlief ich morgens am Strand ein und wachte erst nachmittags alleine wieder auf. Wenn dies mein Versuch gewesen war, Aufmerksamkeit zu erhalten, ein Hilfeschrei, so war ich kläglich gescheitert. Da meine Freundin nicht da gewesen war, um mein Einschlafen zu verhindern, mich zu wecken oder mir wenigstens zuvor den Rücken einzucremen, waren meine Rückseite und die rechte Gesichtshälfte krebsrot, einzelne Handabdrücke von unverteilter Sonnencreme zierten höhnisch die verbrannte Haut. Tag vier und fünf hütete ich daher das Bett, lag stöhnend im dunklen Zimmer und wartete, dass Jana mir Nahrung ans Bett brachte. Sie schimpfte über meine Unvernunft, statt auch nur den Ansatz eines schlechten Gewissens zu zeigen. Es war zum Verzweifeln, ein Hundeleben … und ich ahnte nicht, wie viel schlimmer es noch werden sollte.

Jana und Kerstin hatten sich mit den Animateuren angefreundet und nahmen neben den Fitnesskursen auch an manch kleiner Bühnenshow teil, »Miss Antalya«, »Miss Tanga« und ähnlich Abscheuliches, was ich von der Zuschauerbank gequält amüsiert beklatschen musste. Nebenbei zog ich mir die tote Haut, die sich in weißen, trockenen Schichten ablöste, in Streifen ab. Dann widmete ich mich wieder dem Geschehen auf der Bühne. Schön, dass sie Spaß hatten, versuchte ich mir einzureden. Doch wie konnten sich erwachsene Menschen bloß so benehmen? Trotz meiner Teilnahme vom Zuschauerrang aus musste ich mich hinterher von Jana als Spielverderber, ja sogar als »Spaßbremse« titulieren lassen. Mein Applaus hatte nicht überzeugend gewirkt. Die Animateurboys dagegen waren offenbar Sport- und Spaßkanonen und so verbrachte Jana zunehmend mehr Zeit in ihrer erlauchten Gesellschaft.

Für den neunten Tag hatte ich an der Rezeption für Jana und mich einen teuren Busausflug gebucht, der Museen und andere Sehenswürdigkeiten ansteuern sollte und den Abend in Pamukkale beschloss. Den letzten Tag wenigstens wollte ich allein mit meiner Freundin verbringen. Sie freute sich, ging jedoch am Abend wieder mit Kerstin in die Hoteldisco.

»Mach aber nicht so lange, morgen geht es ganz früh los«, warnte ich sie und klang dabei ein bisschen wie meine Mutter.

Am nächsten Morgen brauchte ich ewig, um Jana wachzurütteln.

»Lass mich schlafen«, jammerte sie mehrmals, stand dann aber endlich auf und wankte ins Badezimmer. Nach dem Frühstück verschwand sie wortlos und stand erst, als der Bus losfahren wollte, mit Rainer vor mir.

»Tut mir echt leid, Schatz, aber mir ist übel. Der Rainier fährt für mich mit! Macht euch einen schönen Tag, Jungs!« Damit drehte sie sich einfach um und ließ mich sprach- und fassungslos stehen. Rainer knuffte mich in meine geradeso verheilte Schulter und schubste mich in den Bus, wo er sofort mitleidlos zu palavern begann, während ich am liebsten losgebrüllt hätte. Die erste Station der Sehenswürdigkeiten war eine Teppichknüpferei, wo man uns aufdringlich Touriartikel zu Touripreisen andrehen wollte. Die zweite Station war eine Töpferei, wo dasselbe stattfand. »Alles halbe Preis, halbe Preis«, zischelte ein zahnloser Opa eindringlich und zupfte mich immer wieder fest an meinem T-Shirt, während Rainer auf der anderen Seite um eine Vase feilschte. Ich hielt es nicht mehr aus. Unbemerkt schlich ich mich aus dem Gebäude, auf Zehenspitzen an dem wartenden Bus vorbei und lief dann wie um mein Leben die Straße zurück, um den Tourifängern zu entkommen.

Halb verdurstet hielt ich nach einer halben Stunde ein Dolmus an, das mich nach einstündigem Geruckel, das alle zwei Minuten durch eine scharfe Klingel unterbrochen wurde, um anzuhalten und hordenweise Gäste ein- und aussteigen zu lassen, zu einem Busbahnhof brachte. Von hier nahm ich ein überteuertes Taxi zum Hotel zurück. Ich musste mit Jana sprechen, sie zur Rede stellen. Liebte sie mich überhaupt noch? Warum verhielt sie sich so? Ihr Benehmen war unerträglich, hatte unsere Liebe überhaupt noch eine Chance?

Verschwitzt und ausgedörrt lief ich an der Rezeption vorbei, den beblümten Parkweg entlang, zu unserem Bungalow. Ich steckte die Karte in den Türöffner. Noch bevor ich die Tür aufschob, wusste ich, dass hier etwas nicht stimmte. Die Vorhänge waren zugezogen, die Luft im Zimmer roch schwer, süßlich ... nach Schweiß und Sex. Ich trat einen Schritt ins Halbdunkel und starrte auf Jana und den blonden Animateur, die mich mit aufgerissenen Augen entsetzt vom Bett aus anstarrten. Sie waren nackt, Janas Haare hingen strähnig und knotig in ihr Gesicht und sahen aus, als wäre sie lange mit dem Hinterkopf über die Matratze geschubbert. Meine Freundin zog das Laken hoch, bedeckte ihre nackten Brüste, als wäre *ich* ein Fremder, der da in ihr Zimmer eindrang. Dabei waren das *mein* Zimmer und *meine* Freundin, die da nackt mit einem Animateur – ausgerechnet – in *unserem* Bett lag.

Sprachlos stand ich im Raum, der sich um mich zu drehen begann.

Der blond gelockte Animateur in meinem Bett – Female Body Inspector – fasste sich als Erster, richtete sich auf und brachte so etwas wie ein schiefes Lächeln zustande. »Hey there«, sagte er aufgeräumt. Ein sonniges Gemüt eben.

Am nächsten Morgen flogen wir zurück nach Dortmund. Ich hatte allein sitzen wollen, doch Rainer hatte sich ein Herz gefasst und trotz meiner panischen Proteste seinen Platz neben Kerstin getauscht, um mich trösten zu können. Den ganzen Flug über drosch er Phrasen, »nicht so schwer nehmen«, »einfach drüberstehen«, »so wat passiert« ... Selbst als ich mein Mittagessen in eine Kotztüte erbrach, hielt er nicht inne, sondern klopfte mir während des Kotzens so beherzt auf den Rücken, dass ich mich auch noch verschluckte und beinahe an meinem eigenen Erbrochenen erstickt wäre. So wie Jimi Hendrix, nur nicht so cool.

Jana und ich sind seither getrennt. Ich wollte gern mit ihr darüber reden, wissen, wie sie das tun konnte, warum sie mir das angetan hatte, doch sie bot es nicht an und ich war ihr lange genug hinterhergelaufen.

In jedem Hafen eine Braut

Hanno (40), Bankkaufmann, Bingen,
über
Nadja (35), Floristin, Minden

>> Ich entschied mich für die Braunhaarige,
da ich gestern Abend schon eine Blonde
hatte – ein Mann braucht Abwechslung. ««

Die letzten Akkorde verklangen, die Lichter blitzten, das Publikum schrie, klatschte und sprang herum. In Momenten wie diesen wusste ich, warum ich alles auf mich nahm, die anstrengenden Proben in bierdunstgeschwängerten Kellern, das Feilschen um Engagements mit windigen Veranstaltern, die räudigen Auftritte auf Parteitreffen und Abi-Bällen, die so gar nicht zu unserer Bandphilosophie passten, aber nötig waren, um Geld reinzukriegen. Momente wie diese – ich auf der Bühne, die Leute tanzen und jubeln und die Frauen schütteln ihr Haar –, solche Momente machen das Leben lebenswert. Ich war ein Rockstar! Auch wenn ich am Montag wieder an meinem Sparkassenschalter stehen würde, im Kundengespräch, jetzt war jetzt und ich genoss den Augenblick.

Und nach dem Konzert war mein Abend nicht etwa vorbei – ich habe es mir zur festen Gewohnheit gemacht, mich nach Auftritten zu belohnen. Ich ließ meinen Blick über die erste Zuschauerreihe wandern, es gab nur acht Reihen, doch das war egal, Hauptsache Publikum. Hier vorn in der ersten Reihe tanzten die Mädchen. Immer direkt vor der Bühne.

Zwei sahen ganz passabel aus, blond und brünett, anscheinend waren sie zusammen da. Das war gut, dann gab es keinen lästigen Anhang. Ich entschied mich für die Braunhaarige, da ich gestern Abend schon eine Blonde hatte – ein Mann braucht Abwechslung. Außerdem war der Hintern der Dunkelhaarigen weniger ausladend.

Lässig steckte ich mir eine Kippe an und nahm Blickkontakt auf. Die Braunhaarige lächelte mich an, ich nickte ihr zu, lächelte ebenfalls, die Sache lief wie am Schnürchen.

Für einen Moment noch blieb ich auf der Bühne stehen, im Licht, atmete tief ein, genoss den Erfolg, dann sprang ich mit einem gewagten Satz ins Publikum, wie ich es schon hundertmal, na ja vielleicht nicht hundert, aber doch schon einige Male getan habe.

Die Frauen kreischten auf und stürmten dann auf mich zu – ach, ich liebe Frauen! Männer würden niemals so kreischen. Sie umringten mich, zogen an mir, riefen durcheinander, ich ließ mich tätscheln und mir Komplimente machen. So viele Frauen, die Qual der Wahl!

»Ein tolles Konzert! So schön war's!«, quiekte ein rotgesichtiger Brummer in mein Ohr, ich quittierte das Kompliment mit einem charmanten Lächeln.

»Soll ich ein paar CDs signieren?«, fragte ich dann.

Zähneknirschend sahen einige Männer zu, wie ihre Frauen mich umlagerten. Doch die Fans lieben mich einfach und ich liebe meine Fans. Ich habe es mir zur Aufgabe gemacht, nach jedem Konzert eine Frau mitzunehmen. Mindestens eine. Zum Glück ist das nicht allzu schwierig als Rockstar. Wenn man berühmt ist, läuft ohnehin alles von allein.

Das glaube ich zumindest, denn leider ist meine Band nicht besonders bekannt, die Hoffnung auf den großen Durchbruch haben wir mittlerweile stillschweigend begraben. Doch ich habe noch einen Trumpf in der Hand, meine Attraktivität. Auch weiß ich, wie man mit Frauen umgeht. Gutes Aussehen und Sachverstand sind die Waffen, die man bei der Jagd benötigt.

Meine Band spielt meist in kleineren Orten, weitab vom Schuss. Außer dem jährlichen Schützenfest und den Esoterik-Tagen im Buchladen ist hier wenig los. Wir würden natürlich auch woanders spielen, wenn man uns buchen würde, in Berlin zum Beispiel – aber Kleinstädte haben auch Vorteile. Ein dankbares Publikum ist hier garantiert!

Während ich mich umschwärmen ließ, suchte ich immer wieder Blickkontakt zu der Braunhaarigen, die sich etwas abseits hielt und schüchtern lächelte. Man muss einer Frau das Gefühl geben, dass sie auserwählt und etwas Besonderes ist.

Im Anschluss an unseren Auftritt stieg noch eine Party, ein DJ übernahm die Musik. Ich wies die Frauengruppe noch einmal darauf hin, dass man unsere CD kaufen konnte, da rechts am Stand, jetzt setzt euch endlich in Bewegung! Dann lavierte ich mich unauffällig neben die Brünette, die ebenso unauffällig dastand und in ihrer Handtasche kramte. Frauen kramen immer in ihren Taschen, wenn sie unschlüssig sind.

»Hey schöne Frau, wollen wir zwei noch etwas trinken? Backstage?« Ich legte die Betonung auf »backstage«, und wie erwartet folgte mir die Braunhaarige ohne weitere Fragen.

»Ich bin der Hanno, und wie heißt du, schöne Frau?«, fragte ich sie in dem kleinen Band-Raum hinter der Bühne, während ich zwei Gläser füllte.

»Ich heiße Nadja!« Wir stießen an und ich betrachtete sie genauer. Schöne helle Augen hatte sie, ein hübsches Gesicht, das jedoch unter einer dicken Schicht dunkelbraunen Make-ups begraben war. Eine bröselige Masse, die ein bisschen aussah wie Theaterschminke, so als wollte sie heute Abend noch den Indianer geben. Sofort stellte ich meinen Blick wieder unscharf, fixierte lieber einen Punkt an der Wand über ihrer Schulter.

»Ich mag deine Band, also ich mag eure Musik …«, sagte sie etwas unsicher. Ihre Stimme klang nett, mädchenhaft und angenehm, ich zog sie an mich heran. Sie roch gut.

»Danke! Nadja? Schöner Name … hier sind wir ungestört«, ließ ich sie mit heiserer Stimme wissen. Ich darf sagen, die erotischen Stimmlagen habe ich bis zur Perfektion geprobt.

Ganz langsam, um sie nicht zu verschrecken, legte ich meine Hände auf ihre Arme, ließ sie dann über ihren Rücken wandern. Sie zierte sich ein wenig, das alte Spiel – zurückweichen, lieber noch ein bisschen Konversation treiben –, ich spielte mit. Wir plauderten also noch ein bisschen, dann küsste ich sie auf den Mund.

Damit hatte ich sie, das wusste ich, ich küsse ganz hervorragend, das sagt mir jede. Allerdings klingelte nach wenigen Sekunden mein Telefon, laut und aufdringlich. Ich drückte den Anruf weg, ohne meine Lippen zu lösen, doch sofort wurde wieder angerufen.

Nadja schob mich weg: »Vielleicht ist es wichtig? Geh besser ran.«

»Gabi Riepsdorf« las ich auf dem Display. Die würde sicher keine Ruhe geben.

»Hallo?«, meldete ich mich also.

»Hallo Hanno, du alter Bock! Wie geht's dir?«, krähte sie wohlgelaunt zurück und ich drehte mich schnell weg, damit mein Besuch, wie war denn ihr Name bloß noch mal, nicht zuhören konnte.

»Äh, gut geht's und selbst? Grad ist aber schlecht …«, antwortete ich gehemmt.

»Was is denn los?« Gabi klang enttäuscht. »Aber ist ja auch egal, ich wollte nur fragen, bleibt's bei unserem Treffen am Sonntag?«

Wir spielten am Sonntag in Riepsdorf, das war fest gebucht, natürlich blieb es dabei.

»Natürlich«, sagte ich daher ungeduldig.

»Ach, dann ist schön! Gehen wir wieder ins Hotel Lindner? Und soll ich rote oder lieber schwarze Strapse ...«

»Grad ist echt schlecht, tut mir leid, ich melde mich«, würgte ich Gabi ab und legte auf.

»Freu mich auch«, tippte ich noch schnell als SMS hinterher, um sie zu besänftigen, schaltete das Telefon aus und zog mit der anderen Hand die Bluse der Braunhaarigen über ihre Schulter.

»Das war meine Mutter«, lächelte ich entschuldigend. Ein paar Minuten später hakte ich gerade ihren BH-Verschluss auf, als die Tür aufgerissen wurde. Unser Drummer stand im Raum. Erschrocken raffte mein Gast die Bluse zusammen.

»Ey Hanno ... oh, sorry! Aber draußen ist Party, kommste noch?«

»Nein«, wehrte ich ärgerlich ab. Hatte ich tatsächlich vergessen, die Tür zuzuschließen? Was für ein Anfängerfehler. »Nein. Anja und ich machen es uns hier bequem. Tschüss!«

»Anja? Ich heiß nicht Anja!« Sie richtete sich auf.

»Oh. Das tut mir leid. Ist aber doch ein schöner Name ...« So ein Mist. Wie hieß sie denn bloß? Ich hätte nicht so viel trinken sollen in den letzten Tagen, mein Hirn glich immer mehr einem Sieb. Oder eher Wochen. Jahren? Schnell schob ich den Gedanken fort.

Sie sah mich noch immer abwartend an. Sollte ich jetzt etwa ihren Namen raten? Was für ein blödes Spiel. Als das Schweigen unangenehm wurde, fiel er mir endlich wieder ein.

»Aber Nadine ist natürlich noch schöner!«, schnurrte ich stolz.

»Ich heiß Nadja!«, rief sie entrüstet.

»Natürlich, Süße. Tut mir leid«, sagte ich und dachte: Ja, ja, schon gut, ist doch nicht so wichtig! Nadja, Nadine, Nicole, klingt doch eh alles gleich.

Sie griff nach ihrer Handtasche und kramte wieder darin herum. Wollte sie etwa gehen? Wegen solch einer Lappalie? Das musste ich verhindern. Ich trat von hinten an sie ran, legte meine Hände auf ihre Schultern, schob langsam meine Finger in ihr Haar. Dann neigte ich den Kopf und küsste sanft ihren Nacken. Anfangs widerstrebend ließ sie sich bald zurücksinken, ich schloss die Arme um sie und schob erneut die Hände unter ihre Bluse. Sie hatte schöne Brüste, rund und drall.

Ich versuchte sie zu mir zu drehen, um sie küssen zu können, doch sie rührte sich nicht. So ganz sicher war sie sich offenbar noch nicht, auch hielt sie noch immer die Handtasche fest.

»Ich freu mich sehr, dass du hier bist«, schmeichelte ich daher. »Das bedeutet mir sehr viel. Ich habe schon lange niemanden wie dich kennengelernt.« Puh, das war dick aufgetragen. Aber es wirkte. Sie drehte sich zu mir und strahlte mich mit ihren hellen Augen an.

Zum Glück weiß ich, wie man mit Frauen umgeht, ich habe es einfach raus. Übermütig vom Erfolg küsste ich ihre Schläfe und murmelte verführerisch: »Du hast wunderschöne Ohren, Tanja.« Nicht Augen, nicht Lippen, nein Ohren! Das ist es, was Frauen hören wollen, das ganz besondere Kompliment.

Doch Nadja guckte wütend und trat einen Schritt zurück. Ich hatte es verbockt.

»Nadja! Ich heiße Nadja! Das ist doch nicht so schwierig!« Aufgebracht stopfte sie ihre Bluse in die Hose und stürmte raus. Ich hatte die Tür noch immer nicht abgeschlossen, wunderte ich mich kurz und lief ihr dann hinterher.

»Warte doch, Tan..., äh, Süße!« Herrje! Sie schnaubte, ohne sich umzudrehen. Heute war offensichtlich nicht mein Tag, ich war erschöpft und hätte mich am liebsten sofort ins Hotelbett gelegt, aber das ging nicht, das war gegen meine Ehre. Also lief ich hinter ihr her. Ihre blonde Freundin war auch noch da, sie unterhielt sich mit zwei Nieten in Jeanshemden. Doch Nadja sah sie nicht, sondern lief geradewegs an ihr vorbei zum Ausgang. Irritiert sah die Blonde ihrer Freundin hinterher, überlegte offenbar, ihr zu folgen, doch dann fiel ihr Blick auf mich. Unschlüssig blickte sie zwischen mir und dem Ausgang, wo ihre Freundin verschwunden war, hin und her. Dann kam sie mit zaghaften Schritten auf mich zu. Die Nieten ließ sie einfach stehen.

»Hallo Blondie, willst du was trinken?« Lächelnd hieß ich sie willkommen. So dick war ihr Hintern gar nicht. »Ich bin der Hanno!«

Nach ihrem Namen fragte ich besser nicht. Namen sind Schall und Rauch. Es reicht doch, wenn sie meinen Namen kennen. Ach, bin ich froh, dass ich ein Rockstar bin!

Die Westerwälder Milf

Frank (20), Fahrradkurier, Berlin,
über
Susanne (46), Hausfrau, H. im Kreis Westerwald

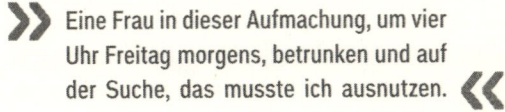 Eine Frau in dieser Aufmachung, um vier Uhr Freitag morgens, betrunken und auf der Suche, das musste ich ausnutzen. «

Irgendetwas an Susanne stimmte nicht. Irgendetwas an ihr war seltsam. Ich kniff forschend die Augen zusammen und betrachtete sie genauer, wie sie da mit ihrem Wodkaglas in der Hand an der Theke lehnte, eine Brust wie zufällig auf dem Tresen abgelegt. Wenn Susanne sich vorbeugte, sah es fast aus, als könnte sie mit der Brust ihr Kinn berühren.

Ihre Haare waren in ihr schmales Gesicht drapiert, sodass ihr Sichtfeld bestimmt deutlich eingeschränkt war, und sie trug einen gewagten silbernen Fummel, der eher auf eine Travestiebühne als in diesen Laden gepasst hätte. Sie war ganz offensichtlich auf der Suche. So wie ich.

»Was guckst du mich denn so an«, krächzte sie freundlich und strubbelte mir über den Kopf. Und da wusste ich plötzlich, was mich irritiert hatte. Susanne war mindestens doppelt so alt wie ich! Da ich beim Ausgehen meine Brille grundsätzlich nicht trage, war mir das eben, als sie mich angesprochen hatte, gar nicht aufgefallen. Cool, dachte ich, eine echte Milf!

»Bist du allein hier?«, fragte ich und rückte näher an sie ran. Mein Interesse war geweckt. So etwas war in meiner Kleinstadt nicht üblich, in Diskotheken trafen sich nur junge Leute. Man ging aus, bis man jemanden zum Heiraten gefunden hatte, danach blieb man zu Hause und sah fern.

»Schöne Frauen sind nie allein«, gurrte Susanne und kicherte. Ich war hin und weg. Das war ja wie im Fernsehen.

»Stimmt. Und jetzt hast du mich«, sagte ich schlagfertig und wunderte mich über meinen Mut. Ich hatte eigentlich gerade nach Hause gehen wollen, es war doch immer dasselbe in diesem Kaff, öde Leute, öde Musik. Gut, dass ich weggezogen war. Wollte man hier Sex mit einem Mädchen, musste man ein übles Theater mitspielen, am nächsten Morgen spätestens Hochzeitspläne schmieden, sonntags mit ihren Eltern Kuchen essen und über Bausparverträge plaudern. Ich hasste es jedes Mal mehr, in mein Dorf zurückzukehren, doch ab und an musste ich meine Eltern besuchen und einen guten Eindruck hinterlassen. Der fleißige Student kommt nach Hause! Dass ich mein Studium an den Nagel gehängt hatte und mich als Fahrradkurier verdingte, wollte ich, so lange es ging, geheim halten. Sie hätten sonst gedacht, ich wäre auf die schiefe Bahn geraten, in die Drogenszene gerutscht, in die Schuldenfalle getappt oder was einem ihrer Vorstellung nach in Berlin so alles blühte. Und dann hätten sie umgehend meinen monatlichen Scheck gestrichen.

Susannes Erscheinen in der Dorfdisco ließ meinen Puls in die Höhe schnellen, ich war schlagartig wieder wach. Eine Frau in dieser Aufmachung, um vier Uhr Freitag morgens, betrunken und auf der Suche, das musste ich ausnutzen.

»Du bist nicht von hier«, stellte sie fest und kam mit ihrem Gesicht ganz nah an meins. Ich roch eine Menge Alkohol in ihrem Atem.

»Doch, aber ich bin nach der Schule weg. Damals hatte ich noch Haare bis hier.« Ich zeigte auf eine Stelle an meiner Schulter. »So verfilzte Zöpfe hatte ich mal, die hab ich nie gekämmt …« Mist, was redete ich da. Susanne verzog das Gesicht, richtete sich wieder auf und blickte über meine Schulter, wohl um zu schauen, wer noch so da war. Ich musste das schnell wieder ausbügeln.

»Toll siehst du aus! Du bist die schönste Frau in diesem Laden«, schoss ich raus. Susannes Blick kehrte zurück. Ich machte ihr noch mehr Komplimente, über ihre Frisur, ihre Hände, ihre Augen und ihr Kleid. Man kann einer Frau nie genug Komplimente machen. Ich bin zwar noch jung, aber das hatte ich bereits herausgefunden. Als mir nichts mehr einfiel, lachte sie und sagte: »Jetzt ist auch mal genug«, und dann spürte ich plötzlich, wie eine Hand meine Hüfte entlangstrich und beherzt in meine rechte Gesäßhälfte kniff.

»Au!«, entfuhr es mir. Neben uns lachten ein paar Typen mit geligen Irokesenfrisuren und Ed-Hardy-T-Shirts. Sie glotzten mit unverhohlener Neugier zu uns rüber.

»Da guckt ihr blöd, was?«, blaffte Susanne, dann kippte sie ihren Drink runter und griff nach ihrer Glitzerhandtasche. »Wir sollten besser gehen. Die Tratschmäuler hier haben doch alle kein eigenes Leben.« Unschlüssig blieb ich stehen, wollte sie etwa ohne mich nach Hause gehen? Doch Susanne drehte sich zu mir um: »Ich geh zur Garderobe, du gehst vor und wartest draußen. Es muss uns ja nicht jeder zusammen sehen!«

Welch rasante Wendung, freute ich mich. Das war ja schnell gegangen! Ich lief nach draußen und winkte schon mal einem Taxi. Auch wenn ich erst zwanzig war, wusste ich doch, was sich gehört. Als Susanne aus der Diskothek kam, hielt ich ihr bereits galant die Autotür auf.

»Fichtenstraße 23 bitte«, wies sie den Fahrer an. »Aber halten Sie lieber Ecke Tannen.«

Wenig später hielt der Wagen an besagter Ecke. Susanne und ich liefen die Straße entlang, bis wir zu einem kleinen würfelförmigen Einfamilienhaus kamen, das von einem Jägerzaun gesäumt wurde. Auf den Spitzen ihrer hochhackigen Schuhe schlich Susanne vor mir die Einfahrt rauf.

»Pssst!«, zischte sie, während sie vor mir um das Haus herumlief, eine Treppe runter, bis wir zu einer Kellertür kamen. »Psssst«, zischte sie noch mal, »die Kinder schlafen!«

Wow, Kinder hatte sie auch schon! Das wurde ja alles immer besser! Eine Mutter Mitte vierzig, unbefriedigt und ausgehungert, verzehrt sich nach meinem jungen Fleisch! Das war alles so aufregend!

Susanne drehte leise den Schlüssel in der Tür, zog ganz langsam und vorsichtig ihre Pumps aus und die Tür hinter uns zu.

»Nimm die besser mit.« Sie wies mit dem Kinn auf meine ausgezogenen Sneaker. Mit den Schuhen in der Hand folgte ich ihr auf leisen Sohlen durch das Haus. Ohne Licht ging es durch die Waschküche, eine teppichbespannte Treppe hoch, durch einen regalgesäumten Flur, dann standen wir in einem geräumigen Schlafzimmer. Moment, das war unverkennbar ein Ehebett! Die eine Seite war mit einer Tagesdecke zugedeckt. War ihr Mann etwa …? Nein, er lebte, neben dem Bett stand ein Stuhl, über dessen Lehne ein Hemd und eine Krawatte hingen, und eine gestreifte Schlafanzugsmontur aus Nicki lag ordentlich gefaltet auf der Kopfseite.

»Wo ist denn dein Mann?«, fragte ich alarmiert.

»Auf einem Angelausflug. Du brauchst dir keine Gedanken zu machen! Der stört sich aber sowieso nicht mehr daran, wenn ich mir jemanden mitnehme. Solange es niemand mitbekommt, kann ich tun und lassen, was ich möchte. So, und jetzt setzt du dich brav hierhin und wartest, bis ich wiederkomme. Du kannst dich ruhig schon mal ins Bett legen, wenn du magst.« Sie klopfte auf die linke Bettseite. »Aber nichts anfassen!«, fügte sie streng hinzu. Für einen kurzen Moment musste ich an meine Tante Gisela denken.

»Ich muss noch mal«, hörte ich mich kleinlaut sagen.

»Ja gut, dann komm.« Sie führte mich in ein buntes fröhliches Badezimmer, in dem ich mindestens acht Zahnbürsten zählte. Doch das musste nichts bedeuten, in meinem Bad standen mindestens sieben. Was auch immer mich daran hinderte, ich konnte sie einfach nie wegwerfen.

Susanne brauchte lange. Ich saß auf der Bettkante und traute mich wirklich nicht, etwas anzufassen. Als sie endlich aus dem Bad kam, hatte sie ihr Make-up entfernt, ihr Gesicht glänzte. Sie sah viel besser aus als vorher. Ihr Haar war offen und schimmerte seidig und sie trug einen hellblau geblümten Kimono aus Satin. Unter dem dünnen Stoff zeichneten sich ihre Brustwarzen ab. In meiner Hose pochte es gewaltig.

»Du siehst toll aus«, sagte ich.

»Du bist ja noch gar nicht ausgezogen«, antwortete Susanne und ließ den Kimono zu Boden fallen. »Na, jetzt aber schnell.«

Es wurde eine wilde Nacht. Die wildeste, die ich je erlebt hatte. Meine anfängliche Scheu überwand ich schnell, denn auch Susanne verstand es, Komplimente zu machen. Sie sagte, ich sei ein Naturtalent! Als ich am nächsten Morgen erwachte, fühlte ich mich prächtig. Susanne schlief noch, eine Hand besitzergreifend auf meine haarlose Brust gelegt. Ob ihre Fingernägel rote Spuren auf meinen Rücken und meinen Hintern gezeichnet hatten? Ich hoffte es und war neugierig darauf, meinen Körper genauer zu inspizieren. Ich war ein cooler Player. Fränkie, der Killer!

Gut gelaunt richtete ich mich auf und sah auf meine Swatch. Es war neun Uhr morgens. Plötzlich fielen mir meine Eltern ein, die ja nicht wussten, wo ich war. Bestimmt machten sie sich Sorgen. Heute war Freitag, das ganze Wochenende mit ihnen lag also noch vor mir. Wenn ich es mir jetzt verscherzte, würde das böse Konsequenzen haben.

»Susi?«, fragte ich vorsichtig und rüttelte sanft ihren Arm. »Ich muss los.«

Murmelnd kam sie zu sich. »Frankyboy!« Sie blinzelte verschlafen. »Willst du nicht noch einen Kaffee? Den mach ich dir, du kannst in der Zeit duschen.« Susanne wusste, wie man einen Mann verwöhnt.

»Sind wir denn allein?«, fragte ich.

»Klar, der Kleine ist in der Grundschule und der Große hat um acht einen Termin beim Arbeitsamt. Der ist vor zwölf nicht wieder da.«

Als ich wenig später aus der Dusche stieg, inspizierte ich meine Rückseite nach Kratzspuren. Nackt und mit rausgestrecktem Hinterteil stand ich vor dem Badezimmerspiegel, als die Tür geöffnet wurde. Vor mir stand Hannes aus meiner Abi-Klasse. Entsetzt starrten wir einander an.

»Frank? ... Du und meine Mutter?«, Hannes' Stimme klang fassungslos. Bevor ich etwas erwidern konnte, drehte er sich um und knallte die Tür zu. »Mamaaaa!«, hörte ich ihn brüllen. Plötzlich wollte ich nur noch weg. Raus aus diesem Haus. Ich sprang in meine Sachen.

»Hannes, du solltest doch zum Amt!«, hörte ich Susanne schimpfen.

»Wenn ihr die ganze Nacht so laut bumst, dass ich nicht schlafen kann! Du und Frank! Ich fass es nicht! Das erzähle ich Papa!«

Wo war hier bloß der Ausgang? So schnell ich konnte, suchte ich das Weite. Ich hoffte inständig, dass sich der Skandal nicht zu schnell im ganzen Dorf herumsprechen würde. Was würden meine Eltern sagen! Ich musste schleunigst zurück nach Berlin.

Pfadfinderherz

Sascha (35), Techniker, Berlin,
über
Michelle (33), Sekretärin, Berlin

> **»** Was dann geschah, kann ich im Nachhinein nur mit einem Zusammenwirken von sentimentalem Mitleid und Alkoholeinfluss erklären. **«**

Michelle Bollinger hatte bei Männern wenig Erfolg. Da half es ihr auch nicht, dass sie ihre zu kurzen Oberarme und die zu kräftigen Schenkel mit zierlichen Tattoos und ihre knollige Nase mit einem kleinen silbernen Ring geschmückt hatte. Sie hatte zwar schöne, ausdrucksvolle Augen, doch ihre teigigen Hamsterbacken, die stets leicht herabhängende wulstige Unterlippe und das fliehende Kinn machten jeden Liebreiz zunichte. Mit ihrem kegelförmigen Kopf auf einem kaum vorhandenen Hals erinnerte sie an eine schlecht gezeichnete Comic-Figur.

Michelle arbeitete als Sekretärin in demselben Betrieb, einem Zulieferbetrieb für die Autoindustrie, bei dem auch ich als Techniker bis heute angestellt bin. Ich wusste, dass sie mich mochte. Vor einiger Zeit passte sie mich nach Feierabend am Fabriktor ab, angeblich um mich wegen eines Computerproblems um Rat zu fragen. Uns beiden war klar, dass das ein Vorwand war. Wir könnten zu ihr gehen, um ihren Laptop anzusehen, und sie würde mir einen Kaffee machen, oder so. Doch eine solche Annäherung war für mich einfach undiskutabel. Ich kann nicht sagen, dass sie mir unsympathisch war, aber einfach zu hässlich. Andererseits tat sie mir leid. Ich bin nun einmal ein mitfühlender Mensch, und das manchmal vielleicht zu stark, aber so bin ich schon immer gewesen. Also setzte ich ein freundliches Lächeln auf und erklärte:

»Das könnte dummes Gerede geben, im Betrieb. Du weißt doch, wie die Kollegen sind. Und außerdem bin ich mit Karola zusammen. Hast uns ja bestimmt schon gesehen.«

Ich fürchte, es klang, als würde ich diesen Umstand bedauern, ein bisschen zu freundlich, fast wie ein verdecktes Versprechen. Aber ich wollte sie nicht verletzen. Wie gesagt: Ich hatte Mitleid mit ihr. Dass auch unscheinbare Frauen hartnäckige Strategien verfolgen, um an ein Ziel zu gelangen, und zugleich ein erstaunliches Selbstbewusstsein entwickeln können, man könnte auch sagen, eine fatale Fehleinschätzung ihrer Wirkung auf andere, verbunden mit einer zynischen Ruppigkeit, war mir bis dahin nicht bewusst. Vielleicht ist das ihr Versuch, es den Männern gleichzutun oder ihnen etwas heimzuzahlen, vielleicht auch eine Art Selbstschutz oder einfach nur Unsicherheit, vermutlich ein Gemisch aus alldem. Ein weibliches Gegenstück zum Machismo, den gerade auch hässliche Männer entwickeln können. Ich hatte nie darüber nachgedacht. Umso überraschter war ich, mit welch lässiger Selbstsicherheit, ja Überheblichkeit sie mir hinwarf: »Na, dann ein andermal«, und leise, fast unhörbar hinzufügte: »Wirst es dir schon noch überlegen!«

Für mich gab es da nichts zu überlegen. Also schlug ich ihr vor, den Laptop am nächsten Tag in den Betrieb mitzubringen, was sie auch tat. Das Gerät war natürlich völlig in Ordnung.

Ich wollte mit Michelle wirklich nichts zu tun haben. Immerhin liebte ich Karola und tue es heute noch. Meine hübsche, zuverlässige Karola mit ihren dunklen Locken und dem nachdenklichen Gesicht. Sie ist so ziemlich in allem das Gegenteil von Michelle, groß, schlank bei gleichzeitiger Kurvigkeit und von einer etwas zerstreuten Liebenswürdigkeit. Seit zwei Jahren war ich mit ihr zusammen. Es waren zwei schöne Jahre, ohne große Ausschläge nach oben oder unten und tatsächlich ohne ernsthaften Streit, aber vielleicht auch ohne wirklich überschäumende Leidenschaft.

Karola liebte es, abends gemeinsam mit mir zu kochen, sie mochte gutes Essen und guten Wein. Danach verzog sie sich gern auf die Couch vor dem Fernseher, im Winter mit einer dicken, flauschigen Decke. Eigentlich mochte ich dieses beschauliche Leben mit ihr. Ich mochte auch den sanften Blümchensex, den wir praktizierten, und ich wollte, dass alles so weiterging. Jedenfalls hatten wir beschlossen, demnächst zusammenzuziehen, und hatten auch schon eine geräumige Altbauwohnung in Berlin-Kreuzberg angemietet.

Nur manchmal juckte es mich, aus dieser Idylle auszubrechen. Dann, so ein bis zwei Mal im Monat, zog ich mit zwei Freunden los, immer mit denselben, meist in die Kneipenszene von Berlin-Mitte. Nicht dass ich Karola von diesen Unternehmungen ausschließen wollte. Oder vielleicht doch? Jedenfalls hatte sie auch keinerlei Interesse daran mitzukommen, wie sie sagte.

Ich merkte jedoch, dass es ihr nicht gefiel, wenn wir so um die Häuser zogen, obwohl sie sich bisher nie wirklich beschwert hatte, höchstens ein bisschen herumgebrummelt. Meine Freunde klagen viel über das »Gemotze« und »Gemeckere« ihrer Freundinnen. »Motzen« und »Meckern« sind unschöne Begriffe, die ich mit Karola gar nicht in Verbindung bringen würde. Doch auch zum Beschweren hatte sie keinen wirklichen Grund, denn ich hatte mich in den ganzen zwei Jahren nie mit anderen Frauen eingelassen, jedenfalls nicht ernsthaft. Ich will damit sagen, ich hatte in dieser Zeit nie mit einer anderen Sex. Wie schon erwähnt: Ich liebte Karola wirklich.

An jenem Abend vor sechs Monaten jedoch erschreckte mich Karolas drohender Ton, als ich ihr am Telefon erklärte, dass ich am kommenden Freitag mit meinen Freunden ausgehen würde. Sie entgegnete: »Das würde ich mir an deiner Stelle gut überlegen ... das lässt du vielleicht besser.«

Dann nach einem Moment beiderseitiger Sprachlosigkeit entschied sie: »Freitagabend erwarte ich dich gegen acht, hier bei mir.«

Es folgte ein unangenehmer Disput über persönliche Freiheit, unangebrachte Besitzansprüche und Ähnliches, den ich schließlich beendete, indem ich wütend auflegte. Ihr offensichtliches Misstrauen kränkte mich und ich fühlte mich ungerecht behandelt.

Also zogen wir, meine beiden Freunde und ich, an jenem Freitag wie üblich los. Kaum hockten wir vor unserem Bier an der Bar des Clubs, in dem wir unsere Tour gewöhnlich begannen, als mir jemand von hinten auf die Schulter tippte. Ich fuhr herum. Es war Michelle.

»Schön, dass du da bist«, sagte sie, so als ob wir verabredet wären. Ich stellte sie meinen Freunden vor, und sie spendierte lauthals eine neue Runde Bier. Und dann fing sie tatsächlich an, uns alle drei irgendwie anzubaggern. Sie sprudelte Sprüche und skurrile Anekdoten heraus und gab ersichtlich ihr Bestes. Dabei war sie unterhaltsamer und witziger, als ich erwartet hätte. Die Arme legte sich richtig ins Zeug, aber meine Freunde zeigten wenig Interesse an ihr.

»Mann, die sieht ja echt scheiße aus«, meinte der eine, »das kannste laut sagen«, der andere, als Michelle für einen Moment auf der Toilette verschwunden war. Sie gingen nicht auf ihre Geschichten ein, sondern schlossen sie aus ihren Gesprächen aus. Die Folge dieser Ablehnung war, dass Michelle sich nun ganz auf mich konzentrierte. Sie wich mir nicht mehr von der Seite, und als wir das Lokal wechselten, schloss sie sich uns wie selbstverständlich an.

Gegen zwei verabschiedeten sich meine Freunde, und auch ich wollte nach Hause.

»Lädst du mich noch auf einen Kaffee zu dir ein?«, fragte Michelle unbefangen und selbstbewusst.

»Kommt gar nicht in …«

»Bitte!«, unterbrach sie mich in einem ernsten, eindringlichen Ton, der keinen Widerspruch dulden wollte.

Auf einen Kaffee? Na ja, warum eigentlich nicht? Ich brachte es einfach nicht übers Herz, sie zu enttäuschen, nachdem sie sich den ganzen Abend solche Mühe gegeben hatte. Was machte es mir schon aus? Und wie gesagt: Sie tat mir leid. Es sollte meine gute Tat für diesen Tag sein. Immerhin hatte ich heute noch keine Mutter mit Kind an der Supermarktkasse vorgelassen und keiner alten Frau über die Straße geholfen.

Also nahmen wir ein Taxi und fuhren zu meinem Apartment, wo es statt Kaffee allerdings nur Hagebuttentee gab. Als Michelle den getrunken hatte, versuchte ich, ihr durch übertrieben theatralisches Gähnen zu zeigen, dass ich todmüde war. Sie schien meine Aufforderung zum Gehen verstanden zu haben, meinte aber zu meiner Überraschung:

»Lass mich noch einen Augenblick hier sitzen. Leg dich ruhig hin. Ich geh auch gleich und zieh die Tür hinter mir zu.«

»Na, meinetwegen.«

Ich war zu müde, um mich auf eine Diskussion mit ihr einzulassen, ging unter die Dusche und legte mich in meinem winzigen Schlafzimmer ins Bett. Ich schlief sofort ein.

Was dann geschah, kann ich im Nachhinein nur mit einem Zusammenwirken von sentimentalem Mitleid und Alkoholeinfluss erklären. Ich erwachte durch ein leises metallisches Klappern. Vermutlich war es die Gürtelschnalle von Michelles Jeans. Als ich die Augen öffnete, stand sie im Schein der Nachttischlampe nackt direkt vor meinem Bett, das fast das ganze Zimmer ausfüllte. Bauch, Brüste, Oberschenkel, alles schimmerte hell, war überquellend und von beachtlichen Dimensionen. Zu meiner eigenen Verwunderung hob ich die Bettdecke an, um sie darunterkriechen zu lassen.

Der Sex mit ihr war ganz anders als mit Karola, ohne langes Vorspiel, rauer, schneller. Wieder wunderte ich mich über die unbefangene Selbstsicherheit dieser unscheinbaren Frau. Sie übernahm die Führung, ritt selbstvergessen, fast rücksichtslos auf mir, kam schnell und mehrmals mit kurzen, heftigen Schreien. Sie schien sich bedenkenlos alles zu nehmen, was ihr Lustgewinn versprach. Vielleicht weil es für sie die einzige Möglichkeit war?

Woher hatte sie diese Obszönitäten, die sie mir ins Ohr flüsterte, die überraschenden Tricks, die mich immer geiler machten? Mit wem mochte sie sich vor mir eingelassen haben? Und woher bezog sie überhaupt ihre zielstrebige Selbstgewissheit? Ich habe es nie ergründet.

Jedenfalls hatte diese Nacht eine Wendung genommen, mit der ich nie gerechnet hätte. Und ich muss gestehen, ich habe es genossen, damals, da ich die Folgen noch nicht ahnte.

Als ich gegen sieben mit einem ziemlichen Brummschädel aufwachte, sah ich direkt vor meinem Gesicht Michelles rundliche Schulter, einen kleinen Fleischhügel mit zwei »Grübchen«, und sofort setzten gleichzeitig ein heftiger Kopfschmerz und ein ebenso heftiges schlechtes Gewissen ein. Ich rüttelte sie wach. »Du musst jetzt gehen. Ich muss weg.«

Jetzt wollte ich sie so schnell wie möglich loswerden, und zwar am besten für immer. Sie rollte sich zu mir herum und wollte mich an sich ziehen.

Ich spürte, wie mein Penis schon wieder zur Höchstform auflief. Aber ich entwand mich ihr und huschte ins Badezimmer. Durch die offene Tür erklärte ich, dass ich meinen Eltern versprochen hätte, mit ihnen zu frühstücken, und das sei bei denen immer ziemlich kurz nach Mitternacht, also pünktlich um halb neun.

Erleichtert stellte ich fest, dass sie aufgestanden war und noch etwas verschlafen ihre Klamotten zusammenklaubte. Dann aber fragte sie in beiläufigem Ton:

»Seh ich dich heute Abend?«

»Nein, versteh doch, das geht nicht! War wirklich schön mit dir, heute Nacht, aber es kann keine Wiederholung geben. Ganz bestimmt nicht. Und noch was: Ich hoffe doch stark, dass das unter uns bleibt. Du weißt, dass ich mit Karola zusammen bin. Wir werden heiraten.«

Letzteres war zwar keineswegs ausgemacht, aber es schien mir ein gutes Argument, um sie abzuschrecken.

»Quatsch! Was willst du denn mit der? Kann ich mal deine Zahnbürste benutzen? Karola passt doch gar nicht zu dir.«

»Okay, nimm die Zahnbürste.«

Ich finde es ekelhaft, eine Zahnbürste zu verleihen, aber ich würde mir eine neue kaufen.

»Im Übrigen, ich liebe Karola.«

»Das bildest du dir doch nur ein. Wieso dann die Sache heute Nacht? War doch toll. Oder?«

In diesem Stil ging es noch eine Zeit lang weiter. Dann waren wir beide angezogen.

»Ich muss jetzt wirklich los.« Damit schob ich sie sacht zur Tür hinaus und verabschiedete mich mit einem Kuss auf ihre Wange. Auf den Mund mochte ich sie nicht küssen, da sie an diesem Morgen trotz der geputzten Zähne nicht gut roch.

In der folgenden Woche verfolgte mich Michelle mit der Verbissenheit eines Terriers. Täglich nervte sie mich mindestens ein oder zwei Mal mit ihren Anrufen und bombardierte mich mit fordernden SMS. Anfangs versuchte ich ihr immer wieder sanft zu erklären, dass es mir mit ihr wirklich sehr gefallen habe, dass diese Nacht aber ein einmaliges Ereignis bleiben müsse. Wegen Karola. Ich wollte sie nicht kränken. Die Wahrheit, nämlich dass meinerseits alles eher ein Akt des Mitleids war, eine gute Tat sozusagen – jedenfalls war es das in erster Linie –, das mochte ich ihr nicht an den Kopf werfen. Aber sie besaß die Hartnäckigkeit einer Zecke. Nach drei Tagen drückte ich jedes Mal den Trennknopf, sobald ihre Nummer auf dem Telefondisplay auftauchte. Ihre SMS ließ ich unbeantwortet.

Der kleine Disput mit Karola war längst vergessen – wenn auch das Grundproblem blieb, nämlich dass wir verschiedene Vorstellungen von einer befriedigenden Freizeitgestaltung hatten. Ich erzählte ihr, dass Michelle, die sie vom Sehen kannte und die sie nie als Konkurrenz ansehen würde, mich wie ein Stalker verfolgte. Ein sicher nicht ganz unwichtiges Detail verschwieg ich schamhaft, nämlich mein mitfühlendes Verhalten in jener Freitagnacht.

Zwei Wochen später, es war ein sonniger Samstagmorgen, arbeiteten Karola und ich an der Renovierung unserer neuen Wohnung in Kreuzberg. Sie saß in ihrem befleckten Arbeitskittel rittlings auf der Spitze einer altersschwachen Trittleiter und pinselte am Stuck der hohen Zimmerdecke herum. Mit ihrem Hut aus Zeitungspapier sah sie aus wie ein Kind auf seinem Schaukelpferd. Die Wohnungstür und die Fenster standen zum Lüften offen, und ein lauer Frühlingswind zog durch die Räume.

Als ich für einen Moment auf der Toilette war, hörte ich plötzlich zwei Frauenstimmen, die sich offensichtlich stritten. Ich lauschte durch die geschlossene Tür, konnte aber die Worte der beiden nicht verstehen. Die eine Stimme gehörte Karola, und als der Lärm des Gezänks noch weiter anschwoll, erkannte ich auch die zweite. Mein Herz hämmerte wie ein überdrehter Motor. Mir stockte der Atem vor Schreck, und ich wagte mich zuerst nicht aus meiner Kammer. Verdammte Scheiße: Es war Michelle, die da mit Karola herumzickte.

Da klar war, dass ich mich nicht ewig in der Toilette verstecken konnte, nahm ich allen Mut zusammen und betrat leise das Zimmer, in dem die beiden stritten. Sie schienen mich gar nicht zu bemerken, jedenfalls zeterten sie weiter, ohne mich zu beachten. Ganz offensichtlich ging es um mich. Um was auch sonst? Ich hörte, wie Karola gerade von ihrer Leiter herab kreischte:

»Jetzt verpiss dich doch endlich! Und lass dich hier nie wieder blicken!«

Das war weder ihre normale Ausdrucksweise noch ihre übliche Stimmlage. Ich hatte sie noch nie so zornig erlebt. In einer anderen Situation hätte es mir wahrscheinlich gefallen, dass sie zu einer solchen Erregung überhaupt fähig war.

Michelle dachte jedoch offensichtlich nicht daran, ihrer Aufforderung zu folgen. Stattdessen trat sie zu der Leiter und begann, diese wütend zu schütteln wie einen jungen Apfelbaum.

Entsetzt sah ich, wie sich zwei Schrauben in dem Metallband, das die Leiter oben zusammenhielt, aus dem Holz lösten. Die Leiter ächzte wie ein gichtgeplagter alter Mensch. Ich musste etwas tun, um das drohende Unheil zu verhindern, Halt schreien, die Leiter stützen, was auch immer, aber ich war wie gelähmt. Ich konnte nur zusehen, wie sich die beiden Seitenteile unschön gegeneinander verschoben und die Leiter sich, zuerst wie in Zeitlupe, nach vorn neigte und dann immer schneller werdend mitsamt Karola krachend zu Boden stürzte.

Karola lag schreiend auf dem mit bekleckerten Plastikplanen bedeckten Boden. Offenbar hatte sie sich verletzt und konnte nicht allein aufstehen. Ich sprang über die zwischen uns stehenden Farbeimer zu ihr, um ihr aufzuhelfen, aber sie wehrte mich wimmernd ab und verbarg ihre Unterarme unter ihrem gekrümmten Körper. Michelle stand verschreckt und bleich daneben. Es tue ihr leid und das habe sie nicht gewollt, stammelte sie bestürzt. Ihre Hamsterbacken zitterten vor Schreck. Aber dann fasste sie sich, kramte ihr Telefon aus ihrer Tasche und rief einen Notarztwagen.

Als die beiden Sanitäter Karola vorsichtig auf die Beine halfen, hingen ihre Hände an den Handgelenken, wie abgeknickt, schlaff herunter; es sah aus, als wären sie irgendwie falsch eingehängt.

Sie stöhnte und hatte offensichtlich schlimme Schmerzen. Wütend brüllte ich Michelle an, sie solle endlich abhauen. Verdattert und schuldbewusst schlich sie davon.

Wie sich im Krankenhaus herausstellte, hatte sich Karola beide Handgelenke gebrochen. Mit ihren eingegipsten und geschienten Armen war sie vier Wochen lang völlig hilflos. Von schlechtem Gewissen getrieben, nahm ich Urlaub, um für sie zu sorgen, was nicht nur bedeutete, dass ich sie fütterte, sondern auch, dass ich ihr den Hintern abwischte und was auch immer sonst noch anfiel. Auf diese Weise kamen wir uns sehr nahe, so nahe wie nie zuvor, und eine Woche, nachdem sie ihre Hände wieder einigermaßen gebrauchen konnte, haben wir geheiratet.

Michelle erschien nach dem Unfall nicht mehr zur Arbeit. Es hieß, sie sei krank, und später, nach etwa vier Wochen, sagte man, sie habe gekündigt. Ich habe seither nie wieder etwas von ihr gehört. Und ich habe auch nie erfahren, ob sie Karola bei dem Streit etwas über die Nacht mit mir angedeutet hatte. Und wenn schon, Karola hätte ihr sowieso nicht geglaubt. Zu abwegig wäre ihr die Vorstellung erschienen, ich könnte sie mit Michelle hintergangen haben. Immerhin bin ich um die Erkenntnis reicher, dass Mitleid in Sachen Sex ein schlechter Ratgeber ist.

Alanya

Lukas (28), Elektroingenieur, Berlin,
über
Sibel (26), Lehrerin, Alanya

> An Sibels Weigerung, mir ihre wertvolle Un-
> schuld zu opfern, änderte sich jedoch nichts.
> Am Gürtel ihrer Jeans begann für mich eine
> Tabuzone, die ich nicht überschreiten durfte.

Sibel Kaja ist die Liebe meines Lebens, aber ich habe es ver-
masselt. Schon als Schüler war ich in sie verliebt, damals auf
dem Gymnasium in Berlin-Kreuzberg, das sie zwei Klassen unter
mir besuchte. Manchmal schaute sie auf dem Schulhof aus ihren
dunklen Augen mit den langen, dichten Wimpern zu mir herüber,
mit nachdenklichem Gesicht, so als würde sie etwas überlegen.
Dann wurde ich verlegen, hielt ihrem Blick nicht stand und tat,
als unterhielte ich mich mit einem Freund. Aus den Augenwinkeln konnte ich jedoch beobachten, dass sie meine Verlegenheit
bemerkte und mit einem kleinen, spöttischen Lächeln quittierte.

Dass es schwer war oder genau genommen fast unmöglich, an
die türkischen Mädchen heranzukommen, war für uns Jungen
eine Binsenweisheit. Nie ergab sich die Gelegenheit, Sibel allein
zu sprechen. Vielleicht fehlte mir aber auch nur der Mut oder die

Erfahrung, eine solche Gelegenheit herbeizuführen. Immer waren ihre beiden Freundinnen um sie herum, mit denen sie ständig zusammengluckte und in einem unsäglichen Gemisch aus Deutsch und Türkisch palaverte.

Und dann war da auch noch ihr Bruder Ömer, ein hübscher, freundlicher Junge, der in eine Klasse mit mir ging. Er war Klassenbester und schien keinerlei Probleme mit seinem sogenannten Migrationshintergrund zu haben. Doch wachte er kaum merklich, aber beständig über die Familienehre, die für ihn immens wichtig war und irgendwie sehr eng mit Sibels Tugendhaftigkeit zusammenzuhängen schien.

Die Eltern Kaja führten einen kleinen Obst- und Gemüseladen in Kreuzberg. Der Vater war als kleiner Junge in den sechziger Jahren mit seinen Eltern nach Deutschland gekommen und hatte die Mutter, eine inzwischen leicht verblühte Schönheit mit lückenhaften Deutschkenntnissen, als junges Mädchen aus Ostanatolien nachgeholt.

Sibel half nachmittags manchmal im Laden der Eltern aus, und wenn ich für meine Mutter einkaufen ging, zog es mich immer wieder dorthin, obwohl es durchaus Gemüsegeschäfte gab, die näher bei unserer Wohnung lagen. Stets erhoffte ich mir, sie dort zu sehen, aber meistens bediente mich ihre Mutter, bei der ich dann allerlei überflüssiges Zeug kaufte. Dabei versuchte ich, unauffällig in die hinter dem Laden liegenden Räume zu spähen, um vielleicht Sibel dort zu entdecken. Nur zweimal hatte ich Erfolg und traf sie, sogar allein, im Geschäft an. Aber jedes Mal verpatzte ich die Gelegenheit, sie in ein persönliches Gespräch zu verwickeln oder mich gar mit ihr zu verabreden. Verlegen stotterte ich meine Einkaufswünsche herunter, ihr belustigter Gesichtsausdruck brachte mich vollends aus der Fassung. Verschämt murmelnd verabschiedete ich mich jedes Mal, und wenn ich dann wie blöd vor dem Laden stand, verfluchte ich meine Schüchternheit und Unbeholfenheit.

Zu Sibels Familie gehörte schließlich noch ihr etwa drei Jahre jüngerer Bruder Cem, ein finsterer, wortkarger Bursche, der überhaupt nicht in diese freundliche Familie passte. Manchmal sah ich ihn, wenn ich von der Schule kam, mit einer Bande ähnlich großmäuliger Kerle in dem kleinen Park in der Nähe des Hauses meiner Eltern herumhängen und Leute anpöbeln. Es waren Typen von der Sorte, der niemand gern auf einer dunklen Straße begegnet. Der kleine, stämmige und muskelbepackte Cem mit seinem dümmlichen Grinsen, seiner rauen, kehligen Stimme und seinem verstümmelten Deutsch löste in mir, immer wenn ich ihm begegnete, ein unbehagliches Gefühl aus.

Nach dem Abitur ging ich nach Aachen, um dort an der TU Elektrotechnik zu studieren. Nur noch selten dachte ich an Sibel, aber vergessen habe ich sie nie ganz. Ich lernte Ute kennen, die in der Sparkasse arbeitete, bei der ich mein mageres Konto führte, das ich ständig davor bewahren musste, zu tief ins Minus zu rutschen. Sie war ein stilles, hübsches Mädchen, vielleicht ein wenig blass, und ich glaube, sie liebte mich, jedenfalls ein bisschen. Wir kochten zusammen, gingen ins Kino oder ins Theater und fuhren mit Freunden übers Wochenende zum Segeln nach Holland. Und wir schliefen miteinander, was nicht unbedingt aufregend war, aber trotzdem schön. Mir war jedoch klar, dass unser Verhältnis nicht von Dauer sein könnte. Irgendwann würde ich einen Schlussstrich ziehen.

Und das ergab sich, als ich nach Berlin zurückmusste. Ich hatte gerade vier Semester in Aachen hinter mir, als mein Vater einen Herzinfarkt erlitt und seinen Beruf als Elektromeister nicht mehr voll ausüben konnte. Er hatte einen kleinen Handwerksbetrieb, dessen Einnahmen in der Folge ständig zurückgingen, sodass meine Eltern mich nicht mehr wie bisher unterstützen konnten. Mein Antrag auf BAföG wurde abgelehnt, da ich ehrlicherweise angegeben hatte, dass ich Eigentümer eines Hauses in Berlin war. Es war das Haus, in dem meine Eltern wohnten und das Geschäft führten. Mein Vater hatte es auf mich überschrieben, aus Angst vor der Erbschaftssteuer, glaube ich. Und so beschloss ich, in Berlin weiterzustudieren und eine Mansarde in meinem Elternhaus zu beziehen. Als ich Ute bei unserem letzten gemeinsamen Abendessen – zugegebenermaßen ziemlich unvorbereitet – von meinen Plänen erzählte, lächelte sie. Ich stockte.

»Berlin«, sagte sie dann verträumt und mir wurde sehr unbehaglich. Nach meiner Erläuterung, dass es mit uns zu Ende war, fing sie an zu weinen, und dann kotzte sie auf meinen Küchentisch. Ich hatte ein wirklich schlechtes Gewissen. Aber davon wollte ich hier eigentlich gar nicht erzählen.

Zwei oder drei Wochen, nachdem ich das neue Semester an der TU Berlin begonnen hatte, traf ich dort in der Mensa Ömer, Sibels Bruder. Obwohl wir in der Schulzeit nicht viel miteinander zu tun gehabt hatten, kamen wir schnell ins Gespräch, redeten von alten Zeiten und was aus unseren Klassenkameraden geworden oder auch nicht geworden war. Dann machte er plötzlich einen Sprung und erzählte mir unvermittelt und ohne dass ich ihn danach gefragt hatte, dass Sibel hier in Berlin Pädagogik studiere und Lehrerin werden wolle. Er schien vorauszusetzen, dass mich das interessierte. Ob er von meiner Liebe zu seiner Schwester etwas ahnte? Schließlich war er ein schlauer Junge.

Sibel hatte ich fast zwei Jahre nicht gesehen. Allerdings war sie nach Ömers Erzählung in meinem Kopf plötzlich wieder höchst präsent, und ich war begierig darauf, sie wiederzusehen. Mit Ömer traf ich mich nun öfter, anfangs nur in der TU, dann gingen wir auch abends zusammen weg, meist in meine Lieblingsbar, wo er auch meine Freunde kennenlernte. Ich freundete mich mit ihm an, nicht nur weil ich hoffte, über ihn mit Sibel Kontakt zu bekommen, sondern einfach weil ich ihn mochte.

Eines Tages lud er mich zu sich nach Hause zum Abendessen ein. Seine Mutter sei eine unglaubliche Köchin, und ihre Meze seien unvergleichlich. Noch nie war ich bei einer türkischen Familie zu Hause gewesen, geschweige denn zum Essen eingeladen. Ich fühlte mich etwas beklommen, irgendwie vereinnahmt, aber der Gedanke, Sibel wiederzusehen, mit ihr sprechen zu können, war so verlockend, dass ich nach kurzem Zögern – also vielleicht nach drei Sekunden – zusagte.

Als ich an dem vereinbarten Abend mit einem kleinen Strauß Nelken – nicht meine Lieblingsblumen, aber gerade günstig zu haben – an der Wohnungstür der Kajas klingelte, öffnete sie mir – Sibel! Sie war noch schöner geworden, als ich sie in Erinnerung hatte, irgendwie größer, schlanker, erwachsener.

»Hi«, sagte ich, da mir in meiner Verwirrung nichts Klügeres einfiel.

»Komm doch rein! Schön, dass du gekommen bist.« Sie war locker und unbefangen. Dann führte sie mich ins Esszimmer und stellte mich ihren Eltern vor, die ich vom Sehen her ja kannte und die etwas steif und unbeholfen herumstanden.

Ihr Zuhause entsprach genau der Klischeevorstellung von einer türkischen Wohnung, die sich, ich weiß nicht warum, in meinem Hirn eingenistet hatte. Eine unsägliche großgeblümte Couchgarnitur prangte um einen klobigen, niedrigen Tisch, Wandteppiche in tollen Neonfarben mit Moscheen, Palmen und Pyramiden darauf, Topfpflanzen, ein imposanter Großbildfernseher und allerlei türkischer Nippes. Ich senkte schnell wieder den Blick, aus Angst, man könnte mir mein Entsetzen ansehen. Als ich aber zu Sibel hinüberlinste, zog sie die Schultern und ihre wunderbar geschwungenen Augenbrauen hoch, als wollte sie sagen: »Das ist halt ihr Stil, mach dir nichts draus, mir gefällt's auch nicht.« Dieses stille Einverständnis versetzte mich in eine ungeahnte Hochstimmung.

Beim Essen saß ich zwischen Sibel und Ömer. Cem war zu meiner Erleichterung nicht da, aber ich bekam mit, dass er gerade seinen Ausbilder verprügelt und seine Ausbildungsstelle verloren hatte. Das war zwar alles nicht seine Schuld, aber die Familie machte sich ernsthafte Sorgen um ihn.

Die Unterhaltung mit den Eltern verlief steif, höflich und ziemlich holprig, nicht nur wegen der mangelnden Sprachkenntnisse von Frau Kaja. Am Ende redeten nur noch die Geschwister und ich. Unser Gespräch verlief locker, manchmal sogar leicht unter der Gürtellinie, was die Eltern jedoch nicht mitbekamen. Sie merkten auch nicht, dass Sibels Knie während der Unterhaltung mehrmals wie unbeabsichtigt mein Bein streifte und sich unsere Oberschenkel schließlich im Schutz der schweren, bestickten Tischdecke dauerhaft eng aneinanderschmiegten.

Als ich mich gegen zehn Uhr verabschiedete und mich für das tatsächlich köstliche Essen bedankte, war ich für den nächsten Tag mit Sibel in einem Café in der Nähe ihrer Wohnung verabredet.

Von nun an sahen wir uns fast jeden Tag, aber es blieb erst einmal bei Besuchen im Café, Spaziergängen im Park und manchmal einem gemeinsamen Kinobesuch. Obwohl sie mittlerweile zwanzig war, bestanden ihre Eltern darauf, dass sie um zehn, spätestens halb elf zu Hause war. Zu früh, um wirklich etwas zu unternehmen. Und Sibel hielt sich daran.

Wir küssten uns und knutschten ein bisschen auf Parkbänken oder in der hintersten Kinoreihe, und das war es dann. Meinem Vorschlag, mit mir auf meine Mansarde zu kommen, den ich in leicht variierender Form immer wieder anbrachte, wich sie stets mit fadenscheinigen Argumenten aus. Meistens musste sie bald darauf schnell nach Hause, um noch irgendwas zu erledigen.

Aber dann, nach einem gelungenen Abendessen in einem Restaurant, das ich mir eigentlich nicht leisten konnte, sagte sie plötzlich im Auto von sich aus, wie beiläufig: »Komm, lass uns zu dir gehen!«

Was war das? War ich am Ziel meiner Wünsche? Ich ließ mir meine Überraschung nicht anmerken.

In meinem Zimmer legte sie ihre Arme um meinen Hals und küsste mich zärtlich mit ihren vollen, weichen Lippen. Wir ließen uns auf mein Bett fallen, und während wir uns kichernd darauf herumwälzten, ließ sie es widerstandslos zu, dass ich ihr den Pullover hoch und dann langsam über den Kopf streifte und ihren BH öffnete. Die glatte Haut ihres Körpers war von einer hellen Olivfarbe, und ihre festen, runden Brüste hatten dunkle Höfe. Überwältigt von ihrer Schönheit streichelte ich ihren schlanken Körper. Als sich meine Hand jedoch ganz behutsam unter den Bund ihrer hautengen Stretchjeans schieben wollte, zog sie sie sanft, aber bestimmt zurück.

»Bitte nicht … noch nicht!« In ihrer heiseren Stimme schwang etwas wie Bedauern mit, und ihr Blick schien um Verständnis zu bitten.

»Du bist noch – äh, Jungfrau?« Irgendwie kam mir meine Frage unpassend und blöd vor, aber sie antwortete, als wäre es das Logischste auf der Welt: »Nun ja, ich bin eben Türkin.« Das schien ihr als Erklärung ausreichend.

Auch in den folgenden Wochen trafen wir uns fast täglich. Oft gingen wir in mein Zimmer, knutschten auf dem Bett, streichelten uns und spielten aneinander herum. An Sibels Weigerung, mir ihre wertvolle Unschuld zu opfern, änderte sich jedoch nichts. Am Gürtel ihrer Jeans begann für mich eine Tabuzone, die ich nicht überschreiten durfte. Meine Hoden schmerzten jedes Mal. Es war zum Verrücktwerden. Ich fühlte mich wie Tantalus, der Durst und Hunger litt, obwohl er bis zum Kinn im Wasser stand und über seinem Kopf die tollsten Früchte hingen. Wenn er trinken wollte, wich das Wasser zurück, und wenn er nach den Früchten griff, hob ein Windstoß die Äste außer Reichweite. Soweit ich mich erinnere, war das eine Strafe der alten griechischen Götter dafür, dass er ihnen das Fleisch seines eigenen Sohnes zum Abendessen serviert hatte.

Also da war die Strafe ja wohl angemessen und verständlich. Aber womit hatte ich meine Situation verdient? Trotz allem oder vielleicht sogar wegen ihrer Zurückhaltung liebte ich Sibel mehr und mehr.

Dann, es war Anfang Juni, erzählte sie mir, dass sie in den Ferien mit ihrer ganzen Familie in die Türkei fahren müsse, zu Verwandten ihres Vaters, die in einem kleinen Dorf nicht weit von der Südküste bei Alanya lebten.

»Wollen die dich da verheiraten?«, entfuhr es mir.

»Ich denke schon, dass sie das wollen«, nickte sie, wie mir schien, ziemlich unbekümmert. »Aber da haben sie sich vertan. Wen ich heirate, bestimme ich schon noch selbst.«

»Würdest du mich denn heiraten, wenn ich dich darum bitte? – Ich meine, na ja, nicht gleich, aber später, irgendwann, wenn ich fertig bin.« Was hatte ich da gesagt? Das war zweifellos so etwas wie ein Heiratsantrag. Geplant hatte ich das nicht, aber ich kann auch nicht sagen, dass es mir schon wieder leidgetan hätte. Sie sah mich einen Moment aus ihren schönen, dunklen Augen an, wie abwesend, so als dächte sie an etwas ganz anderes. Dann nahm sie meinen Kopf zwischen ihre schmalen Hände und küsste mich zärtlich auf den Mund. »Ja, das würde ich – ganz bestimmt«, flüsterte sie. Mir wurde klar: Ich war verlobt, heimlich verlobt, mit einem türkischen Mädchen.

Der Gedanke, dass wir uns für mindestens vier Wochen nicht sehen würden, erschien uns beiden unerträglich. Aber dann hatte Sibel eine Idee. Ich könnte doch einen Billigflug in die Türkei buchen und mich irgendwo in Alanya einmieten. Dann könnten wir uns dort treffen. Ihre Familie brauche davon ja nichts zu wissen. Also suchte ich mir im Internet einen Flug und ein einfaches Hotel heraus und buchte eine Reise nach Alanya.

Es war drückend heiß an der türkischen Südküste, ständig fast vierzig Grad, mein Hotel lag in einer engen, lauten Straße und bot nicht den geringsten Komfort, genau genommen war es ein Dreckloch. Den Strand erreichte ich nach einem strammen Fußmarsch von einer Viertelstunde; er war voll und lärmig. Natürlich hätte ich das alles locker ertragen, wenn ich mit Sibel hätte zusammen sein können, aber da gab es Probleme.

Sie war mit ihrer Familie vorausgefahren, doch erst drei Tage nach meiner Ankunft erreichte ich sie zum ersten Mal auf ihrem Handy. Ihre samtige, dunkle Stimme klang freundlich und verhei-ßungsvoll wie immer. Aber es sei schwierig, sich mit mir zu treffen, erklärte sie. Ihr Dorf sei fast zwanzig Kilometer von Alanya weg und die Verkehrsverbindungen schlecht, ein Auto oder so was habe sie auch nicht, und vor allem sei es schwer, von der Familie wegzukommen. Immer sei sie von irgendwelchen Tanten, Cousins und Cousinen belagert, deren türkischen Dialekt sie kaum ver-stehe. Leider! Sie habe sich das auch anders vorgestellt. Schade!

Also ging ich weiter jeden Tag an den überfüllten Strand, las viel, aß allein in einer der billigen Dönerbuden, lag abends in meinem drückend heißen stickigen Zimmer auf meinem Bett und starrte an die Decke – und vor allem langweilte ich mich. Nur einmal, am Ende der ersten Woche meines Aufenthalts, trafen wir uns. Ömer hatte Sibel am Nachmittag in die Stadt mitgenommen und in der Nähe meines Hotels abgesetzt. Ihn hatte sie eingeweiht und ihm erzählt, dass ich in Alanya war, aber ich glaube, er hatte sowieso bereits etwas von unserer Liebe geahnt.

Sibels Haut war jetzt noch etwas dunkler und sie schien mir in ihrem weißen Sommerkleid noch begehrenswerter als bisher schon. Sie war wunderschön und ich liebte sie wahnsinnig, ich war verrückt nach ihr.

Die Hitze hatte an diesem Tag etwas nachgelassen, und so wanderten wir Hand in Hand auf den Burgberg, der die Stadt überragt. Es waren um diese Zeit nur wenige Touristen in der Festung unterwegs, und in dem alten Gemäuer fanden wir eine stille, grasbewachsene Stelle, wo wir uns stürmisch umarmten und küssten. Hinlegen konnten wir uns dort allerdings nicht, schon wegen des weißen Kleides und auch wegen der Touristen, die neugierig überall herumkrochen. Als ich ihr daher vorschlug, in mein bescheidenes Hotel zu gehen, erklärte sie, das sei leider, leider nicht möglich, weil sie sich um sieben mit Ömer für die

Heimfahrt verabredet habe. Sie müssten pünktlich zum Abendessen zu Hause sein, das Essen mit der gesamten Großfamilie sei ein ganz wichtiges Ritual.

Meine Enttäuschung war riesig, und ich glaube, sie merkte sie mir an. Liebevoll versuchte sie, mich zu trösten: »Warte! Wenn wir wieder in Berlin sind, wird alles anders, besser, viel besser.« Es klang wie ein Versprechen, wenn ich auch nicht genau wusste, was sie mir versprach. Nachdenklich begleitete ich sie hinunter in die Stadt in die Nähe der Stelle, an der sie sich mit Ömer verabredet hatte.

Am nächsten Morgen trottete ich wieder zum Strand. Nahe dem Platz, an dem ich meine Zeit lesend und gelangweilt auf meinem Badetuch verbrachte, lagerte seit ein paar Tagen eine Gruppe von jungen Leuten, alles Deutsche etwa in meinem Alter. Sie alberten herum, lachten, spielten mit nervtötenden, klappernden Holzschlägern stundenlang Strandtennis und kabbelten sich wie ein Wurf junger Hunde. Zuerst fand ich ihre laute Fröhlichkeit störend, aber je länger ich sie beobachtete, desto mehr beneidete ich sie um ihre Unbeschwertheit. Und dann bemerkte ich, dass eins der Mädchen mehrmals zu mir herübersah. Als ich ihr zulächelte, erwiderte sie mein Lächeln mit leicht erhobenen Brauen, als wollte sie etwas fragen. Sie war ziemlich groß, blond, eher rundlich, aber nicht zu sehr, hatte volle Brüste und ein hübsches, breitflächiges Gesicht. Sie war äußerlich so ziemlich das Gegenteil von Sibel, aber sie gefiel mir.

Als sich das Mädchen nach einiger Zeit von ihrer Gruppe trennte, um zum Wasser zu gehen, raffte ich mich auf und ging ihr nach. Am Ufer blieb sie stehen, so als ob sie zögerte hineinzugehen. Vielleicht hatte sie aber auch bemerkt, dass ich ihr folgte, und wartete auf mich. Jedenfalls sprach ich sie an, und es war überhaupt kein Problem, mit ihr in ein zwangloses Gespräch zu kommen. Sie hieß Doris und kam aus Wuppertal.

»Da war ich noch nie«, gestand ich.

»Dann wird's aber wirklich mal Zeit.« Es klang fast wie eine Einladung. Wir schwammen zusammen weit hinaus ins Meer, ununterbrochen plaudernd. Offenbar hatte ich nach diesen Tagen der Einsamkeit ein starkes Bedürfnis nach Unterhaltung.

»Willst du dich nicht zu uns legen? Ist doch vielleicht toller, als da allein rumzuhängen«, fragte sie, als wir aus dem Wasser kamen. Ich wollte, und wie! Sie stellte mich ihren Freunden vor, die mir anfangs auf die Nerven gegangen waren, mir jetzt aber richtig sympathisch vorkamen, oder wenigstens ganz passabel. Es waren drei Jungs und drei Mädchen, offenbar drei Pärchen. Erleichtert stellte ich fest, dass Doris zu keinem von ihnen in irgendeiner festeren Beziehung zu stehen schien. Ich fühlte mich richtig wohl in dieser Gruppe, erlöst aus meiner Einsiedlerrolle. Und für den Abend verabredete ich mich mit ihnen zum Essen.

Als wir uns am Abend trafen, steckte Doris in einem dünnen Pullover und knielangen Jeans, alles schwarz und sehr eng, sodass ihre üppige Figur verführerisch zur Geltung kam. Wir gingen in ein hübsches Restaurant am Wasser, das ich noch nicht kannte und das ich mir preislich gerade noch leisten konnte. Da saßen wir, immerhin acht Leute, an einem langen Tisch, und es wurde laut und lauter.

Die Stimmung war von Anfang an heiter, gelöst. Doris saß auf der langen Bank neben mir, dichter, als es vom Platz her unbedingt nötig gewesen wäre. Sanft spürte ich ihre Hüfte und ihren vollen Oberschenkel an meiner Seite und schob mich noch ein wenig näher an sie heran.

Später zogen alle in eine nahegelegene Disco, wo sie türkischen Pop spielten, so mit viel Getrommel und quäkenden Blasinstrumenten, ich hatte bis dahin gar nicht gewusst, dass mir so was gefällt. Doris und ich tanzten, wie mir schien stundenlang, meist eng umschlungen. Die Weichheit ihres Körpers erregte mich und ließ mich alles andere vergessen. Es war voll, stickig und heiß. »Jetzt eine Dusche, das wäre toll«, seufzte sie irgendwann.

»Die Dusche in meinem Hotel ist leider so geizig, dass sie das Wasser nur tropfenweise abgibt«, bedauerte ich.

»Dann komm doch mit zu mir«, meinte sie ganz unbefangen. Sie war eben ein nettes, unkompliziertes Mädchen.

Irgendwann in der Nacht landeten wir dann tatsächlich in ihrem Hotel. Es war mindestens um zwei Sterne nobler als meins. Kaum im Zimmer angekommen, streifte sie Pullover, Hose und Slip ab, öffnete geschickt den Verschluss ihres BH, zeigte kurz die Pracht ihrer großartigen Brüste, bevor sie in der geräumigen Duschkabine verschwand. Wirklich unkompliziert! Im Nu war auch ich meine Klamotten los und folgte ihr. Gegenseitig seiften wir uns mit dem angenehm nach Rosmarin riechenden Duschgel ein, und noch in der Dusche hatten wir das erste Mal Sex miteinander. Im Bett ging es weiter. Ich weiß nicht, wie oft ich in dieser Nacht mit ihr schlief. Sie war fordernd und zärtlich zugleich, und ich war in Höchstform, wie ein Vulkan, in dem sich lange Zeit der Magmadruck aufgestaut hat und der nun mit ungeahnter Wucht ausbricht.

Es war noch dunkel, als Doris mich weckte. »Es war wunderschön, aber du solltest jetzt vielleicht besser gehen. Die anderen müssen dich ja nicht unbedingt beim Frühstück treffen.« Offenbar wäre ihr das gegenüber ihren Freunden peinlich gewesen, wo wir uns doch erst gestern kennengelernt hatten. Ich drückte noch einmal ihren schlafwarmen Körper an mich und küsste sie zum Abschied. Dann schlüpfte ich in meine Sachen und zog leise die Zimmertür hinter mir zu.

Vom Hotel führte ein Fußweg von etwa hundert Metern zur Straße. Er war auf beiden Seiten von niedrigen Lampen eingefasst, die nur den Boden beleuchteten. Darüber war es umso finsterer. Kaum war ich einige Schritte gegangen, als mir drei Personen entgegenkamen, das heißt, ich sah nur ihre Beine, die in abgerissenen Jeans steckten, und ihre hellen Turnschuhe. Es waren offenbar Männer. Ich hatte kein gutes Gefühl, aber ich wäre mir lächerlich vorgekommen, wenn ich umgekehrt und ins Hotel zurückgerannt wäre. Vermutlich waren es ja Touristen, die spät ins Hotel zurückkehrten. Die drei kamen jetzt genau auf mich zu. Das konnte nichts Gutes bedeuten. Ein Überfall? Irgendwie kam mir der breitspurige, George-W.-Bush-mäßige Cowboygang des Mittleren bekannt vor. Als die Typen nur noch etwa fünf Meter von mir entfernt waren, erkannte ich den Eierschaukler, und ich kann nicht sagen, dass mich diese Erkenntnis beruhigt hätte. Es war Sibels Bruder Cem, dieser Widerling.

Jetzt standen sie direkt vor mir, alle drei höchstens mittelgroß, aber kräftig und untersetzt, drohend, mit brutalem Grinsen. An Flucht war nicht mehr zu denken. Cems Gesicht war nur noch einige Zentimeter von meinem entfernt.

»Hau ab, Scheißkerl, und lass mein Schwester in Ruhe … du Arschloch!«, stieß er mit seiner unangenehmen, rauen Stimme hervor. Sein Atem roch süßlich nach Raki. Plötzlich blitzte etwas in seiner Hand auf und ich spürte einen Stich in meinem linken Oberschenkel. Etwas Warmes strömte an meinem Bein hinunter. »Nächst Mal treff ich richtig. Dann kannst du dein Schwanz von Boden aufsammeln.« Dann waren die drei verschwunden.

Ich saß auf dem Weg und untersuchte mein Bein. Cem hatte mir Hose und Oberschenkel mit einem langen, tiefen Schnitt aufgeschlitzt. Ich war blutüberströmt wie das Opfer in einem Fernsehkrimi. Mühsam rappelte ich mich hoch und schleppte mich zur Straße, wobei ich versuchte, mit beiden Händen die Wundränder zusammenzudrücken. An der Straße sackte ich nieder. Es war ein Gemüsehändler auf dem Weg zum Markt, der mich wie der barmherzige Samariter dort aufsammelte und in seinem Lieferwagen in ein Krankenhaus brachte.

Am nächsten Tag gegen Mittag entließ man mich mit einem riesigen Verband um das verletzte Bein aus dem Krankenhaus. Auf meinem schmuddeligen Hotelbett liegend, rief ich Sibel übers Handy an. Sie war nicht direkt abweisend, aber so kühl und zurückhaltend, wie ich sie noch nie erlebt hatte. Offensichtlich wusste sie von meinen nächtlichen Erlebnissen. Wie viel sie wusste, konnte ich allerdings nicht herausbekommen. »Ich muss dich unbedingt heute noch sehen«, sagte ich nüchtern und bestimmt, und zu meiner Überraschung stimmte sie sofort zu. Auch ihr schien eine Aussprache wichtig zu sein. Also verabredeten wir uns für den frühen Abend in einem kleinen Restaurant direkt neben meinem Hotel.

Zur vereinbarten Zeit humpelte ich in das Restaurant, das um diese Zeit noch völlig leer war. Kaum hatte ich mich gesetzt, hielt ein Taxi vor der Tür. Sibel stieg aus, mit ernstem Gesicht und, wie mir schien, viel blasser als bei unserem letzten Treffen. Ein tonloses »Hallo!« war ihre ganze Begrüßung, kein Kuss, keine Umarmung, nicht einmal ein Händedruck. Sie setzte sich mit versteinerter Miene mir gegenüber an den Tisch und bestellte ein Mineralwasser. »Warum konntest du nicht noch ein bisschen warten, du blöder Kerl? Es hätte alles so wunderbar werden können«, sagte sie stockend, und dann liefen ihr die Tränen über das schöne Gesicht.

Ich hätte gern etwas gesagt, um mich zu verteidigen oder um sie zu trösten – aber was? Mir fiel nichts ein, und der Schmerz in meinem Bein ließ mich nicht klar denken. So saßen wir uns eine Weile, ich weiß nicht wie lange, stumm gegenüber. Plötzlich sprang sie auf und rannte ohne ein Wort der Erklärung aus dem Lokal. Ich rief hinter ihr her, sie solle warten, zurückkommen, aber sie drehte sich nicht mehr um, und mein verletztes Bein hinderte mich daran, hinter ihr herzulaufen. Ich wusste, ich hatte sie für immer verloren. Am nächsten Tag gelang es mir, einen vorzeitigen Rückflug nach Berlin zu buchen.

Seither ist viel Zeit vergangen, ohne dass ich Sibel wiedergesehen habe. Allerdings bin ich auch nicht mehr in ihrer Gegend gewesen. Nur Ömer habe ich noch ein paar Mal in der TU getroffen. Er war nicht unfreundlich, aber nicht mehr so herzlich wie früher. Über seine Schwester haben wir nicht gesprochen.

Frauen haben Wünsche

Gregor (36), Chirurg, Hamburg,
über
Ann (31), Au-pair, Südamerika

>> Ich war vorsichtig geworden. Außer meiner Mutter und meiner Schwester duldete ich keine Frauen mehr in meiner Nähe. Nur für einmalige Abenteuer. <<

Es ist mittlerweile vier Jahre her, aber ich erinnere mich noch genau an die niederschmetternden Worte meiner damaligen gro-ßen Liebe Marie. So genau, als wären sie gerade erst in mein Trommelfell gedrungen.

Es war kurz vor Weihnachten, ein Mittwoch, als ich nach einigen Überstunden und dem Entfernen des letzten eitrigen Blinddarms endlich das Krankenhaus verließ. Das Wetter war ebenso düster und frostig wie Maries Blick, als sie mir die Tür unserer viel zu großen, aber wunderschönen Wohnung öffnete. Wir hatten erst vor ein paar Wochen unser altes Zuhause aufgege-ben, da meine Freundin sich in den 72 m² eingeengt gefühlt hatte und kein »Zimmer für sich allein« besaß. Obwohl mir die alte Wohnung völlig genügte (schließlich konnte mir Marie nie nah genug sein), las ich ihr auch diesen Wunsch von den Augen ab und kurz danach war der neue Mietvertrag schon unterschrieben.

Glücklicher wirkte meine Liebste bisher seltsamerweise nicht, obwohl sie das größte Zimmer für sich allein hatte.

An diesem Mittwoch also sollte mir ihre Unzufriedenheit den Boden unter meinen weißen Arztbirkenstocks wegziehen. Ohne mich anzuschauen und mit belegter Stimme, die ich von ihr bisher nicht kannte, brachte sie hervor: »Gregor, wir … wir müssen reden.«

Verwirrt ging ich für mich die Anlässe durch, die Marie zu einem so ernsten Gespräch bewegen könnten: eine neue Küchenmaschine, der lang ersehnte Tanzkurs oder ein eigenes Pferd … Ihre tatsächliche Intention wäre mir nie in meinen eher rationalen Chirurgenschädel gekommen. Marie setzte ihr Stottern fort.

»Du kannst dir sicher denken, weil dir ja aufgefallen sein muss …« – weder gedacht hatte ich an das, was nun folgte, noch war mir irgendetwas aufgefallen – »wir haben uns auseinandergelebt, die Luft ist raus.« Ich verstand nicht, sie wollte doch mehr Platz und Raum, damit wir uns nicht so auf der Pelle hingen, jetzt hieß es, wir hätten uns auseinandergelebt.

»… und das mit Jörg …« Jörg? Plötzlich schien Marie einen Kloß in ihrem schmalen Hals zu haben, den ich ihr nicht mit einem chirurgischen Eingriff hätte entfernen können.

»Ich weiß nicht, wie das passieren konnte, aber er und ich, es ist etwas Besonderes … es tut mir sehr leid, aber du findest sicher auch noch den passenden Deckel …«

Sicher sprach sie noch mehr gut gemeinte Kloßworte, doch ich nahm nichts mehr wahr, drehte mich um und wankte wie fremdgesteuert aus dem nun endlos erscheinenden Raum. Im Schlafzimmer brach ich wie ohnmächtig auf unserem ebenfalls viel zu großen Bett zusammen. Marie ging, ohne zu sagen wohin.

Während ich arbeitete, räumte sie nach und nach unsere Möbel aus der Wohnung. Jedes Mal, wenn ich nach Hause kam, fehlte etwas. Mir war das beinahe egal, es sollte noch dauern, bis ich wieder richtig wütend werden konnte.

Ich hörte und sah sie nur noch einmal im Hausflur, beladen mit einem Umzugskarton gefüllt mit meinen Küchenutensilien – sie hatte sogar all meine Putzmittel eingepackt –, doch ich hatte keine Kraft, mich als rechtmäßiger Eigentümer in Erinnerung zu rufen. Schnell stapfte sie davon. Als ich die Wohnung betrat, musste ich einsehen, dass es offensichtlich doch vonnöten gewesen wäre, denn Marie hatte alles bis auf eine vertrocknete Topfpflanze und die Gästematratze mitgenommen. Und die Plüschpantoffeln, die ich ihr zu unserem Einjährigen geschenkt hatte, standen noch in der Ecke.

Nach vielen schlaflosen Nächten voller Trauer, Wut und Selbstmitleid schaffte ich es nach Monaten, mich mit dem Alleinsein zu arrangieren. Weitere Wochen vergingen, bis mit Frühlingsbeginn so etwas wie Lebensmut in mir aufkam. Ich nutzte diese Energie, um die Riesenwohnung mit einigen schicken Möbeln endlich etwas wohnlicher einzurichten. Es gefiel mir, das für mich und nach meinem Geschmack zu tun, denn bisher hatten dies immer die Frauen in meinem Leben übernommen.

Ich war vorsichtig geworden. Außer meiner Mutter und meiner Schwester duldete ich keine Frauen mehr in meiner Nähe. Nur für einmalige Abenteuer. Frauen, die nach dem meist öden Akt, der lediglich meinem Selbstbewusstsein oder dem Machtspiel durch Erniedrigung dienen sollte, wortlos meine Festung verließen.

Allmählich bereitete es mir aber wieder Freude, an meinen wenigen freien Wochenenden Clubs und Festivals zu besuchen. Sobald Traurigkeit aufstieg, ich mich dabei ertappte, sentimental in der Vergangenheit herumzustochern, erstickte ich diese mit Drogen und Hochprozentigem. Mit den ersten sommerlich heißen Tagen entwickelte ich eine Lebensgier, die ich vorher nicht gekannt hatte: Der Sommer sollte mir gehören! Ich genoss es zum ersten Mal, Entscheidungen selbst zu treffen – nach Lust und Laune. Niemand, so schwor ich mir, würde mir jemals wieder meine Selbstbestimmtheit streitig machen. Jetzt wollte ich das

Ruder in die Hand nehmen, und wer mit mir in See stach, bestimmte ich.

Bevorzugt nahm ich meine Schwester Lotta und ihren Freund
Kai mit. Als männliche Verstärkung kam noch Nils, der nach
einer Vielzahl von Enttäuschungen ebenfalls die Finger von Beziehungen ließ, mit aufs »Wochenendboot«.

An einem Sommerabend glühten wir vier in meinem Domizil
vor und jagten dann von Club zu Club. Morgens führte uns Kai zu
einem Electrofestival in idyllischer Lage an einem See. Erschöpft
von der Nacht, schlugen wir in der Morgensonne unsere Decken
auf, um mittags von lauter Musik und tanzenden Menschen geweckt zu werden. Leicht benommen sah ich mich in der flirrenden
Mittagshitze um: leicht bekleidete tanzende Mädchen! Um richtig
wach zu werden, sprang ich sofort in den See.

Kaum zurück, wurde ein verfeiertes Partygirl aufmerksam auf
uns und steuerte selbstbewusst unsere Decke an. Auf Englisch
sprach sie zunächst Lotta an, die beiden plapperten und glucksten
eine Weile. Dann rief meine Schwester unverfroren zu mir rüber,
sie verstünde zwar kaum ein Wort, aber die Tussi sei locker ...
bestimmt. Lotta, die von Frauen oft zu Unrecht als Konkurrentin
angesehen wurde, war allerdings schnell zu begeistern. Wenn
Frauen ihr nett und unkompliziert erschienen, empfahl sie sie
mir sofort als neue Partnerin.

Schon hüpfte die Unbekannte strahlend auf mich zu und stellte
sich als Ann vor. Eigentlich entsprach sie optisch nicht meinem
Typ, doch ihre direkte Art gefiel mir. Sympathisch war mir auch,
dass sie nur für ein Jahr in Hamburg als Au-pair arbeitete, sowie
ihre Lobeshymnen auf ihre Heimat Südamerika. Damit war eins
klar: Keine feste Bindung, unkompliziert und folgenlos würde
diese Geschichte im Sande verlaufen. Ehe ich mich versah, nahm
sie mich an die Hand und forderte mich zu einem Spaziergang
auf, der mit wilder Knutscherei am See endete. Als wir zurückkehrten, war schon früher Abend und die anderen wollten gehen.

Ann und ich tauschten Telefonnummern aus und beglückt von dem schönen Tag fuhr ich nach Hause.

Zwei Tage später rief sie an, wir trafen uns und hatten die ganze Nacht hemmungslosen Sex – wieder war ich beeindruckt von ihrer direkten, fordernden Art. Sie begehrte mich, und das machte sie für mich begehrenswert. Dabei brach ich zusehends mein Prinzip der frauenfreien Zone – ich begann es zu genießen, wenn Ann mir nach einer wilden Nacht ein deftiges Amifrühstück servierte oder nach der oft unmenschlichen Chirurgenarbeit wimpernklimpernd vor meiner Tür stand. Gekonnt schmierte sie mir Honig um mein liebeshungriges Maul. Fragen nach ihrem Tag und ihrem Au-pair-Job umging sie, indem sie mich küsste oder ins Bett zog. Dieses Thema hatte sich nach drei Wochen sowieso erledigt: Ann wurde gefeuert! Unbeeindruckt nannte sie als Grund, die Kindesmutter sei eifersüchtig auf sie gewesen. Ihren großen Rollkoffer hatte sie bereits dabei und mit unbekümmerter Selbstverständlichkeit waren ihre Klamotten auch schon in meine Schränke einsortiert. Natürlich nur für ein paar Wochen, wie sie beiläufig murmelte.

In den nächsten Wochen übernahm sie zunehmend das Ruder und aus einer lockeren Affäre wurde eine feste Beziehung. Das Rollenverständnis war bei Ann und mir ganz offensichtlich: Ich schaffte das Geld ins Haus, sie lud ein, kochte, dekorierte, gab an und aus. Ann entschied, verfügte und plante. Dies vereinfachte mein zeitlich begrenztes Freizeitleben und mein beruflich belastetes Hirn. Immer entschiedener bestimmte sie auch Dinge, die eigentlich nicht in ihrer Kompetenz lagen. So vernichtete sie sämtliche Erinnerungsstücke meiner vergangenen Lieben. Heimlich vergraulte sie liebgewonnene Freunde und Freundinnen, indem sie Nachrichten unterschlug sowie Männerabende mit Kai und Nils verbot. Wenn sie selbst am Ufer warten musste, sollte der Dampfer lieber untergehen.

Doch kümmerte sie sich auch um mich und gab mir ein gutes Gefühl – ich war verliebt und die Liebe machte mich blind. Lottas anfängliche Begeisterung für Ann war schon längst in Abneigung und Kritik übergegangen. Meine Schwester machte sich Sorgen und redete mir ins Gewissen. Also unterband Ann auch Gespräche mit meiner Schwester. Sie nahm sich, was sie wollte, und nahm mir, was ihr nicht gefiel.

Es wurde immer schwieriger, ihrem strengen Regiment zu entsprechen. Bei der leisesten Kritik gab es Liebesentzug – eine Strafe, die ein gebranntes Kind kaum erträgt. Als sie mir eines Abends befahl, meine über alles geliebte Lederjacke in die Altkleidersammlung zu geben (»Überlasse sie doch den Armen dieser Welt!«), und ich mich weigerte, lief sie wutentbrannt aus der Wohnung und zischte, ich würde schon sehen, was ich davon hätte. Und das sah ich eine Woche später: Als ich nach einem mehrtägigen Ärztekongress über »Hämorrhoiden und andere anorektale Erkrankungen« die Wohnung betrat, war diese leer. Nur ein Zettel empfing mich: »I have noticed that you don't love me enough ... I've found a real man, the one I deserve. Bye, Ann.« *That's life*, dachte ich matt und sank auf dem nicht mehr vorhandenen Teppich zusammen.

Die Sache mit Elli

Moritz (25), Auszubildender, Magdeburg,
über
Elli (26), Konditorin, Magdeburg

>> Wir verabredeten uns an einem Samstagabend
in einer abgelegenen, ziemlich ranzigen Kneipe,
die ich extra für diese Zwecke ausgekundschaftet
hatte. Hier verkehrte niemand, den ich kannte. <<

Vor ungefähr einem Jahr hatte ich ein Date mit einer Internetbekanntschaft. Ich war Mitte zwanzig und seit zwei Jahren in
einer festen Beziehung. Es lief okay mit meiner Freundin, sie war
ruhig, ein häuslicher Typ, kochte gern, räumte auf und so – für
mich alles sehr bequem. Wenn sie mal in Discos oder Kneipen
ging, dann nur, um mich zu suchen, weil ich mal wieder mein
Handy ausgeschaltet hatte. Ich fand ihre Eifersucht anstrengend,
na klar, doch konnte ich sie ihr nicht wirklich übel nehmen. Sie
hatte ja recht mit ihren Verdächtigungen. Aber solange sie nicht
wusste, was ich so trieb, oder es nicht beweisen konnte, hatte ich
kein schlechtes Gewissen. Ich brauche eben Abwechslung.

Mit Elli, der Internetfrau, hatte ich eine Zeit lang unterhalt-
same Chat-Dialoge geführt. Ihre Art zu schreiben war sehr direkt.
Sie wusste, was sie wollte, nämlich ein Sextreffen mit mir, und

das war mir sympathisch. Was jedoch fehlte, war ihr Foto. Das kam mir komisch vor, also fragte ich immer wieder nach. Aber manche Frauen übertreiben es ja mit der Eitelkeit, haben Komplexe, obwohl sie gar nicht so übel aussehen. Meine Freundin zum Beispiel war auch so. Sie sagte immer, sie sei zu dick und zu hässlich. Und ich musste dann sagen, dass das nicht stimme. Anstrengend war das.

Endlich lud meine Bekanntschaft dann doch ein Bild von sich hoch. Ich staunte nicht schlecht. Was hatte sie zu verbergen? Ich sah ein gelbliches Etwas, das mit einem Bildbearbeitungsprogramm dermaßen verunstaltet war, dass man gerade noch menschliche Umrisse erkennen konnte. Es ist ja völlig in Ordnung, wenn man Pickel oder Ähnliches mal schnell wegretuschiert, doch dieses Foto war übertrieben aufgehellt, unscharf und ein kindischer Rahmen mit tanzenden Elfen schnörkelte sich um das Bild. Da sie mir sympathisch war, hoffte ich, sie hätte einfach keine Ahnung von Computern und von Bildbearbeitung. So wie meine Freundin. Wenn ich wegging, zog ich oft vorsichtshalber ein Kabel am Modem raus, sodass sie nicht ins Internet konnte, um mir nachzuspionieren. Kam ich zurück, steckte ich schnell das Kabel wieder ein und sagte: »Geht doch! Was hast du denn?« Sie dachte, sie wäre einfach zu ungeschickt und verzweifelte mehr und mehr an der Technik.

Elli, meiner Internetbekanntschaft, hatte ich natürlich von meiner Freundin erzählt, damit sie gar nicht erst auf falsche Gedanken kam. Jetzt, da ihr »Foto« verschickt war, war sie auch bereit, sich mit mir zu treffen. Wir verabredeten uns an einem Samstagabend in einer abgelegenen, ziemlich ranzigen Kneipe, die ich extra für diese Zwecke ausgekundschaftet hatte. Hier verkehrte niemand, den ich kannte. Meiner Freundin hatte ich eine wasserdichte Lügengeschichte aufgetischt. Ich würde bei diesem Date einen grau-weiß gestreiften Pullover tragen. Auf meine Frage, was sie anziehen würde, schrieb Elli: eine rosa Bluse mit gelben Tupfen.

Gewagt, dachte ich. Einer eindeutigen Erkennung stand jedenfalls nichts mehr im Wege.

Ich war zuerst in der Kneipe und wartete. Ziemlich aufgeregt und um ehrlich zu sein, auch sehr notgeil. Als eine hübsche Blonde den Laden betrat, sprang ich auf, doch sie warf mir bloß einen irritierten Blick zu und ging weiter zum Zigarettenautomaten. Dann öffnete sich erneut die Tür, eine quadratische, kleine Frau trat ein und winkte fröhlich. Sie trug besagte Bluse. Schwerfällig stampfte sie auf meinen Tisch zu. Bitte nicht, dachte ich schockiert.

Ich habe gar nichts gegen dicke Frauen im Bett, ich finde das sogar spannend, und es kommt ja auch auf die Proportionen an. Aber Ellis Proportionen waren tatsächlich kastenförmig, zudem sah sie aus, als hätte sie die dreißig längst überschritten. Plötzlich war ich heilfroh, dass mich in diesem Etablissement niemand kannte. Eine Frau wie sie würde ich nicht einmal auf der Straße nach Feuer fragen. Doch Elli rauchte eh nicht. Missbilligend zog sie die Nase kraus angesichts meiner Zigarette und fragte tatsächlich: »Du rauchst?«

Ich inhalierte tief und antwortete: »Ist das eine Frage?«

»Nee«, schnappte sie, »ich hab nur keine Lust, mich hier passiv zu vergiften.«

Rauchen lässt ja auch die Haut altern, dachte ich gehässig, drückte die Kippe aber nicht aus, jetzt erst recht nicht, sondern blies nur den Rauch in eine andere Richtung.

»Wie alt biste denn?«, fragte ich dann. Im Internet war sie nämlich erst sechsundzwanzig.

»Sechsundzwanzig«, gab sie zurück. »Warum?«

Ich zuckte die Achseln und musterte sie. Vielleicht sah sie so alt aus, weil sie ständig die Stirn runzelte und böse guckte? Ich war enttäuscht, aber verdammt noch mal immer noch notgeil. Immerhin war sie hier und das hieß, sie war willig. Zur Not könnte ich sie vielleicht doch einmal ... einmal nur und dann auf Nimmerwiedersehen. Ich versuchte ein Lächeln und orderte einen Schnaps.

»Für dich auch?«, fragte ich aufmerksam.

»Nein! Ich trinke nie. Hast du etwa ein Alkoholproblem? Mein Exfreund war nämlich Alkoholiker. Eins steht fest, so etwas tue ich mir nicht noch mal an …«

Meine Güte, wir waren doch zum Sex verabredet, was sollte denn das jetzt? Und wir hatten doch in den letzten zwei Wochen über alles Mögliche geplaudert, wie konnten jetzt solche eklatanten Unstimmigkeiten auftreten? Ich sollte schnell gehen, meinen freien Abend nutzen. Vielleicht konnte ich in einer Diskothek noch etwas klarmachen. Doch mein Gegenüber war mitten in einem hitzigen Vortrag über ihren Exfreund und was das für ein mieser Typ gewesen sei. Das interessierte mich nun gar nicht. Mehr schlecht als recht unterdrückte ich ein Gähnen. Da hielt sie inne, mitten im Satz, runzelte wieder die Stirn und funkelte mich böse an. Sie sah aus wie Frau Zander, meine Gymnasiallehrerin, die alte Hexe, und dann fauchte sie auch noch genau wie sie: »Wirst du dich gefälligst ordentlich hinsetzen, wenn ich mit dir rede? Und beim Gähnen gehört die Hand vor den Mund, hast du keine Manieren?« Erschreckt, als wäre ich wieder ein ängstlicher Fünftklässler, setzte ich mich aufrecht hin. Was war denn hier los? Doch statt zu lachen, aufzustehen und nach Hause zu gehen, blieb ich sitzen, denn eine leise Neugier regte sich. Mal sehen, was sie noch so im Programm hatte.

An dieser Stelle sollte ich vielleicht erklären, dass ich in erster Linie heiße, gut aussehende Bräute suche, die ich flachlegen kann, aber ich bin durchaus auch neugierig auf Erfahrungen, die nicht nach diesem doch immer recht ähnlichen Schema ablaufen. Nicht dass ich konkret auf der Suche wäre, aber doch offen für Neues. Vielleicht barg der Brocken, der da vor mir saß und sich durch die Pudellocken strich, doch noch ein paar Überraschungen? Ich versuchte, sie mir beim Sex vorzustellen, aber es ging nicht. Vielleicht als dominante Lehrerin, die mir Anweisungen erteilte … schon eher, aber auch das war schwierig. Ich muss es sehr nötig gehabt haben an diesem Abend.

Sie vielleicht auch, doch sie musterte mich und sagte dann mit einem hörbar enttäuschten Unterton: »Irgendwie hab ich mir dich ganz anders vorgestellt …«

Empört schnappte ich nach Luft. Das war ja wohl die Höhe! Ich bemühte mich, freundlich zu sein, versuchte sogar noch, dem unfreundlichen Gnom etwas abzugewinnen, und was war der Dank? *Sie* war enttäuscht von *mir*? Noch bevor ich etwas erwidern konnte, stand sie auf und sagte: »Egal, wir können es ja trotzdem mal probieren. Du kannst mit mir nach Hause kommen, wenn du willst.«

So unsympathisch sie sich auch benahm, so war sie doch immerhin außergewöhnlich. Ich hatte nichts zu verlieren – dachte ich zumindest –, also zahlte ich schnell und folgte ihrem kastenförmigen Hinterteil nach draußen.

»Ist nicht weit«, sagte sie, mehr nicht. Ich hielt gebührenden Abstand, sollte ja niemand wissen, dass wir zusammengehörten. Fünf Minuten später schloss sie eine Haustür auf und stieg ächzend eine abgetretene Treppe zum ersten Stock hinauf. Es roch nach Kohl.

Zögerlich folgte ich ihr in ihre Wohnung, durch einen kleinen dunklen Flur in ein plüschiges Wohnzimmer. Alles sah uralt aus, als hätten schon ihre Mutter und ihre Großmutter hier gehaust. Nur der Computer, der uns fahl entgegenleuchtete, gehörte in unser Jahrhundert. Es roch immer noch nach Kohl.

Sie setzte sich aufs Sofa. In dieser Umgebung sah sie noch viel älter aus. Nun war es nicht mehr Geilheit, die mich bleiben ließ, sondern nur noch Neugier.

»Setz dich«, sagte sie und zeigte mit pummligem Hexenfinger auf den Platz neben sich.

Ich tat wie geheißen. Einen Moment saßen wir stumm, nichts geschah.

»Hast du so etwas noch nie gemacht, oder was?«, fragte sie dann und begann, ihre rosa Bluse aufzuknöpfen. Ich saß noch immer wie erstarrt und beobachtete gebannt, wie ihr weißes, delliges Fleisch zum Vorschein kam. Um Zeit zu schinden und weil ich es wirklich wissen wollte, fragte ich: »Wird das hier so eine … ähm …«, mir wollte einfach kein passendes Wort einfallen, »… so eine Dominasache?«

»Nein!«, Elli war entrüstet. »Auf keinen Fall! So was mach ich nicht, das ist doch abartig. Bei mir ist alles ganz normal!«

Seltsam, aber die Dominasache hatte mich die ganze Zeit noch ein wenig bei der Stange gehalten. Dass ihr komisches Benehmen nicht zu einem Spiel gehörte, sondern »normal« war, damit kam ich auf einmal gar nicht mehr zurecht. Ich beschloss, Magenprobleme vorzuschieben und mich schleunigst aus dem Staub zu machen.

»Willst du nicht mal anfassen?«, fragte sie und machte eine Bewegung mit ihrem Doppelkinn in Richtung ihrer Brüste, die in einem einkaufstütengroßen BH hingen. Ich schluckte. Nein, wollte ich nicht. Ich wollte weg.

»Ich glaub, ich krieg Durchfall«, log ich also. Das ist so ziemlich das Widerlichste, was du zu jemandem sagen kannst, der Sex mit dir möchte.

»Na gut, da vorn ist das Badezimmer. Ich warte so lange.«

Ich überlegte kurz, zu sagen, dass ich lieber nach Hause wollte, stand aber einfach nur auf, ging in den Flur und verließ, statt das Bad aufzusuchen, grußlos die Wohnung. Auf schnellstem Wege lief ich in die nächste Bar, ich brauchte einen Schnaps.

An diesem Abend machte ich noch eine wirklich heiße Zwanzigjährige klar und wir hatten einen super One-Night-Stand. Ich setzte Elli auf die Spam-Liste und vergaß sie, so schnell ich konnte.

Ich wünschte, die Geschichte wäre hier zu Ende. Leider ist sie das nicht. Ein paar Wochen später war ich mit meiner Freundin im Supermarkt. Fröhlich schoben wir den Einkaufswagen durch den Gemüsegang, als plötzlich eine wilde Furie auf uns zustürzte.

Meine arme, unbedarfte Freundin war vor Schreck wie erstarrt! Sie hatte sicher einiges von mir erwartet, aber als diese dicke Frau mit der Pudelfrisur vor uns stand und mich beschuldigte, sie verführt zu haben, verstand sie die Welt nicht mehr.

»Es sollen ruhig alle wissen!«, schrie Elli immer wieder laut durch den Laden. Es war furchtbar. Sie kannte den Namen meiner Freundin und ein paar Details unseres Zusammenlebens, die ich unvorsichtigerweise verraten hatte und die sie nun laut herausbrüllte. Ich stand wie verprügelt daneben, stritt nur hin und wieder reflexartig alles ab, doch ohne Erfolg. Es war der schlimmste Tag meines Lebens.

Meine Freundin hat sich von mir getrennt und seitdem sie weg ist, weiß ich erst, was ich an ihr hatte. Doch wenn sie mir heute auf der Straße entgegenkäme, würde ich schnell die Straßenseite wechseln, denn ich schäme mich vor ihr und weiß noch immer nicht, wie ich ihr die Sache mit Elli erklären könnte.

Im Doppelparker

Alexander (40), Anwalt, Köln,
über
Anneke (34), Fremdsprachensekretärin, Amsterdam

>> Ich fürchtete, Anneke könnte einen Schrei-
krampf, einen klaustrophobischen Anfall
oder etwas Ähnliches bekommen und uns
im letzten Moment doch noch verraten. ‹‹

Es war Weiberfastnacht in Köln, und seit gut drei Stunden zog ich mit dieser Holländerin durch die Kneipen der Altstadt. Sie hieß Anneke, ein großes, kräftiges Mädchen, blond und üppig, so wie einer, der nie in Holland war, sich holländische Mädchen eben vorstellt. Anneke trug eine Art Katzenkostüm, das entfernt an *Cats* erinnerte – gelbbraune Fellöhrchen und einen etwas unförmigen Fummel aus Kunstpelz in derselben Farbe. Ein dicker, langer Schwanz baumelte schlaff von ihrem ansonsten sehr ansehnlichen Hintern herab. Mit Augenbrauenstift hatte sie sich ein paar Schnurrbarthaare und ein dunkles Katzennäschen in ihr breites, fröhliches Gesicht gemalt.

Sie war mit Freunden zum Karneval nach Köln gekommen, aber als ich sie traf, hatte sie ihre Gruppe in dem unendlichen Trubel verloren und stand ziemlich ratlos in einer Bierschwemme

85

an einem der Fässer, die als Stehtische dienten. Als ich sie ansprach – noch war ich ziemlich nüchtern –, schien sie glücklich, jemanden zu haben, der sie vor der Anmache einiger alkoholisierter Typen schützte, die sie ziemlich plump anbaggerten. Der Laden schien regelrecht bevölkert von unterbelichteten Kerlen, die bei *Wer wird Millionär?* niemals über die 300-Euro-Frage hinauskommen würden. Also zogen wir weiter.

Zuerst empfand ich sie als etwas lästig. Ich hatte das Gefühl, sie könnte mich in meiner karnevalistischen Freiheit einschränken. Nicht einmal besonders hübsch erschien sie mir, jedenfalls am Anfang, aber das änderte sich mit jeder Kneipe und mit jedem Kölsch, das ich in mich hineinschüttete. Inzwischen hatte ich sie mir richtig schön getrunken. Und dann war da noch ihr geradezu umwerfender Akzent, der alles, was sie sagte, viel witziger erscheinen ließ, als es genau genommen war.

Es war nicht nur das irrsinnige Gedränge an der Theke des letzten Lokals, das sie mir körperlich ziemlich nahebrachte. Sie half da schon etwas nach, indem sie die weiche Fülle ihres Körpers fest gegen meine Seite schob, und für diesen Reiz war ich durchaus empfänglich. Ich hatte allerdings noch keine klare Vorstellung, wie dieser Abend weitergehen könnte. Eigentlich war ich nicht auf ein Sexabenteuer aus. Immerhin hatte ich, seit ich mit Sandra verheiratet war, noch keine Affäre, jedenfalls nichts, was der Erwähnung wert gewesen wäre. Ich war, wie man so sagt, glücklich verheiratet. Aber andererseits wollte ich meine anhängliche Begleiterin jetzt auch nicht mehr einfach laufen lassen.

Vorsichtig fragte ich nach ihrem Hotel, ob sie und ihre Freunde damit zufrieden seien, ob sie in Einzelzimmern untergebracht wären und ähnlichen, eigentlich belanglosen Schwachsinn. Sie ahnte sofort, worauf ich hinauswollte. Nein, zu ihr ins Hotel könnten wir auf keinen Fall, sie teile sich ein Zimmer mit einer Freundin, die für so etwas absolut kein Verständnis habe.

Nur, wohin konnte ich mit ihr gehen? Ich hatte in diesen Dingen wenig Erfahrung. Ein Hotelzimmer an Karneval in Köln zu finden erschien mir jedenfalls unmöglich.

Das Auto! Na ja, etwas Besseres fiel mir tatsächlich nicht ein. Ich hatte den fünf Jahre alten Ford im letzten Jahr gekauft, weil er genug Platz für Sandra, mich und unsere beiden Kinder bot. Er stand in der Tiefgarage unter dem Büro.

Ich betrieb nämlich zusammen mit meinem Freund Paul in der Kölner Südstadt eine Anwaltskanzlei. Mit wechselhaftem Erfolg. Wir machten so ziemlich alles, was anfiel, aber er hatte sich vor allem auf Verkehrssachen spezialisiert, ich auf Familien- und Erbangelegenheiten. Wir kamen gut miteinander aus, aber befreundet waren besonders unsere Frauen, was ich nie ganz verstanden habe. Ich war zwar gegenüber Vera, Pauls Frau, immer freundlich und zuvorkommend, aber im Grunde hielt ich sie für eine dumme Nuss, eitel und geschwätzig. In ihrer ganzen puppenhaften Hübschheit ging sie mir irgendwie gegen den Strich, ohne dass ich dafür einen vernünftigen Grund hätte angeben können. Und umgekehrt spürte ich auch, trotz ihres aufgesetzten Dauerlächelns, ihre Ablehnung mir gegenüber. Irgendetwas stimmte zwischen uns nicht.

Ich bot also meiner Holländerin an, sie zu ihrem Hotel zu fahren. Sie betrachtete mich zweifelnd.

»Bei dem, was du getrunken hast! Weißt du überhaupt noch, wie Autofahren geht?«

Da war wieder der Reiz ihres bezaubernden Akzents! »Na klar! Ist auch gar nicht weit bis zu meinem Auto.« Es gelang mir wohl, einen überzeugenden Ton anzuschlagen, denn sie willigte sofort ein. Ob ich wirklich noch mit dem Auto fahren würde, war mir unklar, aber ich konnte es mir ja immer noch anders überlegen und versuchen, ihr ein Taxi zu bestellen. Zumindest konnten wir im Auto ein bisschen fummeln oder was auch immer sich ergeben würde. Jedenfalls wollte ich mich noch nicht von ihr trennen. Bevor wir die letzte Kneipe verließen, zog ich vorsichtshalber aus einem Automaten auf der Toilette ein Päckchen Kondome, nur so, für alle Fälle. Benutzt hatte ich so etwas schon lange nicht mehr.

Es war ein ungewöhnlich milder Vorfrühlingsabend. Auf dem Weg zur Tiefgarage hakte Anneke sich bei mir ein, drückte sich an mich, und ich spürte ihre beachtlichen Brüste an meinem Oberarm.

Die Tiefgarage wurde nur spärlich durch eine Notbeleuchtung erhellt. Mein Stellplatz lag, abgewandt von den wenigen eingeschalteten Neonröhren, so gut wie im Dunkeln. Es ist die untere von zwei übereinanderliegenden Parkflächen, die sich mittels einer Hydraulik hinauf- oder hinunterfahren lassen.

Da das Gestell ziemlich eng ist, mussten wir beide auf der Fahrerseite einsteigen, wobei meine leicht füllige neue Freundin sich erstaunlich elegant, geradezu grazil bewegte. Die Sitze des Wagens ließen sich einfach zu einer einigermaßen ebenen, geräumigen Fläche herunterklappen, auf der wir sofort wie ausgehungert übereinander herfielen. Ihre Küsse waren feucht, weich und zärtlich, und schon bald schimmerte ihr nackter, üppiger Körper verlockend in dem blassen Licht der fernen Neonröhren. Auf ihrer weißen Brust konnte ich eine kleine Tätowierung ausmachen, eine halb geöffnete Rose, rot und schwarz. Vergessen war die wenig romantische Umgebung, und vergessen waren auch alle Bedenken und Skrupel. Unbeholfen riss auch ich mir in der Enge meine Kleider vom Körper und fingerte das Päckchen mit den Kondomen aus der Jeanstasche; unbefangen und geschickt half sie mir beim Anlegen. Dann umfing sie mich mit ihren weichen Armen und zog mich auf sich und in sich hinein wie in ein zartes, seidiges Futteral. Es war rauschhaft schön – oder vielmehr hätte es das sein können!

Denn fast im gleichen Moment hörte ich ein Motorengeräusch und dann das Rasseln und Quietschen des stählernen Rolltors am Eingang der Garage. Die Neonröhren der vollen Beleuchtung flackerten auf. Ich erkannte das sonore Brummen von Veras Porsche, der nun langsam durch die Tiefgarage rollte und direkt vor unserem Doppelparker stoppte. Sie benutzte manchmal Pauls Platz, der selbst noch einen zweiten Parkplatz besaß. Ich hielt inne in meiner wunderbaren Tätigkeit. Ängstlich, aber doch auch voller Bedauern zog ich mich zurück und hielt Anneke, die etwas sagen oder vielleicht auch schreien wollte, den Mund zu.

Scheiße! Ausgerechnet Vera! Ich wagte kaum, mir vorzustellen, was passieren würde, wenn sie uns bemerkte. Jedenfalls konnte ich mir ihre boshafte Freude und scheinheilige Empörung vorstellen, mit der sie Sandra von ihrer Entdeckung erzählen würde.

Ich lugte vorsichtig durch das Rückfenster meines Wagens und sah, wie sie um ihren Porsche herumstöckelte zu dem Betonpfeiler, an dem sich die Bedienungseinrichtung für den Doppelparker befand. Noch nie hatte ich sie ohne diese extrem hochhackigen Pumps gesehen, die sie wohl größer und ihre etwas stämmigen Beine länger erscheinen lassen sollten. Sie schaute genau auf mein Rückfenster, so als habe sie im Auto etwas Ungewöhnliches bemerkt. Aber dann steckte sie den Schlüssel in das Schloss am Pfeiler und drückte den Knopf, mit dem man die Hydraulik bedient. Offenbar konnte sie wegen der leicht getönten Heckscheibe und weil mein Wagen im Halbdunkel der unteren Parkebene stand, doch nicht zu uns hereinsehen.

Ächzend setzte sich das Gestänge in Bewegung, und wir versanken in der dunklen Betongrube, langsam und gleichmäßig wie ein Sarg im Grab. Ich fürchtete, Anneke könnte einen Schreikrampf, einen klaustrophobischen Anfall oder etwas Ähnliches bekommen und uns im letzten Moment doch noch verraten. Aber nichts dergleichen geschah. Ich war erleichtert, jedenfalls für den Moment.

Das Blechdach über uns quietschte und klapperte, als Vera den Porsche auf die obere Parkebene fuhr und ausstieg. Dann vernahm ich, wie sich das Stakkato ihrer High Heels in der Ferne verlor. Ich hasste diesen aggressiven, trippelnden Terriergang.

Wir waren gefangen!

Im Schein der trüben Innenbeleuchtung des Wagens suchten wir nach unseren Klamotten. Jede Lust war von uns abgefallen wie die Blätter eines Baums an einem regnerischen Spätherbst-tag. Es war klar, dass die altersschwache Autobatterie nicht lange durchhalten würde, und so schaltete ich Licht und Radio aus. Es war jetzt fast völlig dunkel, nur durch die Ritzen am oberen Rand der Grube sickerte schwach ein fahles, krankes Licht herein.

Was sollte ich tun? Das Erste, das mir einfiel, war, meinen Freund Paul anzurufen, und zwar sofort, noch bevor er neben seiner dämlichen Frau im Bett lag. Paul und sie wohnten nur zwei Häuser entfernt vom Büro. Ich kramte mein Handy heraus. Im schwachen Schein des Displays schimmerte Annekes eben noch hübsches, rundes Gesicht wie ein unansehnlicher, blasser Mond. Die aufgemalten Schnurrbarthaare und das Schwarz der Nase waren unschön verschmiert. Sie hatte bis dahin noch kein Wort gesprochen, aber sie zitterte leicht und sah ängstlich aus. Ich wandte meinen Blick ab, um sie nicht zu beschämen, denn ich hatte das Gefühl, sie müsste sich im Moment selbst als ziemlich unattraktiv empfinden.

»Keine Angst, ich rufe jemanden an, der uns hier heraushilft«, versuchte ich sie zu beruhigen, aber ich hatte noch nicht zu Ende gesprochen, als auf dem Display die Auskunft »Kein Netz« er-schien. In dieses verdammte Betongrab drangen kein Licht und kein Funksignal.

»Dann müssen wir leider bis morgen früh warten. Morgen kommt ein Freund von mir, der hat einen Schlüssel. Oder wir warten, bis die ersten Leute zur Arbeit kommen.«

Ich versuchte, möglichst locker und zuversichtlich zu klingen, aber ich hatte das Gefühl, dass es mir nicht sonderlich gut gelang. Anneke meinte, ihre Freunde könnten sich Sorgen um sie machen, allerdings schien sie das zu meiner Verwunderung nicht allzu sehr zu belasten.

Wir deckten uns mit der großen Wolldecke zu, die immer im Auto liegt, und nach kurzer Zeit hörte ich an ihren tiefen, regelmäßigen Atemzügen, dass sie eingeschlafen war. Hysterisch war sie jedenfalls nicht, und schon dafür mochte ich sie.

Ich selbst brauchte an Schlaf nicht einmal zu denken. Es war längst nicht sicher, dass am nächsten Morgen Paul oder überhaupt irgendjemand in die Garage kommen würde. Es gab keine Gerichtstermine, und um ins Büro zu gehen, brauchte Paul kein Auto. Niemand wohnte in diesem Gebäude, außer dem Hausmeister, aber warum sollte der gerade morgen in die Garage kommen? Ansonsten gab es da nur Büros, und viele legten morgen, Freitag, einen Brückentag ein. Und dann kam das Wochenende und dann Rosenmontag und dann Fastnachtsdienstag, alles höchste Feiertage. Schließlich waren wir in Köln.

Es war eine heikle Lage. Wie lange würden wir hier ausharren müssen? Ohne Essen und Trinken! Wahrscheinlich würden Annekes Freunde – oder meine Frau – bei der Polizei eine Vermisstenmeldung erstatten, und die würde eine Suchaktion starten. Vermutlich ohne Erfolg, denn wer könnte uns in diesem Loch vermuten? Und dann waren da noch die zu erwartenden Probleme mit Sandra. Wie könnte ich ihr diese Situation erklären? Ich hatte wirklich einiges riskiert. Entsetzlich!

Stundenlang wälzte ich mich auf den unbequemen Liegesitzen hin und her und lauschte den zarten Schnarchtönen meiner Mitgefangenen. Immer wieder schaute ich auf die Uhr meines Handys und verfolgte, wie die Stunden quälend langsam verrannen. Erfolglos zermarterte ich mir mein Hirn, durchpflügte alle denkbaren Möglichkeiten nach einem Rettungsplan. Nichts! Wir konnten nur warten – warten auf einen glücklichen Zufall, darauf, dass uns jemand entdeckte. Ich war mehr als deprimiert.

Außerdem war ich durstig. Zäher, säuerlicher Schleim ließ meine Zunge am Gaumen kleben. Wahrscheinlich roch ich aus dem Mund, was mich bei anderen immer abstößt. Mir fiel ein, dass meine Kinder manchmal ihre angebrochenen Wasser- oder Limonadeflaschen irgendwo im Auto liegen lassen, und so machte ich mich in der Dunkelheit auf die Suche. Es war zwar schon nach acht, aber in unser Verlies fiel nicht der geringste Schimmer Tageslicht. Immerhin hatten sich meine Augen so weit an die Finsternis gewöhnt, dass ich meine Umgebung in schattenhaften Umrissen erkennen konnte. Schließlich fand ich tatsächlich unter einem der Sitze eine halb volle Mineralwasserflasche.

Von meinem Herumstöbern war Anneke aufgewacht. Sie streckte sich, fast wohlig, so als läge sie in einem weichen, bequemen Bett. Ich reichte ihr die Flasche. Sie nahm sie und prostete mir zu.

»Hallo, ist das das Frühstück?« Ihre Stimme klang freundlich und aufgeräumt. Eigentlich hatte ich erwartet, dass sie fragen würde, wie unsere Aussichten auf baldige Befreiung ständen, wie lange es noch dauern könnte, nichts, was ich hätte beantworten können. Aber sie schien die üble Banalität unserer Situation auch so zu erkennen und meine Ratlosigkeit und Verwirrung zu spüren. Ohne dass ich sie danach gefragt hätte, begann sie, von sich zu erzählen.

Sie stammte aus Leiden, sprach von ihren Eltern, ihren beiden Brüdern, ihrem Studium – sie studierte Französisch und Geschichte. Alles nichts wirklich Aufregendes, aber es tat mir gut, ihr zuzuhören. Es lenkte mich von meinen quälenden, furchtsamen Grübeleien ab. Plötzlich wurde mir klar, dass es keine Geschwätzigkeit war, die sie erzählen ließ, sondern dass sie mich beruhigen und trösten wollte – mich, der ich vor Kurzem noch einen klaustrophobischen Anfall ihrerseits befürchtet hatte.

Nun ändert Trost bekanntlich nichts an einer bedrückenden Realität, aber er kann den Blick darauf doch beträchtlich verändern. Dieses Mädchen verstand es, meine sorgenvolle, trübe Stimmung beiseitezuschieben, und wir plauderten, als kennten wir uns seit Jahren.

Es müssen darüber mehrere Stunden vergangen sein, denn es war gegen Mittag, als ich die Stahltür gehen hörte, die zum Treppenhaus führt. Dann näherten sich Schritte und jemand betrat das Bodenblech über uns. Es war nicht das Stakkato von Veras Absätzen. Das konnte nur Paul sein – unser Retter! Aber wie sollte er uns bemerken?

Ich schaltete die Zündung meines Wagens ein und drückte den Knopf, der das elektrische Schiebedach öffnet. Viel zu langsam schob sich das Blech des Dachs zurück. Mit der bloßen Faust hämmerte ich nun von unten gegen das Bodenblech über mir. Aber da war der Fahrer oben schon eingestiegen und ließ den Motor an. Scheppernd rollte der Wagen über uns aus dem Gerüst.

Ich ergriff die Wasserflasche und schlug damit erneut verzweifelt gegen das Blech, so fest es ging, ohne das Glas zu zerbrechen. Ein unangenehm grelles, metallisches Hämmern betäubte unsere Ohren. Ich veranstaltete wirklich einen ziemlichen Lärm.

Und hatte Erfolg! Der Wagen oben stoppte. Der Motor wurde ausgeschaltet und jemand stieg aus. Offenbar stand der Fahrer, vermutlich Paul, eine Zeit lang ratlos vor dem Parker und konnte sich keinen Reim auf den Krach machen, der aus der Tiefe heraufdrang. Dann endlich setzte sich die Hydraulik in Bewegung, und wir schwebten langsam dem flackernden Neonlicht entgegen.

Es war tatsächlich Paul, der uns befreit hatte. Verkatert und geblendet standen wir vor ihm. Skeptisch betrachtete er Annekes verknautschtes Katzenkostüm und ihr verschmiertes Gesicht, das inzwischen leider seine rundliche Hübschheit eingebüßt hatte und eher an ein zerwühltes Bett erinnerte. Mit seinem leicht zynischen Lächeln sah er aus wie ein schlauer, böser Comic-Fuchs. Ich kannte ihn und seinen Geschmack, seine Vorliebe für glamouröse Frauen. Tadelnd, fast vorwurfsvoll sah er mich an, als wollte er sagen: Na, war es das wirklich wert? Immerhin würde er den Mund halten.

Dann stand ich mit Anneke auf dem Gehweg vor dem Bürohaus. Es war ein trüber Februartag. Der Wind trieb tief hängende, graue Wolken mit großer Eile über den Himmel. Sie drückte mich kurz und kräftig an sich, küsste mich auf den Mund und lief dann wortlos, mit schnellen Schritten davon. Ohne sich noch einmal umzudrehen, verschwand sie um die nächste Hausecke. Beschämt merkte ich, dass ich ihr nicht einmal angeboten hatte, ein Taxi zu rufen. Und ich hatte sie auch nicht nach ihrer Adresse oder ihrer Telefonnummer gefragt.

Seit jener Nacht träume ich manchmal von großen, mutigen holländischen Mädchen.

Der Hund ist schuld!

Florian (28), Dachdecker, Hamburg,
über
Franzi (24), Briefträgerin, Hamburg

> Hinzu kam, dass Alfons permanent unter Verdau-
> ungsbeschwerden litt. In seinem Magen rumpel-
> te es wie in einer alten Waschmaschine und die
> Geruchsbelästigungen waren auch nicht ohne.

Franzi und ich waren seit zwei Jahren zusammen und immer noch
ziemlich verschossen ineinander. Na ja, zumindest war ich noch
sehr verschossen in sie.

Unsere Krise begann, als Franzi eines Tages einen unglaublich
hässlichen Hund zu einem Besuch bei mir mitbrachte. Sein Fell
war schmutzig grau, mit einigen kahlen Stellen und seltsamen
braunen Flecken darin. Zur Begrüßung wedelte er nicht mit seinem Stummelschwanz, sondern hustete, was sich irgendwie recht
ungesund anhörte. Auf einem Auge schien er blind zu sein, denn
die Linse war trüb und im Licht weißlich verfärbt. Ich schaute
ungläubig auf den Hund, dann zu Franzi und dann noch mal auf
den Hund. Dieser hustete erneut wie eine Tbc-Kranker.

»Das ist Alfons!«, strahlte Franzi.

»Aha …«, antwortete ich vage.

95

»Komm, Süßer!«, sagte Franzi zu dem Tier und lief zielstrebig auf mein Sofa zu. Der Hund folgte ihr röchelnd. Das Vieh sah aus wie etwas, das schon mal überfahren worden war, deshalb blieb ich skeptisch. »Hast du den aus der Tierklinik? Ist der ansteckend?«

»Du bist so oberflächlich, Florian!«, schnaubte Franzi. »Alfons gehört einer Rentnerin, die bei meinen Eltern im Haus wohnt. Ich habe ihr immer die Post gebracht, als ich noch zu Hause gewohnt habe. Jetzt liegt Frau Ritterle wegen einer OP im Krankenhaus und ich passe für zwei Wochen auf Alfons auf.«

Ich sah erneut in Richtung des kleinen Hundes. Er hatte sich auf die Hinterbeine gesetzt und leckte sich laut schmatzend an einer ziemlich unappetitlichen Stelle.

»Ich hoffe, du kommst damit klar«, schnappte Franzi aufbrausend, dann stürmte sie an mir vorbei aus dem Zimmer. Alfons blieb ungerührt im Flur sitzen und putzte sich weiter.

Die folgenden zwei Wochen gab es Franzi quasi nur mit Hund. Und das war nicht nur nervig, es grenzte fast an Belästigung. Alfons fraß nicht nur alles, was im Weg herumlag, er würgte es auch einige Zeit später fast unverdaut wieder raus. Anfangs war ich nur irritiert, als ich aus dem Augenwinkel mitbekam, dass er eine meiner getragenen Sportsocken hinunterschlang. Als ich kaum noch Socken hatte, wurde ich sauer. Hinzu kam, dass Alfons permanent unter Verdauungsbeschwerden litt. In seinem Magen rumpelte es wie in einer alten Waschmaschine und die Geruchsbelästigungen waren auch nicht ohne. Als er meinen Mülleimer plünderte, indem er den Plastikbeutel zuerst kaputtriss und dann den ganzen Unrat auf dem Fußboden verteilte, wurde ich wirklich sauer. An diesem Tag war Franzi das erste Mal ein wenig einsichtig, und dann erklärte sie mir, dass sie die nächsten drei Tage mit Alfons in einer speziellen Hundeklinik verbringen würde. Dort habe man sich auf Verdauungsbeschwerden spezialisiert und sie wolle Alfons beistehen.

Ich, der nur froh war, dass Alfons aus meinem Umfeld verschwinden würde, stimmte begeistert zu. Vier Tage später war Franzi wieder da. Sie schien sich blendend erholt zu haben. Ich freute mich sehr, sie wiederzusehen. Und auch, dass Alfons nicht mehr mit von der Partie war. Alles hätte super sein können, hätte ich nicht eines Morgens eine fatale Begegnung beim Bäcker gehabt. Ich verließ gerade den Laden mit einer Tüte Brötchen im Arm und rannte fast Tim, Franzis Exfreund, um.

»Morgen, Florian«, sagte er aufgeräumt.

»Morgen.« Erst fiel mir gar nicht auf, dass er in Begleitung war. Dann hörte ich das Husten. Ungläubig schaute ich auf das, was Tim dort an der Leine hielt.

»Wie geht es dir so?«, fragte mein Gegenüber und sah mich komisch an.

»Wie? Wie geht's mir so?«, stotterte ich überrumpelt.

»Na, nach der Trennung von Franzi?«

»Trennung von Franzi?«, hauchte ich. »Ist das dein Hund?«

»Ja, das ist Alfons! Franzi war so lieb und hat auf ihn aufgepasst, während ich im Urlaub war! Zum Dank hab ich sie auf einen Kurztrip nach Berlin eingeladen. Alles inklusive ...«, grinste er und zuckte anzüglich mit den Augenbrauen. Ich war immer noch wie versteinert.

»Wie schön für euch«, brachte ich hervor, dann stolperte ich davon. Zu Hause in meinem Bett lag Franzi. Als ich ihr von meiner Begegnung mit ihrem Ex erzählte, fing sie an zu heulen. Sie beichtete mir alles. Ich war wütend, enttäuscht und natürlich ziemlich gekränkt. Trotzdem schaffte Franzi es, dass ich ihr versicherte, es sei alles vergeben und vergessen. Doch das war es nicht. Ich hatte mein Vertrauen in sie verloren und das war auch nicht mehr zu kitten. Ich habe mich ein paar Wochen später von ihr getrennt.

Mittlerweile ist sie wieder mit ihrem Ex zusammen. Und das wahrscheinlich nur wegen dieses albernen Hundes. Ob Tim mir vielleicht leidtun sollte?

Afrika, Afrika

Peter (52), Prokurist, Wetzlar,
über
Sally (ca. 45), Prostituierte, Mombasa

 Natürlich hatte ich schon seit einiger Zeit überlegt,
wie der Abend weitergehen würde, jetzt aber musste ich entscheiden, ob ich mich auf dieses Abenteuer einließ. Wo würde sie mich hinschleppen?

Solange ich zurückdenken kann, standen die beiden Bücher hinter
den geschliffenen Glasscheiben der wuchtigen, dunklen Bücher-
wand im Wohnzimmer meiner Eltern. Wie sie sich dorthin verirrt haben, weiß ich nicht. Sie standen neben den Herz-Schmerz-
Romanen meiner Mutter und den wenigen Büchern meines
Vaters, die so anregend waren wie die Gebrauchsanweisung für
einen Vibrator, die ein Computer aus dem Koreanischen übersetzt
hat. Schon als ich selbst noch nicht lesen konnte, quengelte ich so
lange herum, bis meine Mutter mir aus einem jener beiden Bücher
vorlas. Hingerissen hörte ich zu und fasziniert betrachtete ich
die Bilder. Es waren uralte Schwarzweißfotos, Radierungen und
Zeichnungen. Die beiden Bücher waren auch der Stoff, an dem
ich, als ich etwas älter war, meine neu erworbenen Lesekünste
erprobte.

Das eine war eine Biografie von Albert Schweitzer, der mir besonders imponierte, weil er in seinem Urwaldhospital schwarzen Kindern in meinem Alter das Leben rettete oder sie von unvorstellbar grässlichen Krankheiten heilte. Und zudem konnte er auch noch toll Klavier und Orgel spielen.

Das andere Buch hieß *Wie ich Livingstone fand*. Darin erzählte der Afrikareisende Sir Henry Morton Stanley, wie er in dem riesigen, noch unerschlossenen Kontinent den verschollenen Forscher David Livingstone, den Entdecker der Victoriafälle, suchte und ihn in Udschidschi – welch ein Name! – auch tatsächlich fand. Nie werde ich das Bild vergessen, eine Radierung, die die beiden Männer zeigte, wie sie sich im Busch gegenüberstehen, umgeben von schwarzen Trägern, in deren Denken sie sich nicht hineinversetzen konnten, Tausende Kilometer entfernt von jeder europäischen Zivilisation, inmitten eines unbekannten Kontinents ohne Straßen oder Eisenbahnen, aber voller Abenteuer, Gefahren und Geheimnisse.

Am liebsten wäre ich natürlich selbst Afrikaforscher geworden, aber schon ziemlich früh war mir klar, dass es auf dem schwarzen Kontinent nicht mehr viel zu erforschen gab, jedenfalls keine weißen Flecken auf der Landkarte südlich der Sahara. Aussichtsreicher war dagegen der Plan, als Arzt nach Afrika zu gehen, wenn auch die äußeren Umstände sicher anders sein würden als zu Albert Schweitzers Zeiten.

Aber auch daraus ist nichts geworden. Meine Abiturnoten waren für ein Medizinstudium einfach zu schlecht. Trotzdem hing ich noch lange meinen Träumen nach und sah mich als Helfer im Urwald, in der Savanne oder, je nach Stimmung, im Slum einer afrikanischen Megastadt. Und ich erzählte den Mädchen, die ich kennenlernte, von meiner angeblichen Zukunft als Helfer der Menschheit. Sie waren beeindruckt – einige jedenfalls.

Ich wurde stattdessen Prokurist in der Volksbank unserer Stadt. Geblieben war jedoch die kindliche Faszination, die Sehnsucht nach dem geheimnisvollen schwarzen Kontinent. Und noch ein Vorhaben war geblieben, das allerdings bei Weitem nicht so großartig war: Wenn es schon nichts geworden war mit dem Forschungsreisenden oder dem berühmten Arzt in Afrika, so wollte ich doch wenigstens einmal mit einer schwarzen Frau schlafen. Das war sicherlich kein besonders hehres Ziel, nichts, worauf man stolz sein könnte, aber doch eines von den Dingen, die ich in meinem Leben noch tun wollte, wie etwa den Motorradführerschein machen, tauchen gehen, ein Haus bauen oder was man als junger Mann so an Zielen hat. Was genau ich mir davon versprach, weiß ich eigentlich nicht mehr, jedenfalls musste es anders sein, irgendwie unbändiger, fremdartig, wild – das klingt heutzutage sicherlich sonderbar. Doch Farbige waren zu jener Zeit in unserer Stadt noch eine exotische Rarität.

In Afrika war ich bis heute nur ein einziges Mal, und die Reise liegt nun schon viele Jahre zurück. Was ich dabei erlebte, widersprach allen meinen naiven Vorstellungen von Abenteuer und Gefahr; die gab es zwar durchaus, aber sie waren ganz anderer Art, als ich es mir erträumt hatte, und davon will ich erzählen.

Ich war Mitte zwanzig, hatte mein Studium beendet und verdiente bei der Bank mein erstes Geld. Eines Tages besorgte ich mir im Reisebüro – das Internet existierte noch nicht – zwei oder drei Kataloge, in denen Reisen nach Kenia und Tansania angeboten wurden. Es war die Zeit, als der Tourismus in Ostafrika noch in seinen Anfängen steckte. Von Überfällen auf Touristen hatte man noch nichts gehört, und Aids galt zwar als eine bedrohliche Angelegenheit, die aber eigentlich nur Schwule betraf. Ich brauchte trotzdem einiges an Zeit und Überredungskunst, bis ich meine Frau Hanna, mit der ich damals noch nicht verheiratet war, und ein befreundetes Paar, Martin und Doris, mit meiner Begeisterung anstecken konnte. Aber schließlich buchten wir eine Pauschalreise, zwei Wochen in einem Strandhotel, vier Sterne, nahe Mombasa, und eine Woche Safari rund um den Kilimandscharo.

Das Hotel, eine Stilmischung aus Afrika, Südsee und was den Investoren sonst an vermeintlich Exotischem noch eingefallen ist, hätte eigentlich überall stehen können, wo es warm ist, und das Essen hätte man sicher auch so oder ähnlich überall auf der Welt bekommen. Abends gab es Unterhaltungsmusik oder Tanzvorführungen, dargeboten von örtlichen Folkloregruppen. Es war nicht das Afrika von Stanley, Livingstone oder Schweitzer und auch nicht das Afrika, das ich aus vielen Filmen kannte, aus *Jenseits von Afrika* oder *Schnee am Kilimandscharo*. Und an dem endlosen schneeweißen Strand mit dem vorgelagerten Korallenriff langweilte ich mich. Meist saß ich unter einem der mit Palmwedeln gedeckten Sonnenschirme, wie man sie auch auf Mallorca oder sonst wo findet, und las – meist Bücher über das Afrika, das ich hier noch nicht entdeckt hatte.

Am Ende der ersten Urlaubswoche, ich glaube, es war ein Freitag, hatten Hanna und Doris sich einen üblen Sonnenbrand zugezogen. Obwohl Martin und ich sie als dumme Hühner beschimpft hatten, waren sie über Mittag am Strand geblieben, unter der fast senkrecht stehenden tropischen Sonne. Sie litten und sahen aus wie die frisch gekochten Hummer auf dem Buffet, das sie nicht sehen konnten, weil sie nicht in der Verfassung waren, zum Abendessen zu erscheinen. Sie waren beide richtig krank, und so überlegten Martin und ich, wie wir unseren Junggesellenabend sinnvoll gestalten könnten.

Wir hatten uns am Hotelpool länger mit einem Engländer, einem jungen Arzt, unterhalten, der uns von einem Tanzschuppen in Mombasa erzählte. Hanna und ich waren zu der Zeit zwar noch nicht verheiratet, aber doch schon in dem Stadium unserer Beziehung angekommen, in dem sich Männer und Frauen mehr und mehr untereinander unterhalten. In dem Laden gebe es, erzählte der Engländer, vor allem an den Wochenenden, jede Menge Mädchen. Und die seien durchaus interessiert an Europäern wie uns.

»Nutten?«, hatte Martin sofort gefragt.

»Na ja, kaum eine von ihnen würde das zugeben. Wenn du sie fragst, erzählen sie dir, sie sind Studentinnen oder machen irgendwas in der Werbung oder im Tourismus. Aber was sie nachts dort machen, ist genau das, was Nutten eben so machen«, hatte der Engländer uns großspurig erklärt. »Aber, you guys, passt auf, hier gibt es Krankheiten, von denen ihr in Europa nicht einmal den Namen gehört habt.« Er spielte den erfahrenen Globetrotter.

Der Laden hieß »The Alps«. Wie mochte jemand auf die Idee gekommen sein, ein Lokal in Kenia nach den Alpen zu benennen? Egal, wir wollten dahin. Der Taxifahrer kannte den Laden und quittierte unsere Zielangabe mit einem kleinen, doch vielsagenden Pfeifen. Nach halbstündiger Fahrt hielt er vor einem Gebäude mit einer weithin sichtbaren Neonreklame, die einen roten Schriftzug mit dem Namen und in Blau ein stilisiertes Matterhorn zeigte. Laute Musik quoll aus der offenen Eingangstür.

Das Lokal war heiß, voll und verqualmt. Eine riesige Discokugel beglitzerte die Szenerie wie ein Schneegestöber und gegenüber vom Eingang spielte eine mindestens zehnköpfige Band in ohrenbetäubender Lautstärke eine Art Afropop. E-Gitarren, Trompeten, Saxofone und Trommeln lieferten sich eine regelrechte Schlacht. Martin und ich setzten uns an die lange Bar und bestellten jeder einen Whisky.

»Hi, I'm Sally. What's your name?« Eine junge Frau, so um die zwanzig, schob sich auf den Barhocker neben mir, wobei sie offensichtlich darauf achten musste, dass sie nicht aus ihrem silbern schimmernden Kleid platzte, das sich über ihre drallen Formen spannte. Sie war mittelgroß, fast schwarz und mit ihrer breiten Nase und den stark aufgeworfenen Lippen eigentlich nicht sonderlich hübsch. Es gab in dem Laden glamourösere Mädchen, große, schlanke mit tollen Figuren, wild aufgebrezelt, teilweise mit langmähnigen, blonden Perücken. Aber meine neue Nachbarin hatte ein offenes, freundliches Gesicht, das mir gefiel, etwas Strahlendes, kindlich Naives, das mir in dieser exotischen Umgebung ein Gefühl der Sicherheit verlieh.

»Peter«, beantwortete ich ihre Frage. Ob sie etwas trinken wolle. Die Einladung hatte sie offensichtlich erwartet und bestellte sich einen knallbunten Cocktail, dessen Namen ich nicht kannte. Wir kamen ins Plaudern, soweit die laute Musik es zuließ. Ihr Englisch war trotz der gewöhnungsbedürftigen Aussprache fließend. Sie stamme aus einem kleinen Dorf, sei Studentin und arbeite in den Semesterferien in einem der Touristenhotels, im Büro, wie sie stolz betonte. Dabei schaute sie mich aus ihren großen, runden Augen so ernsthaft an, als sei ein Zweifel an ihrer Aussage ausgeschlossen. Wie weit ich ihr in diesem Moment glaubte, weiß ich allerdings heute nicht mehr. Irgendwann zupfte mich Martin am Ärmel. Ihn hatte ich völlig vergessen. Er wolle ins Hotel zurück und nehme sich jetzt ein Taxi. Ob ich mitkommen wolle? Ich wollte nicht und ließ ihn ziehen.

Später tanzte ich mit dem Mädchen, das sich Sally nannte, unter der flackernden Discokugel. Bei den langsamen Stücken schmiegte sie sich an mich und legte ihre feuchte Stirn an meine Wange. Ihr kratziges, kurz geschorenes Haar kitzelte mein Gesicht, aber ihr fester, kräftiger Körper fühlte sich gut an und erregte mich.

Als ich jedoch versuchte, sie zu küssen, wich sie meinem Mund durch eine schnelle Drehung ihres Kopfes aus. Ich hatte zwar keine einschlägigen Erfahrungen, aber ich hatte gehört, dass Prostituierte sich nicht auf den Mund küssen lassen. Aber galt das auch in Kenia? War ihr Ausweichen ein Zeichen, dass ich es mit einer Professionellen zu tun hatte, oder nur Ausdruck einer ganz normalen und verständlichen Zurückhaltung gegenüber einem Fremden? Ich war mir nicht sicher.

Zurück an der Bar und nach einer Reihe weiterer Drinks, legte sie ihren Arm auf die Theke und bettete den Kopf darauf wie ein schläfriges Kind. Dabei spielte sie an ihren überdimensionalen

Ohrringen. Mit einer Mischung aus Koketterie und Treuherzigkeit lächelte sie mich von unten herauf an.

Ob ich Lust hätte, noch mit zu ihr nach Hause zu kommen, wir könnten es uns dort gemütlich machen, ein bisschen kuscheln, es sei gar nicht weit. Ihre Stimme klang vertrauenerweckend kindlich.

Natürlich hatte ich schon seit einiger Zeit überlegt, wie der Abend weitergehen würde, jetzt aber musste ich entscheiden, ob ich mich auf dieses Abenteuer einließ. Wo würde sie mich hinschleppen? Mir ging die Warnung des Engländers durch den Kopf. Kondome hatte ich nicht bei mir, aber vielleicht hatte sie da ja vorgesorgt. Und was müsste ich ihr zahlen, beziehungsweise was würde sie verlangen? Immerhin hatte ich genügend Bargeld bei mir. Das dürfte also kein Problem sein, ich würde mich auch nicht kleinlich zeigen. Jedenfalls machte sie keinen professionellen Eindruck, eher wirkte sie trotz ihres kurzen, engen Glitzerkleids und den Ohrringen irgendwie bodenständig, eben ein Mädchen vom Lande. Außerdem war da ja noch mein Plan, einmal im Leben … nun, jetzt war die Gelegenheit da. Und der Alkohol tat sein Übriges, meine diffusen Bedenken zurückzudrängen.

Vor dem Lokal winkte das Mädchen ein Taxi herbei. Sie palaverte mit dem Fahrer länger in einer Sprache, die ich nicht kannte, vermutlich Suaheli. Die beiden schienen sich zu kennen. Sie habe einen günstigen Preis für die Hin- und Rückfahrt ausgehandelt, erklärte sie mir auf meine Frage. Ich fand es ganz beruhigend, dass die Rückfahrt gesichert schien. Und dann saß ich mit ihr auf der Rückbank des uralten Mercedes. Sie rückte ganz dicht an mich heran und wir begannen, aneinander herumzufummeln. Erst nach einiger Zeit fiel mir auf, dass das Taxi schon vor einiger Zeit von der hell erleuchteten Hauptstraße abgebogen war und sich nun durch ein Gewirr dunkler Gassen bewegte. Die Straßenbeleuchtung hatte aufgehört und nur noch gelegentlich fiel ein Lichtschein aus einem Fenster oder der Tür eines der ärmlichen einstöckigen Häuser.

»Wir sind gleich da«, beruhigte mich das Mädchen, das meine Besorgnis zu spüren schien. Und tatsächlich hielt der Wagen vor einem niedrigen, unbeleuchteten Haus. Wieder gab es ein Palaver mit dem Taxifahrer auf Suaheli. Er würde hier warten, wolle aber den Fahrpreis auch für die Rückfahrt sofort haben, erklärte das Mädchen und nannte den Preis, der mir ziemlich hoch vorkam. Aber ich zahlte und gab dem Fahrer vorsichtshalber noch ein großzügiges Trinkgeld, um ihn freundlich zu stimmen und zum Warten zu ermuntern. Er zwinkerte mir kumpelhaft zu, aber ich hatte plötzlich kein gutes Gefühl mehr bei der Sache.

Die altersschwache Haustür führte unmittelbar in einen kleinen Raum, der von einer nackten Glühbirne nur spärlich erleuchtet wurde. Ein Bett, ein Tisch, eine Kommode und ein paar Stühle bildeten das gesamte Mobiliar. Kein Schrank. An Nägeln in den Wänden hingen ein paar Kleider, die alle nicht in ein Büro, sondern eher ins »Alps« passten. Wortlos standen wir mitten in diesem tristen Zimmer, als sie mir den Rücken zudrehte. Ob ich ihr mit dem Kleid helfen könnte. Langsam zog ich den Reißverschluss, der vom Nacken bis zu ihrem kräftigen Hintern reichte, herunter. Mit einem gekonnten Schlenker, der sich von ihren Schultern bis zu den Hüften fortsetzte, ließ sie den glitzernden Fummel zu Boden gleiten, ein Hauch aus fast nichts, der sich am Boden zusammenrollte wie eine große Raupe. Darunter trug sie – nichts, weder BH noch Slip.

Sie wandte sich mir wieder zu und stand, bis auf die hochhackigen Schuhe, völlig nackt vor mir. Ihr Schamhaar kräuselte sich in winzigen Löckchen – ich hatte so etwas noch nie gesehen. Dann zog sie mir die wenigen Kleidungsstücke, die ich trug, mit geschickten Handgriffen vom Leib, drückte ihren fülligen, aber festen Körper gegen meinen, der auch sofort reagierte, und zog mich auf das Bett mit den vielleicht frisch gewaschenen, aber immer noch grauen Laken. Unter ihrem Kopfkissen fingerte sie ein Päckchen Kondome hervor, das sie mit ihrem überlangen, perlmuttfarben lackierten Daumennagel wie mit einem Brieföffner aufschlitzte, und rollte mir geschickt eins der Dinger über. Sie hatte also – im Gegensatz zu mir – vorgesorgt. Ich war erleichtert und mittlerweile auch völlig entspannt, meine anfängliche Angst war verschwunden. Noch wusste ich nicht, was mir bevorstand.

Der Sex mit dem schwarzen Mädchen, das sich Sally nannte, war nicht übel, aber eigentlich auch nicht viel anders als das, was ich bisher so erlebt hatte. Ich kam ziemlich schnell, und sie täuschte ihren Orgasmus zumindest gekonnt vor. Danach lagen wir entspannt nebeneinander, streichelten uns und spielten aneinander herum. Sie schien mich tatsächlich zu mögen. Oder war diese Zärtlichkeit nur Teil der allgemeinen Herzlichkeit, die die Menschen in diesem Land überall täglich zeigten?

Während ich noch darüber nachdachte, polterte jemand heftig gegen die Eingangstür und brüllte etwas, das ich zwar nicht verstand, das aber alles andere als freundlich klang.

»Oh my God, that's John«, flüsterte sie mit zitternder Stimme.

Wer mochte John sein? Ihr Mann, ihr Freund? Ich weiß nicht warum, aber ihre Angst erschien mir nicht ganz echt, irgendwie gespielt. Bevor ich jedoch länger darüber nachdenken konnte, platzte die Tür, die nur mit einem lächerlichen Riegel halbherzig verschlossen war, auf wie eine Nussschale im Nussknacker, und herein taumelte, immer noch brüllend, ein untersetzter Kerl in weißem Unterhemd und Bermudashorts, größer als ich und muskelbepackt. Weiß blitzten die kräftigen Zähne in seinem tiefschwarzen Gesicht. Er strotzte vor Wut und Kraft.

In seiner rechten Hand hielt er eine Art Machete, eigentlich nur ein einseitig scharf geschliffenes, langes Eisenstück mit einem Griff aus Isolierband, mit dem er drohend in meine Richtung fuchtelte. Aus seinem wütenden Geschrei, vermutlich Suaheli, ragten verstümmelte englische Sprachfetzen heraus wie verkohlte Baumstümpfe in einem abgebrannten Wald.

»... fuck my girl!« und »I'll kill you« glaubte ich aus dem Wort-
schwall herausfiltern zu können. Mir stockte der Atem und mein
Herz hämmerte in panischem Entsetzen wie ein überdrehter Motor.

Jetzt stand er unmittelbar vor dem Bett, auf dem ich nackt,
mit angezogenen Beinen hockte und versuchte, mich irgendwie
unsichtbar oder wenigstens möglichst klein zu machen. Für einen
kurzen Moment drehte ich mich zu dem Mädchen um, das in der
äußersten Ecke des Bettes kauerte und ein Laken bis unter ihre
Augen hochgezogen hatte. Sie sah aus, als wäre sie verschleiert.
Mit einem Zucken ihrer Schultern und ihrer Brauen schien sie zu
sagen: Tut mir leid, aber du warst wirklich zu blöd! Fast wirkte
es wie eine Entschuldigung oder der Ausdruck von Mitleid.

Schlagartig war mir klar, ich war blauäugig in eine üble Falle
getappt. Ein abgekartetes Spiel! Aber warum hatte sie überhaupt
mit mir geschlafen? Mir blieb keine Zeit, darüber nachzuden-
ken. In meine Angst mischten sich Scham und Wut über meine
Naivität. Immerhin, so vermutete ich, hatten es die beiden eher
darauf abgesehen, mich zu berauben, als mich mit der Machete,
die immer noch wie ein Damoklesschwert über mir schwebte,
in Stücke zu hauen. Ob mich dieser Gedanke damals wirklich
beruhigte, kann ich heute nicht mehr sagen.

Zaghaft rutschte ich ein Stückchen in Richtung auf meine Klamotten zu, die als Knäuel am Ende des Bettes auf dem Fußboden
lagen. Aber mit einem leisen Schnalzen seiner Zunge und einem
kaum merklichen, aber dennoch energischen Anheben seiner
Machete gebot mir der Typ unmissverständlich Einhalt. Dann
schnappte er sich mein Hemd und meine Hose und durchsuchte
die Taschen. In meinem Portemonnaie fand er meine Kreditkarte,
meinen Führerschein und etwa dreihundert Dollar. Er stopfte
alles in die Tasche seiner Hose, auch den Hotelschlüssel steckte
er ein. Dann tippte er mit dem Finger auf meine Armbanduhr,
ein Weihnachtsgeschenk von Hanna. Ich nahm sie ab und gab
sie ihm; sie zeigte gerade drei Uhr. Er schien zufrieden. Jedenfalls

brummte er etwas und deutete mit einer herrischen Geste seines Kinns in Richtung Eingangstür, was nur heißen konnte, ich solle abhauen.

Ich packte meine Kleider und rannte, nackt wie ich war, auf die Straße. Einer meiner Schuhe, die er mir hinterherwarf, traf mich im Rücken. Den anderen musste ich erst in der Dunkelheit suchen. Knallend fiel die Tür hinter mir ins Schloss. Das Hohngelächter dahinter habe ich mir vielleicht nur eingebildet.

Der Taxifahrer war verschwunden. Ich hatte nur eine schwache Vorstellung davon, aus welcher Richtung wir gekommen waren, und eine irrsinnige Angst, noch einmal Opfer eines Überfalls zu werden, allein, als Europäer, ohne Geld, in dieser nächtlichen afrikanischen Stadt. Welcher Teufel hatte mich geritten, dass ich mich in diese Lage gebracht hatte?

Am Horizont war ein verschwommener Lichtschein zu sehen. Dort musste die Innenstadt liegen, und in diese Richtung lief ich. Rennend und stolpernd zog ich mich an. Ich marschierte mindestens eine halbe Stunde, glücklicherweise ohne einem Menschen zu begegnen. Erleichtert stand ich plötzlich wieder auf der belebten Hauptstraße in der Nähe des »The Alps«. Dort erwischte ich ein Taxi, das mich zum Hotel brachte, wo ich allerdings das nächste Problem in Gestalt von Hanna vermutete. Wie sollte ich ihr erklären, wo ich die Nacht verbracht hatte und wie mir mein Portemonnaie abhandengekommen war?

Da ich kein Geld mehr hatte, ließ ich den maulenden Taxifahrer vor dem Hotel warten, ging an dem misstrauisch blickenden Nachtportier vorbei und klopfte an unsere Zimmertür. Verschlafen öffnete Hanna.

»Wie siehst du denn aus? Wo warst du so lange?«, fragte sie gähnend und legte sich wieder ins Bett. Sicherlich litt sie noch immer unter den Folgen ihres Sonnenbrands, denn sie schien nicht unbedingt auf einer Erklärung zu bestehen, wie ich erleichtert feststellte, und so ließ ich ihre Frage unbeantwortet.

»Kannst du mir etwas Geld geben? Ich habe mein Portemonnaie verloren oder man hat es mir gestohlen. Jedenfalls wartet der Taxifahrer draußen auf sein Geld.«

»Was ist mit Martin? Konnte der dir nichts leihen? Ihr wart doch zusammen. Oder nicht?«, fragte sie misstrauisch.

»Martin, na ja … der, also, der ist mit so einer schwarzen Lady abgezogen …«, log ich und kam mir ziemlich schäbig vor. »Aber bitte, versprich mir, dass du Doris nichts davon erzählst. Kann ich mich darauf verlassen?«

Hanna versprach es und rollte sich in ihre gewohnte Schlafposition. Sie konnte Doris sowieso nicht besonders gut leiden.

Gegensätze ziehen sich an

Sammy (26), Barkeeper, Berlin,
über
Leonie (24), Verlagskauffrau, München

>> Langsam hatte ich keine Lust mehr, für ihn zu lügen und dichtzuhalten. Leonie ahnte nichts davon. Oder wollte sie es einfach nicht wahrhaben? <<

Verliebt in Leonie war ich schon ewig, eigentlich seitdem ich sie zum ersten Mal gesehen habe. Mein bester Kumpel hat sie mir vorgestellt, die beiden waren gerade zusammengekommen. Er hatte sie vorher beiläufig erwähnt, seine neue Freundin, mit einem Grinsen, das sagte: Wo bin ich da nur wieder reingeraten. Dann traf ich die beiden, Leonie und Stanley, und ich konnte meinen Blick nur mühsam von Leonie abwenden. Ich kann es nicht erklären, doch sie brachte mich völlig aus dem Gleichgewicht. Obwohl sie immerzu lächelte, war ihr Blick irgendwie melancholisch. Sie wirkte verletzlich auf mich.

Das habe ich Stanley natürlich nicht erklären können, er hatte mich ausgelacht. Und erst recht nicht, dass ich mich verliebt hatte, das wollte ich nicht einmal mir selbst eingestehen, denn das durfte nicht sein. Ich musste Leonie wieder aus meinem Kopf bekommen, sie war schließlich die Freundin meines besten Freundes. Deshalb habe ich den beiden sogar meine Wohnung angeboten, damit sie allein sein konnten. Beide wohnten damals noch bei ihren Eltern. Stanley prahlte danach, dass er Leonie entjungfert habe. Ich hasste ihn in diesem Moment, aber ich habe gegrinst und nichts gesagt, was hätte ich auch sagen sollen?

Wenn die beiden sich gestritten hatten, habe ich Stanley zugehört und ihm Ratschläge gegeben. Er solle gelassener sein, verständnisvoller, mehr auf Leonie eingehen.

»Du bist *mein* Freund!«, beschwerte er sich lachend. »Du sollst auf meiner Seite sein!«

»Stimmt, ich bin dein Freund, aber ich muss doch neutral urteilen«, erwiderte ich ehrlich. Und ich fand wirklich jedes Mal, dass Leonie recht hatte und Stanley nicht.

Ich sah die beiden immer öfter zusammen, dann unterhielt ich mich auch mit ihr. Es ging immer um Stanley, ständig enttäuschte er sie und ich bekam zunehmend das Gefühl, dass es nicht mehr lange gut gehen konnte mit den beiden. Sie passten einfach nicht zueinander, auch wenn ich das natürlich nie gesagt habe. Stanley war so laut, Leonie so ruhig. Was nur ich wusste, war, dass er sie oft betrog und ich als Alibi herhalten musste. Langsam hatte ich keine Lust mehr, für ihn zu lügen und dichtzuhalten. Leonie ahnte nichts davon. Oder wollte sie es einfach nicht wahrhaben? Ich weiß es nicht, aber ich wollte kein Verräter sein, nicht der Grund für einen Streit werden und zwischen den Parteien stehen. Also spielte ich den verständnisvollen Beobachter und sprang ein, wann immer einer der beiden Rat brauchte. Geduld und Ausdauer werden meist belohnt und eines Tages trennten sie sich.

Leonie hatte Stanley erwischt, auf frischer Tat sozusagen. Er hatte ein anderes Mädchen mit nach Hause genommen, Leonie aber erzählt, er wäre mit Freunden unterwegs. Etwas war ihr komisch vorgekommen – Stan ist ein begnadeter Lügner, aber manchmal gibt er sich nicht genug Mühe, so als wäre er sich seiner Sache zu sicher. Also ist Leonie an seiner Wohnung vorbeigefahren. Es brannte Licht in seinem Zimmer. Leonie klingelte, Stan machte nicht auf. Sie gelangte ins Treppenhaus, stand heulend und klopfend vor der Wohnungstür, wollte hinein, bis Stanley irgendwann rief, sie solle weggehen, es ginge nicht, er habe Besuch. Sie heulte, klopfte, schrie, aber die Tür blieb verschlossen. Ein Alptraum für alle Beteiligten. Irgendwann schlich Leonie nach Hause, zutiefst gedemütigt.

Und da beginnt wohl meine Geschichte, meine Geschichte mit Leonie, von der ich so lange geträumt hatte.

Zuerst trafen wir uns zum Trösten, sie weinte und ich hörte zu, umarmte und beruhigte sie. Nach einer Weile ließ sie sich immer mehr in den Arm nehmen, berührte auch mich wie zufällig. Ich bildete mir ein, dass sie nun auch meine Nähe suchte und dass sich unsere Gespräche weniger um ihn drehten. Und eines Tages – *Score* – wir beide nackt im Bett, Tränen flossen ... bei mir vor Glück, bei ihr wahrscheinlich, weil sie die Welt nicht mehr verstand, im Bett mit dem besten Kumpel ihres Ex. Stanley war ihr erster Freund gewesen und ich verstand, wie schwer es für sie sein musste, loszulassen. Aber jetzt war ich dran, ich bildete mir ein, sie zu gewinnen, zu verdienen, mit Geduld ans Ziel zu gelangen. Stanley nahm es mir nicht übel, er war sogar ganz froh, dass ich mich um Leonie kümmerte, denn er hatte ein schlechtes Gewissen. Kein Wunder, so schlecht wie er sie behandelt hatte. Ich sah ihn nicht mehr so oft, da ich alle Zeit mit Leonie verbringen wollte.

Wir unternahmen viel, meistens viel Blödsinn. Ich hoffte, sie mit ungewöhnlichen Aktionen für mich zu begeistern, klaute ihr Schmuck und Kosmetik und anderen Krimskrams. Ich hatte damals, wie ich zugeben muss, einen leichten Hang zur Kriminalität und so fiel es mir nicht schwer, unsere gemeinsamen Tage aufregend zu gestalten. Im Sommer knackte ich manchmal die

Türen von Gartenlauben und übernachtete mit Leonie dort. Es war noch vor meiner Dealer-Zeit, in der ich immer viel Geld hatte. Damals hatte ich mich auf Schwulensaunen spezialisiert. Die Besucher hatten immer viel Geld in der Tasche, teure Uhren und so. Oft musste ich nicht einmal die Schließfächer aufbrechen, da sie ihre Wertsachen einfach in Mäntel- und Hosentaschen ließen. Also hatte ich sporadisch genug Geld, um Leonie einzuladen. Mal klaute ich uns zwei Fahrräder und organisierte einen Picknickkorb mit Champagner, dann lud ich sie ins Casino ein. Vorher kaufte ich ihr natürlich ein schönes Kleid. Von der Stange, es reichte nicht für mehr, sie freute sich trotzdem sehr. Ich versuchte, sie zu verwöhnen, vielleicht auch zu bestechen, das war mir egal. Hauptsache, sie mochte mich. Ich fühlte mich ihrer sicher, solange sie glücklich war, und eine Zeit lang lief alles gut.

Bis Leonie eines Tages mit der Idee rausrückte, nach der Schule ein Jahr nach Amerika zu gehen. Sie wollte sich weiterentwickeln, nachdenken ... ich hörte die Worte aus ihrem Munde kommen, aber es dauerte, bis ihr Sinn zu mir durchgedrungen war. Da hatte ich sie endlich und sie wollte weg? Niemals. Nachts lag ich wach, hielt sie umklammert und überlegte, was ich tun könnte, um sie bei mir zu halten. Äußerlich versuchte ich, ruhig zu bleiben. Ich hatte noch den ganzen Sommer, um sie umzustimmen, beruhigte ich mich. Erst im Winter wollte sie weg. Sehr bald sprach sie gar nicht mehr von Amerika und wechselte das Thema, wenn ich sie fragte, also schöpfte ich neue Hoffnung. Doch schwieg sie wohl nur, um mich nicht zu beunruhigen und ihre Ruhe zu haben.

Im Spätsommer wollte sie mit ihrer besten Freundin in den Urlaub fahren, nach Ägypten. Leonies Eltern bezahlten ihr die Reise, ich konnte mir das nicht leisten. Sie fragte mich auch gar nicht. Also mobilisierte ich meine kriminellen Energien, sparte heimlich jeden geklauten Cent, um sie zu überraschen. Ich wollte ihr meine Liebe beweisen. Das klingt irrsinnig, das finde ich heute auch. Damals erschien mir mein Plan jedoch zwingend logisch.

Nach einer Woche reiste ich Leonie nach, ohne dass sie davon wusste. Ich hatte mir ein Hotel in ihrer Nähe gesucht und sogar genug Geld gespart, um ihr – nachdem sie vor Freude über meine Anwesenheit fast geplatzt wäre – anzubieten, den Urlaub mit mir zu verlängern.

Es war später Abend, als ich mir genug Mut angetrunken hatte und auf ihr Hotelgelände ging. Leonie war einfach zu finden, sie saß mit ihrer Freundin draußen am Pool, an der Hotelbar. Ich glaubte, ihren Blick erstarren zu sehen, als ich voller Stolz über meine Überraschung auf sie zuschritt, mit Blumen in der Hand. Ihre Freundin schaute genauso ungläubig – vielleicht auch panisch –, ich nahm es als Ausdruck freudiger Überraschung. Doch die Reaktion beider wurde nicht besser, keine Umarmung, nichts, nur ungläubiges Schweigen. Leonie sprang nicht auf, fiel mir nicht um den Hals, wie ich gehofft und erwartet hatte. Daher blieb auch ich stehen und suchte nach den richtigen Worten: Ich liebe dich, ich will dich mehr als alles andere auf der Welt, bitte geh nicht nach Amerika ... dann sah ich ihn ... Stanley, mein bester Freund, ihr Ex, oder was auch immer. Mit Cocktails in der Hand kam er auf uns zu. Ich weiß nur noch, dass ich ihm sofort eine geballert habe. Warum? Ich weiß nicht. Aber man kann doch nicht fremdgehen und trotzdem die schönsten Frauen für sich haben wollen. Er wehrte sich nicht.

Gesprochen wurde weiter nichts, Stanley hielt sich die getroffene Nase, ich lief davon, ohne etwas zu sagen, keiner hielt mich auf. Ich lief zurück in mein Hotel, das ich für zwei Wochen gebucht hatte. Jetzt wusste ich endlich, warum Leonie die letzten Male nach dem Sex immer geweint hatte.

Blond, aber nicht blöd

Markus (34), Verkäufer, Kassel,
über
Nadine (31), damals Schülerin, Dorf bei Kassel,
und
Melanie (32), damals Empfangsdame, Kassel

>> Geschenke, Blumen und Ähnliches kaufte ich immer in doppelter Ausführung und hatte mir angewöhnt, beide nur mit »Mäuschen« oder »Süße« anzusprechen, um mit den Namen nicht durcheinanderzugeraten. <<

Seit *Sex and the City* sollte man sich als Mann wirklich in Acht nehmen. Viele Frauen sind derart abgebrüht und kommen auf die fiesesten Ideen.

Vor acht Jahren war ich 26 Jahre alt und arbeitete als Verkäufer in einem großen Autohaus in Kassel. Da ich damals noch in einem Dorf in der Umgebung wohnte, fuhr ich jeden Tag eine Dreiviertelstunde zur Arbeit. Der Umzug nach Kassel war längst geplant, doch sparte ich noch für die Kosten. Seit ein paar Monaten war ich mit Nadine liiert, sie kam ebenfalls aus diesem kleinen Ort, war 23 und machte gerade ihr Abitur in der Abendschule nach. Den ganzen Tag hing sie rum und tat nichts, daher hatte ich ihr anfangs einmal vorgeschlagen, sich neben dem Abi doch einen Job zu suchen. Die meisten Leute beschritten diesen zweiten Bildungsweg in Abendschulen, parallel zu ihrer Arbeit.

Doch Nadine wurde fuchsteufelswild, beschimpfte mich als Spießer, Ausbeuter und Tyrann. Ihre Mutter hätte ihr genau dasselbe gesagt, zischte sie voller Abscheu, als könnte sie sich nichts Vernichtenderes vorstellen. Dabei zahlten ihre Eltern noch immer für sie, sodass die missratene Göre den ganzen Tag gemütlich auf ihrem Bett liegen konnte, mit Frauenzeitschriften, alibimäßig aufgeschlagenen Abiturbüchern und ihrem Laptop. Unser Verhältnis hatte nach einem halben Jahr einen ziemlichen Tiefpunkt erreicht. Große Gefühle hatte ich für Nadine nie gehegt, aber der Sex mit ihr war anfangs wirklich gut. So schlicht sie war, so sexy war sie auch und zudem überaus gefallsüchtig. Eine tolle Eigenschaft bei Frauen, vor allem im Bett. Darin erschöpften sich Nadines Vorzüge leider bereits. Anfangs hatte ich mich natürlich romantisch gezeigt, sie herumkutschiert, Zukunfts- und Kinderpläne mit ihr geschmiedet und abends auf dem Weg nach Hause Blumen und Stofftiere für sie an der Tankstelle gekauft. Was man eben so macht, um Sex zu haben mit einer Frau wie Nadine.

Mit meinem Umzug nach Kassel würde auch die Nadine-Episode ihren Abschluss finden, das stand für mich fest. Einen Ersatz hatte ich schon gefunden. Melanie war 24, sah ähnlich aus wie Nadine – blond, knackig und stark geschminkt. Aber sie war etwas hübscher und auch schlauer und arbeitete im Empfangsbereich meiner Arbeitsstelle. Praktischerweise wohnte sie auch dort in der Nähe, sodass ich sie auf dem Nachhauseweg mitnehmen und zu Hause absetzen konnte. Oder auf einen schnellen Abstecher in ihre Wohnung mitkam. Das Ganze sollte noch ein, zwei Monate parallel laufen, denn ich hatte bald endlich genug gespart, um mir den Umzug und eine schicke Mietwohnung leisten zu können. Ich hatte den beiden natürlich nichts voneinander erzählt. Geschenke, Blumen und Ähnliches kaufte ich immer in doppelter Ausführung und hatte mir angewöhnt, beide nur mit

»Mäuschen« oder »Süße« anzusprechen, um mit den Namen nicht durcheinanderzugeraten. Nach meinem Umzug würde ich Melanie den Vorzug geben und Nadine abschießen. So war es zumindest geplant.

Im Sommer gab mein Unternehmen ein großes Betriebsfest, mit Reden, faden Vorführungen und einer Dixieband zur musikalischen Unterhaltung. Die Feier begann schon nachmittags und dieses Jahr fiel der Termin ausgerechnet auf Nadines Geburtstag. Meine Freundin hatte eine kleine Party geplant und obwohl ich schon länger wusste, dass ich nicht dabei sein würde, hatte ich meine Verpflichtung erst mal verschwiegen, um ihr weniger Zeit zum Protest einzuräumen. Erst am Abend vorher rief ich Nadine an und erzählte ihr möglichst beiläufig, dass ich noch anderweitig verpflichtet sei und daher später kommen würde. Nadine wird bei jeder Kleinigkeit hysterisch, manchmal auch ganz ohne Anlass, also hatte ich mich schon auf ihr Gezeter eingestellt. Die Heftigkeit ihres Wutausbruches überraschte mich dann doch. Nadine schrie, heulte, ja kreischte ins Telefon, als hätte ich ihr soeben eröffnet, sie an die Russenmafia verhökern zu wollen. Mehrmals legte ich wütend auf, doch sie rief immer wieder an, fern davon, sich zu beruhigen. Ihre Reaktion erschien mir absurd und unangemessen. Gut, sie musste sich für ihre Einkäufe und Vorbereitungen irgendeinen der Dorftrottel suchen, der sie statt meiner kutschierte, aber das war doch nicht so schwierig? Vielleicht war sie durch ihre Prüfungen gerasselt, ihre Eltern hatten ihr den Geldhahn zugedreht, ihre Friseurin hatte ihre Haare verschnitten oder alles auf einmal, ich wusste es nicht. Ich machte mir auch nicht allzu viele Gedanken, sie würde sich schon wieder beruhigen.

Am nächsten Tag, ein Samstag, ging ich also zu der Betriebsfeier, Geschäftsbeziehungen pflegen, das ist heutzutage mit das Wichtigste, wenn man beruflich vorankommen möchte. Obwohl ich mich viel lieber betrunken und bei Melanie übernachtet hätte, fuhr ich gegen Mitternacht pflichtschuldig zurück in mein Dorf und zu Nadines blöder Geburtstagsparty. Bald war ich sie ja zum Glück los, ich wollte mir so kurz vor dem Ende keinen unnötigen Ärger mit ihr einhandeln. Sie nahm mein Geschenk (eine dreimonatige Flatrate für das ortsansässige Solarium) ohne Freudenregung entgegen. »Das ist ein Gutschein, damit kannst du dich bräunen, so viel du willst«, erläuterte ich ihr, falls sie nicht wusste, was Flatrate bedeutete.

»Danke«, sagte sie tonlos, blieb aber kühl und distanziert und sagte kaum etwas. Das war angenehm, passte aber so wenig zu ihr, dass ich es irgendwie unheimlich fand. Also verabschiedete ich mich bald, ich war ohnehin sehr müde, und ging allein nach Hause.

Am Sonntagabend dann stand Nadine vor meiner Tür, um mir den Grund für ihr sonderbares Verhalten mitzuteilen.

»Ich bin schwanger«, sagte sie noch im Türrahmen und blinzelte mich bösartig an. Ich musste mich setzen, während der Sinn dieser Worte langsam in mein Hirn sickerte und gleichzeitig Übelkeit begann, sich in meinem Bauch auszubreiten. Zu viel Magensäure, wenn ich aufgeregt bin. Ich schenkte zwei Whisky ein und kippte in mein Glas etwas Natron gegen das Sodbrennen. Nadine rührte ihr Glas nicht an und entzündete auch keine Zigarette. Das ließ nichts Gutes ahnen.

»Bin ich denn der Vater?«, wollte ich wissen. Eine naheliegende und berechtigte Frage. Nadine fand das nicht. Sie schimpfte und wir stritten erst mal eine Weile, bis wir zu dem wichtigsten Punkt kamen.

»Du bist doch viel zu jung, du willst doch keine alleinerziehende Mutter werden, mein Gott, Nadine!«, appellierte ich.

»Aber wir könnten es doch auch zusammen versuchen … ich hab doch eh keinen Job und dann muss ich dieses doofe Abi nicht machen«, sagte sie versonnen und kratzte dabei grauen Lack von ihrem Zeigefingernagel. Meine Zähne begannen zu klappern.

»Bitte, bitte, überleg dir das noch einmal!« Ich versuchte alles, um Nadine von der Schwachsinnigkeit ihres Plans zu überzeugen. Ich versprach ihr, dass wir beide doch sowieso Kinder haben würden, später, bald und ganz viele. Nur nicht jetzt sofort. Sie solle ihr Leben noch ein bisschen genießen, sich entspannen, sich eine schöne Zeit machen. So eine Abtreibung sei heutzutage doch nur eine Lappalie und danach würden wir uns beide Urlaub nehmen, einander verwöhnen. Ich sprach und versprach, konnte gar nicht aufhören zu reden, so sehr ängstigte mich die Vorstellung, ein Kind mit Nadine zu haben, ein Leben lang mit ihr verbunden zu sein, sie finanziell aushalten zu müssen. Sie schien sich ihrer Machtposition sehr bewusst. Irgendwann gab sie nach, bestand aber darauf, dass ich ihr das Geld für die Abtreibung und das Urlaubsgeld sofort überweise, sie wolle schnellstmöglich unsere Reise buchen.

Irritiert setzte ich mich an meinen Computer. Doch war ich so froh, sie umgestimmt zu haben, dass ich nicht weiter darüber nachdachte. Nadine verabschiedete sich zu meiner Erleichterung bald, sie wollte erst mal allein sein. Ich schlief sehr schlecht und als ich am Montagmorgen zur Arbeit fuhr, war ich noch immer ein Nervenbündel. Ich hatte das Gefühl, einen furchtbaren Schicksalsschlag in letzter Minute noch abgewendet zu haben.

Am frühen Vormittag stand Melanie vor mir. Auch sie sah angespannt aus.

»Hallo, Maus, tut mir leid, ich hab keine Zeit«, wollte ich sie abwimmeln, denn mir stand gerade wirklich nicht der Sinn nach Geturtel, davon hatte ich erst mal die Nase voll.

»Ich muss mit dir reden, 13 Uhr Kantine, ich rate dir dringend, zu erscheinen«, ließ sie mich ungewohnt förmlich wissen und dann verblüfft stehen.

Kein gutes Gefühl erfüllte mich, als ich mich mittags in die Kantine schleppte. Wahrscheinlich wollte sie sich von mir trennen? Nun denn, das würde ich schon verkraften.

»Was gibt's denn so Wichtiges?«, fragte ich und zupfte beim Setzen die Falten aus meiner Anzughose.

»Ich bin schwanger«, sagte sie leise und anklagend.

»Waaas?« Ich musste mich verhört haben, das konnte nicht sein.

»Ich bin schwanger. Von dir«, wiederholte sie.

»Willst du mich verarschen?« Wutentbrannt packte ich ihren Arm, warf dabei ihr Wasserglas um, sodass die Kantinenbesucher sensationslüstern die Köpfe nach uns reckten.

»Sag, dass das nicht wahr ist!«, zischte ich.

»Hast du den Verstand verloren? Lass mich sofort los!« Melanie zog ihren Arm aus meiner Umklammerung.

»Wie konnte das passieren, wir haben doch verhütet«, wehrte ich mich verzweifelt.

»Bestimmt ist ein Kondom kaputtgegangen. So etwas passiert. Und zwar gar nicht so selten.«

»Das kann ja wohl nicht wahr sein. Ist es denn zu viel verlangt, aufzupassen? Wie stellst du dir das vor ...«

»Ich? Jetzt tu mal nicht so, als wäre ich allein daran schuld. Was glaubst du denn, was das für mich bedeutet? Glaubst du, ich freue mich darüber?«

Allmählich verlor ich die Nerven. »Hast du das etwa absichtlich gemacht?«

»Das muss ich mir nicht anhören ...« Melanie verzog das Gesicht und ließ ein gefährliches Schluchzen aufsteigen. Mit bebender Unterlippe saß sie vor mir, zog die Nase hoch. Das hatte mir noch gefehlt. Ich konnte die neugierigen Blicke um uns herum geradezu fühlen. Und da stand auch schon der Personalleiter an unserem Tisch, wie aus dem Nichts aufgetaucht, ein schlüpfriger Lustmolch, der schon lange ein Auge auf Melanie geworfen hatte und sich gern als väterlicher Freund aufspielte.

»Verzeihen Sie. Ich sah Sie im Vorbeigehen ... ist alles in Ordnung mit Ihnen?« Er legte eine rote, wurstige Hand auf Melanies Schulter und tätschelte sie. Mich übersah er.

»Alles in Ordnung, vielen Dank«, hauchte Melanie. Als der unangenehme Mensch endlich gegangen war, sah sie noch immer aus, als würde sie gleich in Tränen ausbrechen. Wenn das so weiterging, würde ich noch meinen Job verlieren.

»Wein doch bitte nicht. Reiß dich doch bitte zusammen«, flehte ich.

»Ich möchte das Kind haben ... Außerdem habe ich mir vor Schreck nach dem Termin eine Beule ins Auto gefahren. Kannst du mir bitte das Geld für die Reparatur geben?« Fassungslos starrte ich sie an. Das war der schrecklichste Tag meines Lebens.

»Ich komm heute Abend zu dir und wir besprechen die Sache, in Ordnung?«

Und das taten wir. Das Gespräch verlief ähnlich wie zuvor mit Nadine und ich fühlte mich, als wäre ich in einem ganz miesen Film gefangen. Auch Melanie versuchte ich mit Engelszungen zu überreden. Sie willigte irgendwann ein, verlangte aber eine saftige Entschädigung. Wütend fuhr ich nach Hause und überwies ihr das Geld. Das Leben war so ungerecht! Meine Ersparnisse waren nun weg, den Umzug nach Kassel konnte ich erst mal vergessen. Misstrauisch war ich nicht, dazu war ich auch viel zu überrumpelt.

Nadine meldete sich nicht mehr bei mir, erst freute mich das, aber allmählich begann ich mich zu wundern. Zwei Wochen später erhielt ich eine E-Mail.

»Hallo Markus! Du bist eine ganz miese Kröte. Gut, dass ich das jetzt weiß! Ich war niemals schwanger. Mellie auch nicht. An meinem Geburtstag bin ich auf dein doofes Betriebsfest gefahren, weil ich dir nicht mehr getraut hab. Da hab ich dich mit ihr gesehen, ich wusste sofort, dass etwas nicht stimmt. Als du kurz weg warst, sprach ich sie an und fragte nach dir. Den Rest kannst du dir sicherlich vorstellen ... Ich muss jetzt an den Strand! Tschüss! Nadine«

Die beiden hatten mich ausgetrickst. Ob sie vielleicht sogar gemeinsam verreist waren? Ich möchte es lieber gar nicht wissen.

Freier Fall

Mirko (23), Kfz-Mechaniker, Mainz,
über
Nicole (21), Kassiererin, Mainz

>> Die Jeans-Shorts hab ich der Nicole zu Hause ziemlich schnell ausgezogen und ihr das Bikini-Oberteil unter die Brüste geklemmt. So viel Zeit war ja auch nicht mehr bis fünf Uhr. <<

Ich kann auch einfach nicht Nein sagen. Und nachher bereue ich es, so wie gestern.

Gerade in diesem WM-Sommer, beim Fußballgucken mit den Jungs, ist es aber auch ganz schön schwierig mit dem Treusein. Ich kann ja auch nichts dafür, dass ich wie der Ronaldo aussehe, ich hab bestimmt keine Gesichts-OP oder so etwas vornehmen lassen. Aber weil das so ist, zeigen die Mädels mit den Fingern auf mich, schwirren aufgeregt um mich herum, strecken mir ihre prall gefüllten Bikinioberteile entgegen und gurren mich an, mit ihren angemalten Gesichtern. Manche grapschen sogar nach mir, dann schubse ich schon mal. Also, wenn sie nicht hübsch sind.

Die Nicole, die gestern bei mir gewesen ist, hab ich im Biergarten getroffen. Sie kam einfach so an und hat sich auf meinen Schoß gesetzt. Hatte sogar ein Bier für mich in der Hand. Ihr Unterhemd war über dem Bauch geknotet, enge Jeans-Shorts und Fußball-socken an den braun gebrannten Beinen. Meine Jungs haben alle gesabbert. Aber ausgerechnet zu mir ist sie gekommen, dabei hab ich demonstrativ weggeguckt. Denn ich wollte doch treu sein, ich hab es Eileene schließlich geschworen, hoch und heilig. Und ich hab es auch ernst gemeint mit dem Schwur, es bringt doch alles nichts mit den anderen Weibern. Aber plötzlich steht diese blon-de Nicole vor mir mit ihren blauen Kulleraugen, »Willst du ein Bier?«, und dann hat sie ihren drallen Hintern auf meinem Knie platziert. Ich konnte sie doch nicht einfach runterschubsen! Auch weil die anderen Jungs alle geguckt haben, neidisch und lüstern, das war natürlich schon schmeichelhaft, wenn ich ehrlich bin.

»Ich bin die Nicole«, hat sie mir noch verraten und dann ein-fach das Spiel angeschaut und auf meinem Knie rumgesessen, so als wäre nichts dabei.

»Ich muss dann mal nach Hause«, hab ich gleich nach dem letzten Tor gesagt. Ich hatte eine Latte, das war schon nicht mehr feierlich. Klar, wenn die Nicole mit ihrem Hintern da auf meinem Bein rumschubbert. Besser ich geh jetzt, hab ich gedacht, sonst passiert hier noch ein Unglück.

»Da komm ich mit«, hat sie launig gerufen. Meine Freunde haben aus rauen Kehlen gelacht und obszöne Verrenkungen ge-macht, so hinter ihrem Rücken.

»Das geht nicht«, hab ich gesagt, »meine Freundin kommt um fünf von der Arbeit.«

»Da bin ich doch schon lange wieder über alle Berge«, hat sie gesagt und sich einfach bei mir eingehakt. Strammen Schrittes hat sie mich aus dem Biergarten gezogen, dabei konnte ich kaum laufen, musste mir ja erst mal die Latte in der engen Hose zurecht-legen. Und dann war es ja auch nicht mehr weit bis zu unserer Wohnung, also von mir und Eileene.

Die Jeans-Shorts hab ich der Nicole zu Hause ziemlich schnell ausgezogen und ihr das Bikini-Oberteil unter die Brüste geklemmt.

So viel Zeit war ja auch nicht mehr bis fünf Uhr. Außerdem hat sie angefangen, ganz dummes Zeug zu erzählen.

»Alle sagen, ich sehe aus wie Heidi Klum ...«, meinte sie und guckte so klimpernd von unten zu mir hoch.

»Na, ist doch nicht so schlimm«, hab ich geantwortet, obwohl die Heidi schon wie eine blöde Gans aussieht. Und dann hab ich sie schnell geküsst, damit sie nicht weiterreden konnte.

Kurze Zeit später zappelte die Nicole auf mir rum, stöhnte und schrie ganz laut, am liebsten hätte ich ihr den Mund zugehalten. Was sollen denn die Nachbarn von mir denken! Ich glaub, sie hat zu viele Pornofilme gesehen. Meine Latte ist schon beim Auspacken explodiert, war alles ein bisschen zu viel, das Rumgeschubbere auf meinem Bein. Da hätte ich die Nicole am liebsten eh sofort heimgeschickt, aber das war mir zu peinlich. Ich bin echt ein Trottel.

Stattdessen hat die Nicole sich vor mich gekniet, den Glibber weggewischt und an mir rumgelutscht, um ihn noch mal zum Stehen zu kriegen. Besonders gut hat sie das allerdings nicht gemacht, nur so an der Spitze geleckt und sobald ich bisschen tiefer wollte, gleich viel zu viel Zähne. Na toll, da hat sie beim Pornofilmgucken aber nicht aufgepasst! Als ich dann trotzdem endlich eine klägliche Halblatte zustande gebracht hab, hat sie sich gleich draufgeschwungen wie ein Cowgirl. Und flippte wild darauf rum, warf mir dabei ständig ihre Haare in die Augen, riss den Mund auf und schmollte übertrieben – ziemliche Gesichtsdisco, ich konnte gar nicht mehr hinsehen.

Ich sah also weg oder nur auf die wippenden Brüste. Ging auch nicht, also ganz die Augen zu. Ich tat so, als wäre Nicole gar nicht da! Hab aber ständig an Eileene denken müssen. Nicht dass sie früher nach Hause kommt!

Wenn sie mich so gesehen hätte, mit der Nicole auf mir, da hätte ich nichts mehr schönreden können. Vergessen können hätte ich die ganze Sache.

Also wollte ich das Theater mit der Nicole möglichst schnell beenden, aber wie soll man denn so kommen, wenn man ständig nervös an seine Freundin denkt. Ich hab also probiert, an dicke Hintern zu denken, da steh ich nämlich drauf … Sonst hätte das ja viel zu lange gedauert und dann wäre die Eileene nach Hause gekommen … ich hab die Nicole an den Schultern gepackt und an ihr geruckelt: Los, jetzt streng dich mal an, Mädchen, sonst gibt das hier nichts mehr. Immer schneller hab ich an ihr geruckelt und an dicke Hintern gedacht.

So, endlich geschafft! Ich hab mich noch in großer Geste auf-gebäumt, gekeucht, ein wenig benommen geguckt und dann gesagt: »Sorry, dass das so schnell ging, du bist einfach zu heiß!«

Sie kicherte blöd, stand ganz langsam auf und warf noch mal die Haare rechts und links über die Schultern, sexy sollte das wohl sein. Aber der Sex-Appeal einer Nacktschnecke! Warum hab ich denn bloß vorher nicht gemerkt, wie wenig ich sie leiden kann?

Komm, Mädchen, jetzt geh bitte endlich, hab ich gedacht und dabei das Kondom von meinem Schwanz geflutscht. Dann bin ich aufgesprungen, um ihr zu helfen, ihre Jeans-Shorts aufzuheben.

Als die Tür hinter ihr ins Schloss gefallen ist, hab ich erleichtert aufgeatmet. War das anstrengend! Ist zwar noch mal gut gegan-gen, hätte ich mir aber besser gespart, die ganze Aktion.

Ich hatte sogar noch Zeit, ein paar Hamburger für Eileene zu brutzeln! Während sich das rote Fleisch in der Pfanne langsam grau färbte, schwor ich mir, nie wieder! Nie wieder werde ich meine Freundin betrügen! Ich schwöre mir das fast jeden Tag.

Das Leben ist unergründlich

Richard (40), Anwalt, Frankfurt am Main,
über
Maria (38), Anwaltsgehilfin, Frankfurt am Main

>> Es war ganz leicht, ihr auch von meinen Problemen mit Elaine zu erzählen, worüber ich bis dahin noch mit keinem Menschen gesprochen hatte. Ich habe irgendwo gelesen, dass Männer ihren Geliebten mehr anvertrauen als ihren Ehefrauen. <<

Durch meine geschlossenen Augenlider spüre ich die Helligkeit der Maisonne. Heute ist Samstag und es ist mein vierzigster Geburtstag. Ganz langsam öffne ich die Augen, um mich an die gleißende Helligkeit zu gewöhnen. Vor Beginn des Sommers muss ich mir unbedingt eine dichte Gardine für das Fenster besorgen. Mein Blick schleicht über den billigen Laminatfußboden hin zu der primitiven Küchenzeile. Vielleicht sollte ich die mit einem Vorhang verdecken. Andererseits bin ich mir ja noch nicht sicher, wie lange ich überhaupt hier wohnen bleibe; ich hoffe, es ist nur ein Provisorium.

Der Tag ist strahlend schön, doch was soll ich mit ihm anfangen? Ich könnte mit dem Hund spazieren gehen. Aber nein, ich bin noch nicht richtig wach; Helmut – wir haben den Hund nach einem besonders beharrlichen früheren Bundeskanzler benannt – ist ja bei Elaine geblieben. Wie fast alles, was mir im Lauf der Zeit ans Herz gewachsen ist.

Eigentlich war zu meinem heutigen runden Geburtstag ein Fest geplant, in einem edlen Restaurant am Mainufer, mit achtzig Leuten, großem Buffet, einer Jazz-Combo, ein Zauberer sollte auftreten, also eine größere Sache. Aber vor zwei Wochen habe ich alles abgesagt. Eine Begründung für die Absage habe ich nicht gegeben, doch meine engeren Freunde wissen auch so, was dahintersteckt, vielleicht auch die Angestellten unserer Anwaltskanzlei, die ich in Frankfurt zusammen mit zwei Kollegen betreibe. Die rund zwanzig wichtigen Mandanten, die ich auch eingeladen hatte, werden sich allerdings zu Recht über meinen schnöden Rückzieher gewundert haben. Aber lassen Sie mich die Geschichte von Anfang an erzählen und auch, warum ich jetzt in diesem ranzigen Apartment wohne.

Ich bin mit Elaine verheiratet – noch. Vor fünfzehn Jahren habe ich sie in Berlin getroffen, wo wir als Rechtsreferendare zur Ausbildung einer Zivilkammer des Landgerichts zugeteilt waren. Wir stammten beide aus Frankfurt am Main, und dort hatte ich sie schon mehrmals an der Uni und später auch bei Gericht gesehen, ohne aber jemals mit ihr gesprochen zu haben. Ihre strenge, unnahbar scheinende Schönheit war nicht nur mir aufgefallen. Sie war groß, schlank, mit langem, bis weit über die Schultern reichendem hellblonden Haar. Ihr schmales Gesicht mit der leicht gebogenen Nase und den graublauen Augen hatte etwas Kühnes, fast Klassisches. Meine Kollegen nannten sie manchmal die »eisige Lady«, wobei durchaus Bewunderung mitschwang.

In Berlin fühlten wir beide uns noch fremd. Wir kannten dort niemanden. Die riesige Stadt erschien uns zerrissen, ohne erkennbare Mitte, ohne wirkliches Herz. Und so war es verständlich, dass wir uns einander anschlossen. Während wir zum ersten Mal nebeneinander auf der Bank hinter den Richtern saßen und der Verhandlung folgten, um später Entwürfe für die Urteile zu schreiben, flüsterten wir uns kurze Bemerkungen zu, zuerst nur zu den verhandelten Fällen, bald aber auch über die Marotten unserer Ausbilder, über uns selbst, über Gott und unsere damals noch überschaubare Welt. Ich stellte schnell fest, dass sie die begabtere Juristin war. Auch ihr musste das klar sein, aber sie zeigte keine Spur von Herablassung.

In unserer ersten gemeinsamen Mittagspause lud ich Elaine ein, mit mir bei einem Italiener in der Nähe des Gerichts zu essen. Es war ein warmer Frühsommertag, und man konnte dort im Freien sitzen. Hier in dieser ungezwungenen Umgebung war ihre scheinbare Unnahbarkeit wie verflogen. Unbefangen berichtete sie über sich, erzählte kleine witzige und absurde Geschichten aus ihrer Vergangenheit, auch wenn sie selbst dabei weniger gut wegkam. Sie besaß die angenehme, aber eher seltene Gabe der Selbstironie. Nach dem Essen spazierten wir durch den weitläufigen Park hinter dem Schloss Charlottenburg, und immer noch sprudelte sie wie eine lange verschlossene Quelle, die man plötzlich freilegt.

Von da an sahen wir uns fast jeden Tag, gingen zusammen ins Kino, ins Theater, besuchten die Berliner Museen und machten an den Wochenenden lange Ausflüge in die Umgebung. Aber es blieb zunächst kaum mehr als die Zweckfreundschaft zweier Aliens in einer fremden Stadt. Vermutlich war ich verliebt in sie, obwohl ich das heute, über die zeitliche Entfernung, nicht mehr so genau sagen kann. Jedenfalls verging bestimmt ein Monat, ohne dass wir uns körperlich in irgendeiner Weise näher kamen, was ich mir aber durchaus gewünscht hätte. Ich traute mich nicht, dieses kühle, schöne Mädchen einfach so in den Arm zu nehmen, an mich zu drücken und zu küssen, wie ich es mir in meinen Tagträumen vorstellte.

Aber dann kam jener entscheidende heiße Sommertag. Wir fuhren raus zum Strandbad Wannsee, wo es unvorstellbar voll und laut war. Die Handtücher und Decken lagen dicht an dicht. Man hätte über den ganzen Strand gehen können, ohne ein einziges Mal den Sand zu berühren. Aber das Gewimmel störte mich nicht, und Elaine offenbar auch nicht. Ich bewunderte ihre helle Haut mit den vereinzelten Sommersprossen auf den Schultern.

»Soll ich dich eincremen?«, fragte ich möglichst beiläufig.

»Ja, gern, wenn du so lieb bist.«

Es wurde die bis dahin intimste Berührung ihres trotz aller Schlankheit wohlgeformten Körpers. Schamhaft versuchte ich, die beginnende Erektion, die sich in meiner engen Badehose deutlich abzeichnete, zu verbergen. Sie jedenfalls tat so, als habe sie nichts bemerkt. Es hätte auch nicht zu ihr gepasst, darüber auch nur ein Wort zu verlieren oder gar eine anzügliche Bemerkung fallen zu lassen. Aber während wir uns zwanglos weiter unterhielten, legte sie mehrmals, also mindestens zwei Mal, ihre Hand auf meinen Arm oder meinen Oberschenkel und ließ sie dort einige Zeit.

Plötzlich bemerkte ich, wie die Leute um uns herum in panischer Eile ihre Sachen zusammenrafften und Richtung Ausgang drängten. Von Westen waren dunkle Gewitterwolken aufgezogen, ohne dass wir es bemerkt hatten. Und schon zeichnete ein greller Blitz seine zackige Kontur vor die schwarzgraue Wolkenwand, gefolgt von einem hell krachenden, dann dunkler grollenden und lang anhaltenden Donner. Erschrocken sprangen wir auf, und zu meiner Verblüffung warf sich Elaine angstschlotternd in meine empfänglichen Arme. Sie schmiegte ihren nur mit dem winzigen Bikini bedeckten Körper an mich, und sofort spürte ich wieder das Anschwellen in meiner Badehose, und jetzt erwiderte sie den Druck, indem sie ihren Unterleib gegen meinen presste. Erst viel später kam mir der Verdacht, dass ihre Angst gespielt und der Ablauf dieses Tages von ihr geplant und kalkuliert gewesen sein könnten. Vielleicht mit Ausnahme des Gewitters. Denn nie wieder habe ich bei ihr Angst vor Blitz und Donner erlebt.

Eilig zogen wir unsere Klamotten über das nasse Badezeug und rannten durch den nun einsetzenden heftigen Regen zu meinem alten Golf. Völlig durchnässt kamen wir in meinem Mansardenzimmer in Kreuzberg an. Dass wir zu mir fahren würden, war nicht abgesprochen, aber Elaine erhob auch keine Einwände.

Wie selbstverständlich zogen wir unsere nassen Kleider aus und ließen sie auf dem Boden liegen. Als sie nackt vor mir stand, in ihrer schönen Makellosigkeit, umschlang sie mit ihrem Arm meinen Hals und zog mich langsam auf mein Bett. Der Sex mit ihr war sanft und schön, aber irgendwie auch steril, sauber, ordentlich. Kein Geschrei und keine Obszönitäten. Elaines Orgasmus schien eher etwas zu sein, das sich in ihrem Kopf abspielte, und war für mich kaum merklich. Man könnte sagen, wir vögelten nicht, sondern wir vollzogen den Geschlechtsverkehr, wie so etwas unter Juristen heißt. Dabei will ich nicht behaupten, dass mir die Sache keinen Spaß gemacht hätte. Immerhin schliefen wir in der Folgezeit oft und regelmäßig miteinander, aber an der Art und der Intensität unserer körperlichen Begegnungen änderte sich nichts, auch nicht, als wir zwei Jahre später heirateten.

Nach dem zweiten Staatsexamen wurde Elaine Staatsanwältin, und ich eröffnete mit meinen beiden Kollegen die Anwaltspraxis. Ich muss zugeben, dass ich stolz war auf meine schöne, elegante und selbstsichere Frau. Sie glänzte bei Einladungen, Empfängen und im Lions-Club, wurde von allen bewundert, und sie war wirklich hilfreich beim schwierigen Aufbau der Kanzlei. Aber unserer Beziehung fehlte von Anfang an etwas, das ich am ehesten als Vertrautheit bezeichnen könnte, eine selbstverständliche Wärme und Nähe. Letztlich ist Elaine mir immer ein wenig fremd geblieben. Nie bin ich wirklich in ihr Innerstes vorgedrungen. Eine kühle, gläserne Wand schien zwischen uns zu stehen. Vielleicht hätte es etwas geändert, wenn wir Kinder gehabt hätten, aber das hat, trotz dreier Versuche einer künstlichen Befruchtung, nicht geklappt. Zu geringe Spermadichte, sagten die Ärzte. Es war also meine Schuld, in Elaines Augen.

Auch mit unserem Sex war es bald nicht mehr weit her. Wir schliefen einmal in der Woche miteinander, immer sonntagmorgens, nie spontan, nie besonders leidenschaftlich und immer mit dieser von beiderseitiger Befangenheit gebremsten Zurückhaltung. Oft hatte ich den Eindruck, Elaine komme nur einer banalen, ein wenig lästigen Pflicht nach. So ließen wir immer häufiger auch den Sonntagmorgensex ausfallen und seit gut einem Jahr haben wir es dann ganz aufgegeben.

Marias Mann war vor sechs Jahren gestorben. Er war ein fröhlicher und beliebter Kollege gewesen und außerdem mein Freund. Aber dann war er in der Schweiz beim Skifahren gegen einen Felsen gekracht und aus seiner Ohnmacht nicht wieder aufgewacht. Einfach so! Für diesen Fall hatte er nicht vorgesorgt und so stand Maria plötzlich ziemlich rat- und mittellos da. Sie tat mir leid, und mit Mühe konnte ich meine beiden Kollegen dazu überreden, sie in unserem Büro anzustellen. Sie hatte nach dem Abitur ein Germanistikstudium begonnen, also wirklich nichts, was wir in der Anwaltskanzlei gebrauchen konnten. Immerhin kannte sie sich ganz gut mit Computern aus. Das Studium hatte sie übrigens abgebrochen, als sie mit Anfang zwanzig ein Kind erwartete.

Maria war eine eher unscheinbare Frau, klein, rundlich, mit vollem Busen und breiten Hüften. Aber sie hatte ein hübsches, herzförmiges Gesicht, das von einer schwarzen Kurzhaarfrisur vorteilhaft umrahmt wurde und fast immer von einem freundlichen Lächeln überstrahlt war.

Eigentlich hatten wir sie als Schreibkraft eingestellt, doch bald übernahm sie auch die Überwachung der Rechnungseingänge und unsere bescheidene Personalabteilung und erwies sich dabei als überraschend geschickt. Vor allem aber gelang es ihr, mit ihrem Einfühlungsvermögen unser bis dahin nicht gerade überragendes

Betriebsklima zu befrieden. Mit erstaunlicher Umsicht schaffte sie es, die Zickereien der Angestellten abzuwiegeln. Sie wurde so etwas wie das mütterliche Herz der Kanzlei.

Und noch etwas war klar: Maria fühlte sich zu mir hingezogen; sie mochte mich auf ihre unaufdringliche Weise. Ich spürte es an ihren Blicken und an der fürsorglichen Art, in der sie sich um mich kümmerte. Zwar hatte mir auch meine Sekretärin bisher morgens eine Tasse Kaffee auf den Schreibtisch gestellt, aber die war meistens nur noch lauwarm. Lauwarmer Kaffee kam bei Maria nicht mehr vor, und ein Plätzchen oder ein Stück Kuchen oder Schokolade lag auch immer dabei. Und wenn ich mittags nicht dazu kam, essen zu gehen, besorgte sie mir etwas aus der nahen Bäckerei. Ich genoss ihre Bemutterung und mochte sie ebenfalls, ohne allerdings einen einzigen erotischen Gedanken auf sie zu verwenden.

Das änderte sich jedoch vor einem Jahr, und zwar schlagartig. Ich arbeitete damals an einem ziemlich schwierigen Fall, der mich abends oft länger im Büro festhielt, und meistens blieb auch Maria, bis ich nach Hause ging. Dann, an einem Freitagabend, wurde es besonders spät, und als wir endlich Schluss machten, lud ich Maria ein, mit mir noch etwas essen zu gehen.

Das Essen war gut, und der Wein war noch besser und versetzte uns in eine gelöste, mitteilsame Stimmung. Maria war eine gute Unterhalterin, und wir plauderten wie alte Freunde, die wir im Grunde ja auch waren. Es war ganz leicht, ihr auch von meinen Problemen mit Elaine zu erzählen, worüber ich bis dahin noch mit keinem Menschen gesprochen hatte. Ich habe irgendwo gelesen, dass Männer ihren Geliebten mehr anvertrauen als ihren Ehefrauen. Ob das stimmt, will ich hier nicht erörtern, und außerdem war Maria ja nicht meine Geliebte, jedenfalls noch nicht. Aber plötzlich war da eine neue, zweifellos erotische Spannung zwischen uns. Als wir das Lokal verließen, hakte sich Maria bei mir ein und schmiegte sich sanft an mich. Ich spürte die weichen

Rundungen ihres Körpers an meiner Seite, und ich wollte sie, auch körperlich – im Moment vor allem das. Als sie zögernd und verschämt anbot, bei ihr noch etwas zu trinken, musste ich nicht überlegen, ob ich annehmen sollte. Elaine war es gleichgültig, wann ich nach Hause kam; sie zog sich sowieso gegen zehn mit einem Buch in ihr Schlafzimmer zurück.

Marias Wohnung war nicht groß, aber geschmackvoll und zu meiner Überraschung sehr modern eingerichtet. Auf dem breiten Bücherregal dominierten neben deutschen Klassikern russische Meister – Tolstoi, Dostojewski, Gogol. Sie lebte allein. Ihre Tochter, ihr einziges Kind, hatte gerade ihr Studium in Leipzig begonnen.

Auf der breiten, samtbezogenen Eckcouch, die das Wohnzimmer beherrschte, sanken wir so tief ein, dass wir uns fast ohne unser Zutun in den Armen lagen. Ohne Eile und wie selbstverständlich zogen wir uns gegenseitig aus. Das sanfte Licht zweier Stehlampen verlieh Marias üppigen Brüsten, dem gewellten Bauch und den vollen Schenkeln einen perlmuttfarbenen Schimmer. Die quellenden Formen ihres Körpers, die kaum dem modernen Schönheitsideal entsprachen, lösten in mir eine bis dahin unbekannte archaische Geilheit aus. Wir schliefen dort auf der Couch mehrere Male miteinander. Marias Zärtlichkeit, aber auch ihre völlig unbefangene Hingabe und ihre schamlos ausgelebte Lust waren überwältigend und fügten meinem Bild von ihr völlig neue Aspekte hinzu. Es war ja nicht die erste Überraschung, die diese scheinbar unscheinbare Frau mir bescherte.

Von da an traf ich Maria ein oder zwei Mal in der Woche nach der Arbeit in ihrer Wohnung, und dort landeten wir regelmäßig auf der breiten Couch oder in ihrem Bett. Elaine bemerkte von alldem offenbar nichts. Ich hatte auch nie vorher etwas mit einer meiner Angestellten angefangen, und Maria wäre ihr in dieser Richtung sowieso niemals verdächtig vorgekommen. Nie hätte meine glamouröse Elaine in ihr eine Konkurrentin gesehen. Vermutlich hätte mein Verhältnis zu Maria sie in erster Linie deshalb interessiert, weil es ihre Eitelkeit beleidigt hätte.

Schwieriger war es, unsere Beziehung in unserem tratschsüchtigen Büro geheim zu halten. Dort gingen wir plötzlich viel förmlicher miteinander um als bisher. Obwohl alle wussten, dass wir uns schon aus meiner früheren Freundschaft zu Maria und ihrem Mann duzten, ließ ich jetzt manchmal, wie versehentlich, im Gespräch mit ihr ein Sie einfließen. Wir vermieden es auch, uns längere Zeit zu zweit bei geschlossenen Türen in einem Raum aufzuhalten. Maria spielte das Spiel mit und wir hatten sogar unsere klammheimliche Freude an dieser Komödie.

Nach einigen Monaten konnte ich mir nicht mehr vorstellen, ohne Maria auszukommen. Ich brauchte ihre körperliche Nähe, aber auch ihre Ratschläge, ihre mütterliche Fürsorglichkeit und die Gespräche mit ihr nach dem Sex auf der Couch oder im Bett. Ganz allmählich wuchs in mir der Gedanke daran, mit ihr zusammenzubleiben, was natürlich hieß, mich von Elaine zu trennen. Das würde nicht leicht werden. Keiner meiner Freunde und Bekannten, deren bewundernde oder neidische Blicke auf meine Frau nicht zu übersehen waren, würde Verständnis dafür haben, dass ich dieses Prachtstück gegen die pummelige Maria austauschte. Ich war verwirrt und ratlos.

Als ich Maria darauf ansprach, wie es mit uns weitergehen sollte, reagierte sie zurückhaltend, wie es ihre Art war. Klar, sie war zu rücksichtsvoll und feinfühlig, um mich in einen üblen Konflikt zu stürzen, und wollte nicht der Anlass für meine Trennung von Elaine sein.

Dann aber, vor vier Wochen, kam mir ein handfester Streit mit Elaine zu Hilfe, der meiner Unentschlossenheit ein Ende setzte. Es hatte, wie fast immer bei solchen ehelichen Streitigkeiten, mit einer Nichtigkeit angefangen, so banal wie die nicht zugedrehte Zahnpastatube in der Screwball-Komödie, fast zu blöd, um sie überhaupt zu erwähnen. Es ging irgendwie um Elaines Vorwurf, dass ich meine Schuhe nie in den Schuhschrank, sondern immer davor stelle. Aber dann eskalierte die Sache, bis sie sich dazu hinreißen ließ, mir vorzuwerfen: »Wenn wir Kinder hätten, wärst du echt ein total beschissenes Vorbild, aber dazu hat es ja nicht gereicht bei dir.«

Danach fiel es mir mit einem Mal ganz leicht, ihr zu erklären, dass ich genug hätte von ihrer ewigen Nörgelei und von ihrer Frigidität, dass ich ausziehen und mich von ihr trennen würde. Dann eröffnete ich ihr die Sache mit Maria und meinen Entschluss, künftig mit ihr zusammenzuleben. Heulend verschwand Elaine in ihrem Zimmer und knallte die Tür hinter sich zu.

Mit einem Schlag waren alle Bedenken, was die anderen zu dieser Wendung sagen würden, verflogen. Erleichtert über meine Entscheidung und das Ende der Heimlichtuerei rief ich Maria an und verabredete mich mit ihr für den nächsten Abend in ihrer Wohnung.

»Ich habe dir etwas Wichtiges mitzuteilen.«

Am Telefon wollte ich ihr die großartige Neuigkeit nicht unterbreiten.

»Ich denke, ich muss dir auch etwas erklären«, sagte sie.

In der Freude über die Wende, die mein Leben genommen hatte, achtete ich nicht auf den ernsten Ton in ihrer Stimme.

»Okay, dann bis morgen. Ich freue mich auf dich.« Ich konnte es kaum erwarten.

»Okay, tschüss.«

Als Maria mir am nächsten Abend ihre Wohnungstür öffnete, fiel mir als Erstes auf, dass sie förmlicher angezogen war als sonst, wenn wir uns bei ihr trafen. Sie hatte einen dunklen Rock, eine mauvefarbene Bluse und Pumps an, die sie sonst nur im Büro trug. Sie umarmte mich, aber wie mir schien, nicht mit der gewohnten Leidenschaft, und meinem Kuss, den ich auf ihren Mund drücken wollte, wich sie aus, sodass ich nur ihre Wange traf. Sie hatte Tee gekocht, aber statt des gewohnten Platzes auf der breiten Couch bot sie mir einen Stuhl am Esstisch an. Sie schien keinen guten Tag gehabt zu haben. Vielleicht Stress im Büro, hoffentlich kein Gesundheitsproblem, ging es mir durch den Kopf. Aber ich platzte fast vor Mitteilungsbedürfnis, und auch um sie aufzuheitern, begann ich:

»Also, ich habe tolle Neuigkeiten für uns. Ich ...«

»Nein, bitte lass mich zuerst, ich muss dir auch etwas sagen.«

Und nach einer Pause, in der sie im Zimmer umherblickte, als suche sie etwas zum Festhalten, fuhr sie unbeholfen fort:

»Wir können uns nicht mehr treffen. Ich meine hier, so ... so wie bisher. Unser Verhältnis, wir müssen das beenden.«

»Aber wieso denn?«, stotterte ich.

»Ich habe jemanden kennengelernt, schon vor ein paar Wochen. Niemanden, den du kennst, aber ich glaube, ich habe mich in ihn verliebt. Du weißt, ich mag dich auch, und deshalb bist du auch der Erste, der es erfährt. Aber ich kann ihn nicht mehr mit dir betrügen. Ich denke, Martin und ich werden demnächst heiraten.«

Ich war wie betäubt und wusste nicht, was ich sagen sollte.

»Na dann, meinen herzlichen Glückwunsch!«, brachte ich schließlich tonlos heraus. Es war nicht einmal zynisch gemeint. Für Zynismus war ich viel zu bestürzt, und sie fasste es wohl auch nicht so auf.

»Danke! Und toll von dir, dass du es so verständnisvoll aufgenommen hast.«

Verstört und benommen verließ ich die Wohnung.

Und deshalb wohne ich seit zwei Wochen in diesem Apartment und weiß nicht, was ich mit meinem vierzigsten Geburtstag anfangen soll.

Im Ein-Euro-Land

Konstantin (45), IT-Berater, Aachen,
über
Judith (47), Verkäuferin, Aachen

> Als wir uns in dieser Kemenate gegenüberstanden, zog Judith mich an sich und wir küssten einen langen, feuchten Kuss – weich und durchaus angenehm, aber irgendwie ohne wirkliche Leidenschaft.

Bisweilen bleibt es uns rätselhaft, warum wir uns auf jemanden einlassen. In diesem Fall waren es wahrscheinlich die Umgebung, meine Gemütslage und auch die Tatsache, dass ich mich vor einigen Wochen in einem zermürbenden und schmerzlichen Prozess von meiner langjährigen Freundin getrennt hatte, die mich in jene absurde Situation brachten.

Auf einem Empfang der Industrie- und Handelskammer, zu dem mich meine ehrgeizige Kollegin mitgeschleppt hatte, traf ich Judith wieder. Ich kannte sie vom Gymnasium. Sie war damals von einer anderen Schule zu uns gekommen, wo sie wohl sitzengeblieben war, und es hatte geheißen, dort habe es auch noch andere Schwierigkeiten gegeben. Einige aus unserer Klasse wollten etwas von einem Verhältnis mit einem Lehrer wissen. Diffuse Gerüchte!

Judith war damals hochgewachsen, grazil, charmant, hübsch, mit hellem Haar, honigfarbenem Teint und hellen Augen. Gleich am ersten Tag, als sie in unserer Klasse auftauchte, hatte ich mich in sie verliebt, und ich glaube, da war ich nicht der Einzige. Aber ich hatte meine Gefühle nie gezeigt, ihr am allerwenigsten, mich auch niemandem anvertraut, auch nicht meinem sogenannten besten Freund. Judith war mir unerreichbar erschienen, ich fand sie irgendwie zu schön für mich und auch ein bisschen undurchschaubar. Ein bewunderter Paradiesvogel von einer freundlichen Unnahbarkeit.

Auch zu den übrigen Mitschülern hatte sie ein merkwürdig distanziertes Verhältnis. Niemand war mit ihr wirklich befreundet, und nie war jemand, den ich kannte, bei ihr zu Hause gewesen. In unserer kreuzbraven Klasse war sie immer eine Außenseiterin geblieben, allerdings keine, die man quälte oder hänselte. Im Gegenteil, sie hatte hohes Ansehen genossen, auch bei den Mädchen, schon wegen ihrer liebenswürdigen, ein wenig unsicheren Art und auch wegen ihrer tollen Klamotten, um die sie alle beneideten. Sie war mir vorgekommen wie ein Schmetterling, der sich in einen Schwarm unscheinbarer Motten verirrt hatte.

Obwohl sie eine äußerst mäßige Schülerin war, begannen einige Mädchen, sie sogar zu imitieren, ihre Art zu sprechen, sich zu bewegen, sich zu kleiden. Dann aber war sie eines Tages aus unserer Schule verschwunden, vermutlich um einem erneuten Sitzenbleiben zu entgehen. Ich war für ein paar Wochen am Boden zerstört, und dann hatte ich sie vergessen – damals.

Seit Tagen hatte mich meine Kollegin nun schon bekniet, zu diesem Empfang mitzukommen. »Interessanter Vortrag von ... von ... ähm! Diesem Professor ... hm ... du weißt schon!«

Ich wusste nicht, und ihr fiel der Name auch nicht ein.

»Und ... na ja, viele wichtige Leute!«

Wichtig vielleicht für sie, nicht für mich, aber sie ging zu solchen Anlässen eben gern mit Begleitung aus der Firma, und da ich in meiner Abteilung unserer Computerfirma ziemlich Karriere gemacht hatte und ganz ordentlich verdiente, hielt sie mich wohl für geeignet.

Da stand ich nun, nach einem scheinbar endlosen, verwirrenden Vortrag, an einem der mit weißen Tüchern bedeckten Stehtische, bedrängt von zwei Damen, die meine Großmütter hätten sein können, also vom Alter her, und versuchte, ihre wohlgemeinten Ratschläge zur Ernährung irgendwie zu unterbrechen. Doch sie redeten ohne Punkt und Komma, mal abwechselnd, mal gleichzeitig auf mich ein. Ich weiß nicht warum, aber auf ältere Damen hatte ich schon immer eine frappierende Wirkung.

Angestrengt bemühte ich mich, interessiert und nicht unhöflich zu wirken. Über die Köpfe der beiden Damen hinweg musterte ich die Gesellschaft, Honoratioren unserer Stadt, meist männlich, rosige Leistungsträger, die sich in gelöster Stimmung immer lauter unterhielten und bisweilen kreischende Lachschreie ausstießen. Viel Silberhaar, gepflegte Bäuche, auf Golfplätzen und Skipisten gegerbte Dekolletés, alles in allem eine alternde, überaus selbstbewusste und gespreizte Gesellschaft. Mir schien, dass kaum eine noch menstruierende Frau in diesem überfüllten Saal war, mit der ich mich hätte unterhalten können.

Ein Champagnerglas in der einen und ein schwer zu beherrschendes, durchweichtes Lachsbrötchen in der anderen Hand, stand ich ihr plötzlich gegenüber. Judith! Immer noch gut aussehend und selbstsicher. Das glänzende blonde Haar hatte sie zu einem Pferdeschwanz zusammengebunden. Sie umarmte mich wie einen alten Freund und küsste mich auf beide Wangen. Diese Herzlichkeit überraschte mich. Nie war ich ihr auch nur annähernd so nahe gekommen. Seit unserer Schulzeit hatte ich sie nicht mehr gesehen. Allerdings hatte ich auf einem Klassentreffen gehört, sie habe reich geheiratet; nichts anderes hätte ich von ihr erwartet.

Mit ihrem Champagnerglas stieß sie mit mir an und verwickelte mich in ein Geplauder über die gemeinsamen alten Zeiten, die ich allerdings nie als besonders gemeinsam empfunden hatte. Die beiden alten Damen fühlten sich jetzt offensichtlich fehl am Platz. Sie wichen dieser strahlenden Gestalt, murmelten ein kaum hörbares »Auf Wiedersehen« und trollten sich davon.

Judiths Stimme war weich und so einschmeichelnd, dass ich mehr auf ihren Klang achtete als auf das, was sie sagte. Sie sah wirklich blendend aus. Das Wort »blendend«, das sonst kaum zu meinem aktiven Wortschatz gehört, drängte sich mir geradezu auf, vielleicht weil es viel mit »Blenden« zu tun hat. War sie eine Blenderin? Vielleicht. Jedenfalls lag etwas Hochstaplerisches, Aufreizendes in ihrem Auftreten, ihrer Sprache, ihrer ganzen Person, das ich kaum genauer beschreiben kann.

Zwei weitere Gläser Champagner versetzten mich in eine gelöste Stimmung und weckten die Erinnerung an meine frühere Schwärmerei für sie. Wir redeten, belangloses Zeug zwar, aber dennoch angeregt, wobei sie mehrmals ihre schöne schmale Hand auf meinen Arm legte. Und manchmal berührten sich unsere Stirnen, wie versehentlich. Ich hatte nichts dagegen. Als sie fragte, ob ich noch mit zu ihr kommen wolle, waren alle meine Bedenken und Vorbehalte verflogen. Ich zögerte keinen Moment. Es war klar, dass ich wollte – und wie! Ich war neugierig, was sich daraus ergeben würde, neugierig auf sie.

Lautlos öffnete sich das breite schmiedeeiserne Tor zwischen den hellen Sandsteinpfeilern und Judiths Wagen rollte langsam über die von Blumenbeeten umsäumte Auffahrt. Er hielt vor einer Villa im Gründerzeitstil. Schwarz hoben sich die Erker und Türmchen gegen den vom Mond erhellten Nachthimmel ab. Die Gegend, das Haus, der Garten, alles machte einen mehr als wohlhabenden Eindruck. Sie schien es jedenfalls weit gebracht zu haben, aber ich verkniff mir das »Wow« der Bewunderung, das mir auf der Zunge lag.

»Soweit ich gehört habe, bist du doch verheiratet. Ist dein Mann nicht zu Hause?«, fragte ich stattdessen. Nein, der sei zu seinem Skatabend gefahren, bei seinen Freunden, das sei ziemlich weit weg, und er komme mit Sicherheit nicht so schnell zurück, wahrscheinlich erst morgen Vormittag.

Na ja, muss sie wissen, ist schließlich ihre Sache, dachte ich in meiner Champagnerleichtigkeit.

Sie führte mich durch das hallenartige Treppenhaus, mit einer schön geschnitzten Galerie im ersten Stock, hinauf ins Dachgeschoss. Wir kamen vorbei an schweren, dunklen Türen, hinter denen irgendwo das gemeinsame Schlafzimmer liegen musste, wenn es denn ein solches gab. Jedenfalls schien sie ihr Feingefühl oder was auch immer davon abzuhalten, mich dort hineinzuführen.

Unterm Dach gab es ein einfaches Gästezimmer, in früheren Zeiten vermutlich das Dienstmädchenzimmer. Es war mit einem schmalen Bett, einem Tisch und zwei Korbstühlen spärlich eingerichtet und wurde von einer winzigen, knubbeligen Nachttischlampe, wie ich sie aus dem Schlafzimmer meiner Großmutter kannte, ungemütlich beleuchtet. Besonders kuschelig war es hier jedenfalls nicht.

Als wir uns in dieser Kemenate gegenüberstanden, zog Judith mich an sich und wir küssten einen langen, feuchten Kuss – weich und durchaus angenehm, aber irgendwie ohne wirkliche Leidenschaft. Schweigend begann Judith, ihr Kleid auszuziehen. Auch ich entkleidete mich. Nackt setzte ich mich auf das Bett. Immer noch wortlos und ohne erkennbare Eile entledigte sich Judith nun auch ihrer Unterwäsche. Dabei stellte sie ihren schlanken, leicht gebräunten Körper offensichtlich bewusst zur Schau. Ich muss zugeben, er war tatsächlich makellos. Und doch strahlte sie eine gewisse Kälte aus, eine Routine, die mich irritierte.

Dann ging alles ziemlich schnell, eigentlich etwas zu schnell. Sie setzte sich auf mich, fasste sich selbst an, bewegte sich eine Weile, und während ich mich noch ihren Bewegungen anzupassen suchte, kam sie. Zu früh, jedenfalls zu früh für mich, das war mir noch mit keiner Frau passiert. Beneidenswert, aber das hätte sie auch allein haben können. Anschließend stieg sie von mir runter, richtete ihre Frisur und legte sich neben mich. Ich war überrascht und ein wenig enttäuscht. Während wir noch nebeneinander auf dem Bett lagen, ohne uns zu berühren – ich weiß nicht mehr, ob wir auf einen zweiten Versuch warteten –, kam mir wieder der Gedanke an ihren Mann, und ich fragte, wie sie sich mit ihm verstehe.

»Ach, der alte Sack! Geht mir gewaltig auf die Nerven. Aber er hat halt das beschissene Geld, und ihm gehört der ganze Kram hier.« Sie machte mit dem Arm eine ausholende Geste, die vermutlich das Haus und den weitläufigen Garten umschreiben sollte. »Im Moment bin ich ein bisschen abhängig von ihm – so finanziell. Da muss ich eben noch kleine Brötchen backen. Ich meine, bis ich mir selbst etwas aufgebaut habe. Hab da so eine Idee. Aber dann kann er von mir aus verrecken.«

Obwohl ich ihren Mann nicht kannte, missfiel mir die gehässige Art, in der sie von ihm sprach. Die Grobheit ihrer Worte, die in einem überraschenden Gegensatz zu ihrer sonstigen Sanftheit stand, stieß mich ab. Es war, als würde die wahre Judith unter der Fassade hervorblitzen.

Während ich noch versuchte, mir über meine Gefühle ihr gegenüber klar zu werden, hörte man unten im Haus eine Tür gehen und dann, nach einem Moment der Stille, Schritte auf der Treppe zum ersten Stock.

»Verdammte Scheiße! Das hat mir noch gefehlt! Der Alte! Wo kommt der denn jetzt schon her?«

Ruckartig setzte sich Judith auf. Ihr Gesicht sah jetzt aus, als hätte sie sich mit einem Hammer auf den Daumen gehauen. Sie löschte die funzelige Nachttischlampe, und nur noch das Mondlicht, das durch die Dachgaube hereindrang, beleuchtete schwach die bescheidene Kammer. Unter uns, im ersten Stock, ging wieder eine Tür. Offenbar war der Mann, dessen Namen ich übrigens nie erfahren habe, in seinem Schlafzimmer oder im Bad verschwunden.

»Pass auf, du bleibst noch etwa eine Stunde hier liegen, dann schleichst du dich so leise wie möglich runter und ziehst vorsichtig die Haustür hinter dir zu. Bis dahin ist er eingeschlafen. Ich bin jetzt weg.«

Ehe ich etwas erwidern konnte, war Judith mit unglaublicher Geschwindigkeit in ihr Kleid geschlüpft und hatte lautlos die Tür der Kammer hinter sich zugezogen. Ich wagte nicht einmal, die Nachttischlampe anzuknipsen, was die Situation allerdings auch nicht großartig verbessert hätte.

Es wurde eine lange Stunde. Sie zog sich dahin wie die Käsefäden einer Pizza. Ich lag, inzwischen wieder angezogen, in der Dunkelheit auf diesem fremden Bett und fühlte mich ziemlich im Stich gelassen. Außer einem gelegentlichen Knacken im Dachgebälk oder in den Heizungsrohren und einem fernen Rauschen des Straßenverkehrs war es totenstill. Noch ahnte ich nichts von der mir bevorstehenden Schmach.

Als mein Handydisplay drei Uhr zeigte, erhob ich mich vorsichtig. Auf Strümpfen schlich ich im Dunkeln die Treppe hinunter, konnte aber nicht verhindern, dass die alten Holzstufen erbärmlich knarrten. Als ich die Galerie im ersten Stock betrat, öffnete sich plötzlich eine der Türen, hinter denen ich das Schlafzimmer vermutet hatte, und jemand schaltete das Licht ein. Ich schrak zusammen, und erst als sich meine Augen an die blendende Helligkeit gewöhnt hatten, bemerkte ich, dass ich einem untersetzten Mann in weißem Bademantel gegenüberstand. Er war mindestens einen halben Kopf kleiner als ich, breitschultrig, bullig, und das lichte Haar stand in wilden Strähnen von seinem glänzenden Kopf ab. Sein Gesicht war faltig und hatte einen missmutigen Ausdruck, vermutlich ein Dauerzustand und nicht nur der peinlichen Situation geschuldet. Allerdings musste ich ihm zugutehalten, dass er vermutlich gerade aus dem Bett kam. Er baute sich in drohender Haltung in der Mitte des Gangs auf und versperrte mir den Weg.

»Wo kommen Sie denn her?« Seine erstaunlich hohe Stimme hatte einen drohenden, feindseligen Ton, was ich ihm eigentlich nicht verdenken konnte. Und dann, zu einem herabsetzenden Du übergehend: »Na, hat sie's dir wenigstens anständig besorgt?«

Hatte sie nicht! Aber das traute ich mich nicht zuzugeben. Hier war eher Deeskalation angesagt. Ich hatte Angst vor ihm. Aber es half nichts, irgendwie musste ich an ihm vorbei.

»Entschuldigen Sie bitte!« Mehr fiel mir nicht ein. Dann fasste ich all meinen Mut zusammen, nahm einen Anlauf und rutschte an dem schön geschnitzten Geländer entlang um ihn herum.

»Hau nur ab!«, zischte er, als ich auf gleicher Höhe mit ihm war, und trat mir mit seinem großen, pantoffelbewehrten Fuß in den Hintern. Das tat zwar nicht weh, jedenfalls nicht körperlich, aber ich empfand es als unsagbar entwürdigend. Meine Schuhe immer noch in der Hand, floh ich beschämt und wütend durch das Treppenhaus. So laut ich konnte, knallte ich die Haustür hinter mir zu. Ich hasste Judith, ich hasste ihren Mann, hasste mich selbst für meine Blödheit.

Gut ein Jahr später gab es wieder ein Klassentreffen. Judith, die ja nicht mit uns Abitur gemacht hatte, war zwar körperlich nicht anwesend, aber von niemand anderem war so häufig die Rede wie von ihr. Es ging das Gerücht, ihr Gatte habe sie rausgeschmissen, nachdem er sie mit irgendeinem Kerl im Bett erwischt habe. Allerdings wusste keiner etwas Genaues. An der sensationslüsternen Diskussion darüber beteiligte ich mich nicht.

Auch das liegt nun schon fast fünf Jahre zurück. Inzwischen bin ich verheiratet, habe eine wunderbare Frau und eine niedliche Tochter. Mit der Kleinen bummelte ich vor einigen Tagen durch die Fußgängerzone unserer Stadt, als sie mich vor einem der Ein-Euro-Läden, die sich dort immer mehr breitmachen, zurückhielt. Sie hatte ein Paar rosa Pantoffeln mit je einem kleinen aufgenähten Teddybären entdeckt. Einen Euro sollten sie kosten. Ich fand sie scheußlich, aber genau die und nur die wollte sie haben. Immerhin habe sie ja noch einen Wunsch bei mir gut, argumentierte sie erstaunlich geschickt. Sie habe mir doch neulich beim Schuheputzen geholfen. Ich konnte mich zwar nicht erinnern, wann das gewesen sein sollte, und versuchte, ihr den geschmacklosen Mist auszureden, doch sie heulte und quengelte, bis ich nachgab und mit ihr das Geschäft betrat.

An der Kasse hatte sich eine Schlange gebildet, weil die Frau, die dort stand, offenbar ein Problem mit einer aggressiv wirkenden Kundin hatte. Irgendwie schien sie ihrer Aufgabe nicht gewachsen. Überhaupt hätte ich in einem Laden wie diesem eher jugendliche Schulabbrecherinnen erwartet, die als Praktikantinnen oder in ähnlichen prekären Verhältnissen ausgebeutet zu werden pflegen. Wir stellten uns also mit den rosa Pantoffeln ans Ende der Schlange.

Gelangweilt und gedankenverloren schaute ich dem unbeholfenen Vorgehen der Angestellten zu, ohne zu verstehen, um was es dort ging. Es interessierte mich auch nicht. Die Frau war groß, hager, hatte ein graues Gesicht und trug einen grauen, zu weiten Kittel, der von ihren mutlosen Schultern herabhing. Mit leicht gekrümmtem Rücken beugte sie sich über die Ladentheke, wobei ihr die strohigen Haarsträhnen in die Stirn fielen. Diese Frau war eine einzige Allegorie des Elends, des Versagens. Aber sie erinnerte mich an etwas, was ich längst überwunden oder wenigstens verdrängt zu haben glaubte. Irgendwie kam sie mir bekannt vor. Es dauerte bestimmt einige Minuten, bis ich sie erkannte. Mein Gott! Nein, es gab keinen Zweifel: Sie war es, Judith.

»Lass uns gehen! Das dauert mir hier zu lange.« Ich legte die rosa Plastikpantoffeln zurück und zerrte meine nörgelnde Tochter aus dem Laden. Gott sei Dank leistete sie nur mäßigen Widerstand, weil auch ihr die Warterei zu viel geworden war, und da sie nur halblaut protestierte, fiel unser spontaner Abgang nicht weiter auf. Judith schien mich nicht bemerkt zu haben. Ich habe nie wieder etwas von ihr gehört.

Gefahr erkannt, Gefahr gebannt

Timo (25), Student, Berlin,
über
Marlene (24), Studentin, Berlin

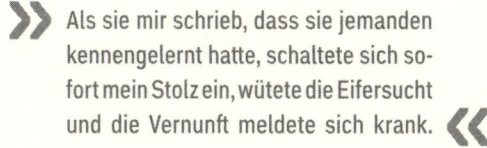 Als sie mir schrieb, dass sie jemanden kennengelernt hatte, schaltete sich sofort mein Stolz ein, wütete die Eifersucht und die Vernunft meldete sich krank.

Marlene lernte ich im »Va bene« kennen, einem kleinen italienischen Lokal, in dem ich damals kellnerte. Als ihre Freundinnen nach Hause gingen, blieb Marlene. Sie wartete geduldig, bis meine Schicht beendet war. Bis mittags streiften wir danach zusammen durch diverse Elektroläden Berlins. Stolz zeigte ich Marlene meine Welt.

Man könnte meinen damaligen Lebensstil durchaus als hedonistisch bezeichnen. Lebenslustig, freiheitsliebend und in Bindungsängsten verhaftet, konnte ich zwar auf einige erotische Erfahrungen zurückblicken, eine Beziehung jedoch befand sich nicht darunter. Mit Marlene war alles anders und außergewöhnlich. Als hätte ich schon lange auf sie gewartet. Das hatte ich auch, denn

151

ich fühlte mich nach einer Zeit des Auslebens und Ausprobierens unruhig und leer. Dann kam Marlene. Sie stellte mein Leben auf den Kopf, vielmehr mein kopfstehendes Leben wieder auf die Beine. Wir redeten stundenlang über alles, was uns bewegte, ausmachte und beschäftigte. Nach drei Tagen fuhr sie zurück nach Hagen, wo sie wohnte. Es stand fest, dass sie wiederkommen würde. Hagen dagegen würde ich niemals zu Gesicht kriegen.

Nachdem wir drei Monate Fernbeziehung gemeistert hatten (ich weiß nicht, ob »gemeistert« das richtige Wort ist, wenn man vor Sehnsucht ständig Tränen in den Augen hat), war Marlene bereit, ihr Studium in Berlin fortzusetzen. Da ich auch gerade auf Wohnungssuche war, erschien es uns albern, nach zwei Einzimmerwohnungen zu suchen. Also zogen wir zusammen und verlebten einen wundervollen Sommer.

Doch irgendwann war alles anders, unbemerkt hatte sich unser Glück verabschiedet. Wir redeten noch immer viel miteinander, doch wurde die Thematik zusehends von Beziehungs-, Haushalts- und Eifersuchtsproblemen dominiert. Die Enge der Räumlichkeiten, der Berliner Winter, der draußen wütete, unsere Kräfte aufzehrte und uns drinnen einsperrte, ließ unsere Stimmung zunehmend gereizter werden. Wir saßen oft ratlos voreinander und wussten nicht weiter. Ob wir uns noch liebten, vermochten wir beide nicht zu sagen, das erschreckte uns. Aber der Gedanke an Trennung erschreckte uns ebenso sehr. Irgendwann wurde es mir zu viel. Ich ließ den Streitereien, Vorwürfen und Anschuldigungen Taten folgen und rief eine Beziehungspause aus. Ganz harter Tobak. Mitten in meiner Klausurenzeit, in der ich mich völlig verkroch und an deren Ende ich einen Urlaub mit meinem besten Freund Pablo geplant hatte. Ich fuhr ohne Aussprache, Marlene war gerade bei Lidl einkaufen. Ich schrieb einen Zettel, wir verabschiedeten uns nicht.

Zehn Tage an der Costa del Sol, ausspannen in einer halb legal in ein Naturreservat gebauten Finca. Wir gingen morgens an den

Strand, konnten mittags bereits den Promillegehalt eines Antiseptikums vorweisen und abends fließend spanisch sprechen. Wobei die Spanier allesamt so taten, als würden sie uns nicht verstehen. Ein komisches Völkchen.

Allen Ballast und emotionale Zerrüttung hatte ich in Berlin gelassen. Neben Sunblocker und Vollkornbrot für Pablo war da einfach kein Platz mehr im Koffer. Ich checkte jeden Tag meine E-Mails, da die Noten meiner Klausuren online eingetragen wurden und jede gute oder schlechte Note ein willkommener Anlass war, die Umsätze der Strandbars in astronomische Höhen zu treiben.

Eines alkoholgeschwängerten Nachmittags bekam ich eine E-Mail von Marlene. Sie schrieb mir, dass sie durch Deutschland getourt sei, um alte Freunde zu besuchen, und bei ihren Eltern gewesen war. Gestern habe sie in Berlin jemand Tolles kennengelernt, mit dem war sie noch im Aquarium und essen und am Ende ganz doll betrunken. Heute sei sie trotzdem ganz früh aufgestanden ... Mit wachsender Empörung las ich ihre Mail zu Ende, hatte jedoch nur diesen einen Satz vor Augen ... jemand Tolles kennengelernt. Bababooooooooooooom! Da versteckte ich mich in einem kleinen Fischerdorf, mindestens zwei Erde-Mond-Längen von Berlin und Marlene entfernt, und plötzlich packten mich Eifersucht und Sehnsucht mit unbarmherzigen Klauen. Die nächsten zwei Tage befand ich mich in einem unruhig-nebligen Zustand und fühlte mich unglücklich wie ein Tier in Gefangenschaft. Verraten und gehörnt, hintergangen und verlassen. Mit einer E-Mail aus 324 unerbittlichen Zeichen (ich habe das nachgezählt) schickte ich in meiner Wut acht Monate Beziehung in die ewigen Jagdgründe. Da gehören sie auch hin, befand ich. Das Leben sollte weitergehen.

Objektiv betrachtet, kann man durchaus einwenden, dass Marlene mit dem Aquariumstypen doch nur essen war. Wäre da mehr gelaufen, hätte sie mir bestimmt nicht nur geschrieben, dass sie ganz doll betrunken war. Auf unseren momentanen Beziehungsstatus subsumiert hieß das jedoch, dass sie mit anderen ausging, sich auf dem Markt umsah, einen möglichen Ersatz für mich suchte, denn in einer Beziehungspause ist alles und nichts erlaubt. Als sie mir schrieb, dass sie jemanden kennengelernt hatte, schaltete sich sofort mein Stolz ein, wütete die Eifersucht und die Vernunft meldete sich krank. Ich verfluchte das Aquarium und die Liebe und fand das Leben auf einmal ziemlich scheiße.

Am dritten Tag merkte ich, dass mir Trübsalblasen nicht half, mich besser zu fühlen. Was für ein Fuchs ich doch bin. Ich wollte mich ablenken und mein Ego ein wenig aufpeppen. Mittlerweile war ich so selbstbewusst wie ein kastrierter Kater. Ich brauchte weiblichen Beistand und nach Möglichkeit auch Beischlaf.

Pablo und ich beschlossen, die letzten drei Tage in Malaga zu verbringen. Der Zufall wollte es, dass Pablo dort eine Bekannte hatte. Sie trug den vielversprechenden Namen Elena.

Nach einem kurzen Telefonat erklärte sie sich bereit, uns bis Montag aufzunehmen. Während unserer Fahrt kamen wir in den Genuss spanischer Techno-Folklore. Zugleich schüttelten uns die Nahtod-Erfahrungen auf der serpentinenreichen Fahrt wie multiple Orgasmen. Vier Stunden lang. Beim Aussteigen musste ich mich zwischen Bodenküssen, Freudentanz und Kotzen entscheiden. Ich entschied mich für Bier.

Voll bepackt, ein Bier in der Hand und flipflopbesohlt machten wir uns auf den Weg zu Elenas Wohnung. Sie begrüßte uns überschwänglich und ich war gleich begeistert von ihrer fröhlichen Art. Eine Dusche und einen Burrito später saßen wir auf dem kleinen Balkon unserer Gastgeberin. Pablo und Elena schmiedeten Pläne für den Abend und ich für die Verführung Elenas. Ich wusste ja noch nicht, dass in den hiesigen Clubs Mojitos in Literbechern ausgeschenkt werden.

Wir machten uns auf den Weg in die Altstadt, besahen zwei schnöde und schnöselige Bars, bis wir zu einem kleinen Club mit

spanischer Musik und elegant tanzenden Einheimischen gelang-
ten. Hier sah es aus wie in der Bacardi-Werbung. Wir orderten
mehrere Liter Mojito und mischten uns unters Volk. Hier ver-
schwimmt meine Erinnerung … lachen, tanzen, trinken, stolpern,
flirten. Und dann stand ich mit Elena draußen vor der Tür, um
»Luft zu schnappen«. Vom Tanzen hatte sie dunkle Flecken am
Rücken, ihr Oberteil war ganz verschwitzt. Das fand ich sexy,
Marlene schwitzte nie und hatte immer ein Deo in ihrer Handtasche, obwohl ich das nicht leiden kann.

»Hast du einen Freund?«, fragte ich Elena, die schüttelte ener-
gisch den Kopf. Puh. Ich zog sie galant an mich und bewies ihr,
mir und allen Schaulustigen, dass auch Deutsche leidenschaftlich
küssen können.

Pablo kam raus, grinste und stolperte in die Türsteher. Die
lachten freundlich und schoben ihn zu einer Bank. Anders als die
unfreundlichen Berliner, dachte ich noch, dann zog Elena wieder
meinen Kopf zu sich runter.

Wir erreichten ihre Wohnung ohne besondere Vorkommnisse
und hievten Pablo ins Bett, in dem eigentlich auch ich schlafen
sollte. Meine Verführungskünste hatten unter der langen Mono-
gamie gelitten, ich sprang aufgeregt hin und her und wusste
nicht, was ich tun sollte. Elena besaß anscheinend gedanklichen
Vorsprung, denn sie hatte plötzlich eine Kondompackung in der
einen Hand, mit der anderen griff sie nach mir und zog mich in
ihr Zimmer. Das Licht brauchten wir nicht anzumachen, da der
Vollmond das Zimmer seidig erhellte. Ich zog sie aus, sie zog mich
aus … zum ersten Mal seit neun Monaten sah ich eine andere
Frau nackt vor mir. Das Mondlicht, der Alkohol, die Urlaubs-
stimmung, all das bot ein perfektes Ambiente und doch staunte
ich, wie sehr ich an den Sex mit Marlene gewöhnt war. Elena zu
berühren fühlte sich richtig und zugleich falsch an. Merkwürdig.
Den Rest der Nacht versuchte ich, Marlene aus meinem Kopf
zu verbannen, und konzentrierte mich auf das Hier und Jetzt,

auf Elena und mich. Wahrscheinlich ist es immer merkwürdig, nach einer langen Beziehung mit jemand anders Sex zu haben. Elena reagierte anders, stöhnte anders und bewegte sich anders. Sie durchbrach meine festen Sexstrukturen, die sich während der Zeit mit Marlene gebildet hatten. Ich fühlte mich gut.

Nach einiger Zeit kroch ich mit weichen Knien aus dem Bett und stellte mich ans Fenster. Ich sah auf die weit unter mir liegende Stadt und das Meer und freute mich seit Langem endlich wieder auf die Zukunft. Ich fragte mich, wie viele solcher Nächte ich wohl noch erleben würde. Mit einem umfassenden Gefühl der Erleichterung wurde mir bewusst, dass ich auch mit anderen Frauen als Marlene glücklich sein konnte. Ich legte mich zu Elena und schlief dankbar ein.

Zurück in Berlin, zog ich aus der gemeinsamen Wohnung aus, richtete mich neu ein und genoss mein Singleleben. Mehr oder weniger, doch es ging mir gut. Als ich nach sechs Wochen noch mal zu Marlene fuhr, um die letzten Sachen zu holen, setzten wir uns zusammen in die Küche. Wir unterhielten uns ungezwungen, frei und nüchtern. Coke Zero. Wir lachten und redeten über alles, was war. Ich fühlte mich gut mit ihr. Ich dachte während des Gespräches, dass ich zwar mit anderen Frauen sprechen konnte, aber nicht so wie mit ihr. Ich fühlte mich sehr zu ihr hingezogen und gab dem nach. Überrascht, aber nicht abgeneigt erwiderte sie meinen Kuss. Ich verliebte mich zum zweiten Mal in Marlene. Und sie sich auch in mich.

Diesmal wollen wir alle Fehler vermeiden, die uns das letzte Mal auseinandergetrieben haben. Gefahr erkannt, Gefahr gebannt. Das hoffe ich zumindest.

Haare gut, alles gut

Bernard (42), Journalist, Köln,
über
Andrea (37), Physiotherapeutin, Köln

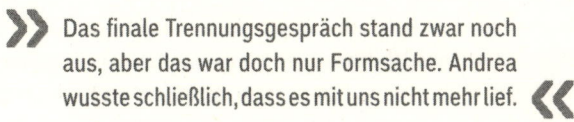 Das finale Trennungsgespräch stand zwar noch aus, aber das war doch nur Formsache. Andrea wusste schließlich, dass es mit uns nicht mehr lief.

»Du fummelst ständig in deinen Haaren herum.« Andrea verdrehte die Augen. »Sobald ich eine Sonnenbrille aufsetze, benutzt du sie als Spiegel … *Jede* Fensterscheibe, den Rückspiegel im Auto … Meine Güte, Bernard, du bist ein Mann! Das ist echt unangenehm!«

»So schlimm ist es ja wohl auch nicht«, sagte ich beleidigt. Immer musste Andrea alles übertreiben. Sie sollte doch froh sein, dass ich auf mein Äußeres achtete. Na gut, ich bin ein wenig eitel, zugegeben. Trotzig strich ich meinen Scheitel glatt und begutachtete mich in den Scheiben des einfahrenden Zuges. Andrea stöhnte, dann hob sie beide Hände an die Stirn und äffte mich nach. Auf eine Art und Weise, in der man von seiner Freundin nicht nachgeäfft werden möchte.

Ich mach Schluss, beschloss ich wütend. Wie schon oft. Andrea, deren ruppige Art mir anfangs so gefallen hatte, wurde immer bösartiger und gehässiger mir gegenüber. Seit Wochen stritten wir uns häufig, warteten wohl beide, dass der andere den ersten Schritt machen würde. Dabei hatte es wirklich keinen Sinn mehr mit Andrea und mir.

Ratternd und pfeifend hielt der Zug neben uns, ich drückte Andrea ihre Tasche in die Hand und wir verabschiedeten uns frostig. Vier Tage würde sie eine Fortbildung besuchen – ich würde ihre Abwesenheit nutzen.

Zu Hause in meiner Wohnung suchte ich ihre Sachen zusammen und packte sie in zwei Umzugskartons. Bücher, Haarbänder, Kosmetik, einzelne Strümpfe und mehrere andere Kleidungsstücke, Ökobackmischungen, Kaffeebecher, Liebesbriefchen aus verliebteren Tagen, alles verschwand in den Pappkisten. Erstaunlich, wie wenig von anderthalb Jahren übrig bleibt. Dann fuhr ich zu Andreas Wohnung, stellte die Kartons in den Flur und packte meine Sachen ebenfalls zusammen. Ich kam nur auf eine halb gefüllte Kiste. Den Schlüssel ließ ich auf ihrer Anrichte liegen, ich brauchte ihn nicht mehr. Leicht und beschwingt fühlte ich mich, als ich die Tür hinter mir schloss. Endlich hatte ich diesen Schritt gewagt.

Um ehrlich zu sein, hatten nicht allein die zunehmenden Zankereien zwischen Andrea und mir mich hierzu bewogen. Auch eine neue Bekanntschaft, die mir viel bedeutete und für die ich frei sein wollte, erleichterte mir die Trennung. Karla hatte ich bei einem Theaterbesuch kennengelernt und mich bereits einige Male mit ihr getroffen. Karla war fünfzehn Jahre jünger als ich, hübsch, unbeschwert, sie lachte gern und viel. Ich genoss das Zusammensein mit ihr sehr. Aus Angst vor überlappenden Beziehungen hatte ich mich bisher zurückgehalten, obwohl sie bereits eindeutige Signale gesendet hatte. Ihre Hand auf meinem Knie, ihre Lippen, die meinen Hals streiften, es war mir wirklich nicht leicht gefallen, mich zusammenzureißen! Doch jetzt hatte ich freie Bahn und lud sie zum Abendessen in meine Wohnung ein. Andreas Spuren waren beseitigt. Das finale Trennungsgespräch stand zwar noch aus, aber das war doch nur Formsache. Andrea wusste schließlich, dass es mit uns nicht mehr lief. Ich schob den Gedanken daran erst einmal weit fort, denn es hatte ja noch Zeit. Zudem war ich mir sicher, dass Andrea alles genauso sah wie ich.

Karla kam abends zu mir, wir aßen miteinander und sie blieb über Nacht. Wir schliefen kaum, und da wir beide am folgenden Tag frei hatten, blieben wir einfach liegen. Als wir gegen Mittag Hunger bekamen, frühstückten wir nackt im Bett. Es war ein herrlicher Morgen, Sonnenlicht durchflutete das Schlafzimmer und sprenkelte Karlas feingliedrigen Körper mit Lichtreflexen. Ich sagte zu ihr, wie froh ich sei, sie getroffen, ja, sie endlich gefunden zu haben. Ob das kitschig oder romantisch war, darüber kann man geteilter Meinung sein. Statt einer Antwort begann Karla, ihr Croissant abwechselnd in Frischkäse, Marmelade und gegen meine Brust zu dippen. Ich machte mit, erst gegen ihre Nase, dann gegen ihre Brust. Kurz darauf wälzten wir uns fröhlich im Bett, die Laken und unsere nackten Körper über und über mit Marmelade und weißem Frischkäse bedeckt. Man kann das sicher albern nennen, wir aber fanden es toll und kicherten begeistert. Bis eine laute Stimme ertönte und wir vor Schreck erstarrten. Andrea stand im Zimmer.

»Das ist ja widerwärtig!«, rief sie empört. Sicherlich auch eine Betrachtungsweise.

»Ich kann dir das erklären«, sagte ich und meinte es tatsächlich so, es war ja schließlich wirklich alles nicht so, wie es aussah.

»Na, da bin ich gespannt!«, fauchte Andrea.

»Also …«, setzte ich an, wie begann ich am besten, »wir beide, also du und ich, haben uns ja nur noch gestritten, daher dachte ich, wir trennen uns besser, das siehst du bestimmt auch so, und … ich hab auch schon deine und meine Sachen in Kartons gepackt …«

»*Das* ist deine Erklärung?!«, kreischte Andrea, nur noch aufgebrachter. »Du hast meine Sachen in Kisten gepackt? Daher findest du es in Ordnung, irgend so eine Schlampe zu bumsen?«

Ich musste zugeben, dass meine Erklärung nicht wirklich plausibel klang. Seit Andrea hier reingeplatzt war, lief alles schief. Was tat sie überhaupt hier?

»Was machst du hier?«, fragte ich.

»Ich wollte dich überraschen … Aber wie siehst du überhaupt aus? Schämst du dich nicht?«

Jetzt, wo sie es sagte, schämte ich mich tatsächlich. Auf einmal war es nicht mehr ganz so großartig, mit Frühstück verschmiert im Bett zu sitzen. Meine Schultern sackten nach vorn. Karla, die die ganze Zeit schweigend von einem zum anderen geschaut hatte, rückte merklich ein Stück von mir weg, stand dann auf und ging ruhigen Schrittes ins Badezimmer. Erhobenen Hauptes und trotz der Situation würdevoll. Ich beneidete sie.

Jetzt hätte ich mir auch gern die Marmelade abgewaschen, aber Karla besetzte Dusche und Badezimmer. Hektisch lief ich in die Küche und schrubbte mich mit dem Spüllappen. Andrea folgte mir schimpfend.

Wir stritten noch eine Weile in der Küche, ich nackt und mit dem Spüllappen in der Hand. Karla verließ derweil wortlos die Wohnung. Auch Andrea ließ irgendwann von mir ab und ging türenschlagend ihrer Wege.

Allein und elend blieb ich zurück, duschte endlich und bezog das Bett neu. Karla ging nicht ans Telefon und antwortete mir auch sonst nicht mehr auf meine Nachrichten. Die Sache mit Andrea hatte ihr offenbar nicht gefallen.

Andrea schien die Trennung akzeptiert zu haben, auch sie meldete sich nicht mehr. Als ich eine Woche später nach Hause kam, lag mein Schlüssel auf dem Tisch. Und ein Zettel:

»Machs gut, du eitler Fatzke.«

Die Nachricht machte mich ein wenig sauer, Andrea konnte es selbst jetzt noch nicht lassen, auf mir herumzuhacken. Aber letztlich hatte *ich* Schluss gemacht und egal wie die Nacht mit Karla verlaufen war, ich hatte sie rumbekommen.

Als ich am nächsten Morgen wie immer eine große Portion Haarcreme aus der Vorratspackung drückte, auf beiden Händen verteilte und in meine Haare strich, fiel mir noch vor der sonderbaren Konsistenz ein stechender Geruch auf. Ich beugte mich zum Spiegel und sah, dass die Masse auf meinem Kopf weißlich gerann. Erschrocken wollte ich die Hände aus meinen Haaren ziehen, da entfuhr mir ein Schmerzensschrei. Meine Finger klebten fest. Meine schönen vollen Haare, mein ganzer Stolz, begannen, zu einer harten Masse zu verklumpen. Mit zusammengebissenen Zähnen riss ich die Hände frei und betrachtete entsetzt meine schönen Haare, die nun an meinen Händen klebten. Ich sah aus wie ein Werwolf mit Pelz an den Händen und abstehenden Fetzen auf dem Kopf. Schnell zog ich meine Mütze über und rannte zum Friseur. Mein Hairstylist war entsetzt und zu allem Übel hingen jetzt auch noch Wollfäden in meinen Haaren.

Andrea hatte einen flüssigen durchsichtigen Kleber in meine Haarcremepackung gedrückt. Wie man auf eine derart boshafte und heimtückische Idee kommen kann, ist mir ein Rätsel. Danach trug ich erst mal eine Zeit lang Glatze, was nicht gut aussah, denn auch die Kopfhaut war in Mitleidenschaft gezogen. Langsam wachsen meine Haare aber wieder gleichmäßig nach. Endlich. Kurze Haare stehen mir nämlich überhaupt nicht.

Das Klassentreffen

Joachim (37), Ingenieur, Köln,
über
Nicole (36), Sekretärin, Düsseldorf

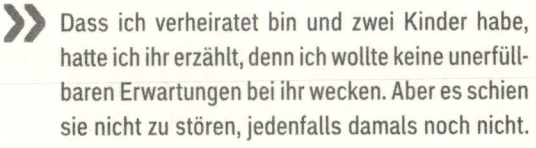

Dass ich verheiratet bin und zwei Kinder habe, hatte ich ihr erzählt, denn ich wollte keine unerfüllbaren Erwartungen bei ihr wecken. Aber es schien sie nicht zu stören, jedenfalls damals noch nicht.

Seit fast sechs Jahren bin ich jetzt mit Sarah verheiratet. Sie ist eine sportliche, praktische Frau, schlank, hübsch, dunkelhaarig, nur manchmal etwas streng mit mir. Und wir lieben uns, zumindest meistens. Unser ganzer Stolz sind die Zwillinge, zwei niedliche Mädchen, die nächstes Jahr in die Schule kommen. Ein kleiner Hund, der eher aussieht wie ein misslungenes Zwergschaf, eine schwarz-weiß gefleckte Promenadenmischung, vervollständigt die Idylle. Das Reihenendhaus im Norden Kölns ist fast abgezahlt, und mein Job als Ingenieur bei einer Softwarefirma scheint nicht bedroht. Unser Leben fließt dahin wie ein träger Fluss in einer schönen, weiten Ebene, ein beschauliches Leben, aber ich wünsche mir kein anderes.

Während meiner Studienzeit gab ich mich gegenüber meinen Kommilitonen gern als das aus, was wir damals als progressiv bezeichneten, ein eher unklares Gemisch aus ökologischen und sozialistischen Ideen. Ich habe eine Zeit lang für Amnesty International gearbeitet und mich in erbitterten Briefen an afrikanische Potentaten, asiatische Parteichefs und autoritäre südamerikanische Präsidenten für politische Gefangene eingesetzt. Aber wenn ich ehrlich bin, muss ich zugeben, dass das alles nicht meiner wirklichen Natur entsprach. Es war irgendwie aufgesetzt, ein Firnis auf meinem eher unpolitischen Wesen. Mir reicht mein heutiges unspektakuläres, man könnte auch sagen spießiges, Dasein mit Büchern, ein paar Kino- oder Kneipenbesuchen zusammen mit Sarah und sommerlichen Grillabenden mit Freunden in unserem Garten.

Aber Sie wissen ja: Es kann der Frömmste nicht in Frieden leben, wenn er der schönen Nachbarin gefällt. Die schöne Nachbarin wohnt in meinem Fall zwar nicht direkt nebenan, sondern in Düsseldorf, aber das ist von Köln-Nord nicht allzu weit entfernt.

Sie ist eine üppige Blondine und heißt Nicole Clément. Auf die französische Aussprache ihres Namens legt sie großen Wert. Vermutlich war vorzeiten ein Hugenotte namensgebend an ihrem Stammbaum beteiligt. Ansonsten ist allerdings nichts Französisches an ihr, und der französischen Sprache ist sie auch nicht mächtig. Aber sie hat andere, vor allem äußere Qualitäten. Die ausgeprägten Formen ihres Körpers würden jedem *Playboy*-Heft und jedem Hochglanzherrenkalender zur Zierde gereichen – na ja, zumindest wenn man sie geschickt fotografiert und vielleicht hier und da etwas wegretuschiert. Mir jedenfalls erschien sie, als ich sie zum ersten Mal hinter dem großen, superflachen Bildschirm ihres Computers sah, als die Verkörperung meiner schönsten erotischen Männerfantasien. Sie arbeitet nämlich als Sekretärin in einem Düsseldorfer Unternehmen, das medizinische Geräte vertreibt und dessen Software wir, das heißt die Firma, für die ich arbeite, betreuen.

Deshalb fuhr ich etwa alle zwei Wochen nach Düsseldorf, wo ich ihr jedes Mal im Vorzimmer ihres Chefs begegnete. Die Arbeit dort war nicht sonderlich anstrengend, es ging eigentlich mehr um die Pflege des Kundenkontakts, womit ich natürlich nicht meine persönlichen Kontakte zu Nicole meine.

Aufgefallen war sie mir gleich bei meinem ersten Besuch in ihrer Firma vor etwa einem Jahr, und den Blick, den sie mir unter stark getuschten Wimpern damals zuwarf, hätte man durchaus als ermutigend bezeichnen können. Aber in der geschäftlichen Atmosphäre ihres Vorzimmers traute ich mich nicht, sie in ein persönliches Gespräch zu verwickeln, und so beschränkte sich unsere Unterhaltung bei meinen Besuchen stets auf Unverfängliches wie Wetter, Grippewellen oder Erderwärmung, bis ich zu Herrn Graulich, ihrem Chef und Leiter der Abteilung, vorgelassen wurde. Zu diesem hatte ich im Interesse meiner Firma ein gutes, fast freundschaftliches Verhältnis aufgebaut, und so kam es, dass man mich in der Abteilung fast wie einen Mitarbeiter behandelte und mich zum sommerlichen Betriebsausflug einlud. Eine Gelegenheit, Nicole näher kennenzulernen, zuckte es mir sofort durchs Hirn. Und diese Gelegenheit nahm ich wahr.

An einem warmen Spätnachmittag Anfang Juni fuhren wir mit einem Ausflugsschiff der Köln-Düsseldorfer rheinaufwärts bis kurz vor Köln. Allen Verwerfungen zwischen Kölnern und Düsseldorfern zum Trotz gab es auf dem Schiff eine Band, die die Stimmung mit Kölschen Karnevalsschlagern anheizte, obwohl Karneval ziemlich weit weg lag, wenn es das in Köln überhaupt gibt, und mit reichlich Alkohol. In diesem gelockerten Ambiente gelang es mir, Nicole in einem der wenigen Momente, da sie nicht von männlichen Mitbewerbern aus ihrem Betrieb umlagert wurde, anzusprechen, um sie zu einem Sekt einzuladen. Sie schien auch auf etwas in dieser Art gewartet zu haben.

So standen wir mit unseren Gläsern in den Händen an der Reling und sahen im Licht der untergehenden Sonne kleine Sandstrände und das dunkle Gebüsch der Uferweiden an uns vorbeiziehen, dahinter weite Ackerflächen, immer wieder unvermittelt unterbrochen von Hochhäusern, Fabriken, Lagerhallen und einfallslosen Einfamilienhäusern, die sich auf zu kleinen Grundstücken drängten. Keine besonders romantische Landschaft, aber das war uns nicht wichtig. Ich weiß zwar nicht mehr genau, über was wir sprachen, aber das Gespräch plätscherte in einer Art anzüglicher Oberflächlichkeit dahin, und mir war, als müssten die Umstehenden ein erotisches Knistern aus unserer Richtung bemerken. Allerdings konnten ihre Reize leider nicht darüber hinwegtäuschen, dass sie etwas einfach gehäkelt ist. Ich will damit nicht sagen, dass sie so richtig blöd ist, aber ein bisschen beschränkt schon.

Später tanzten wir auf Deck, ganz eng, sobald die Musik das hergab und es nicht allzu sehr auffiel. Die verführerische Weichheit ihres Körpers ließ mich alles andere vergessen, aber auf diesem Schiff gab es keinen Ort, an den wir uns hätten zurückziehen können.

Gern hätte ich Nicole nach Hause gebracht, aber an diesem Tag war ich vorsichtshalber mit dem Zug nach Düsseldorf gekommen, wegen des zu erwartenden Alkohols, und zu allem Überfluss bestand Herr Graulich darauf, mich in seinem Wagen zum Bahnhof zu bringen. Als das Schiff in der Nähe der Düsseldorfer Altstadt anlegte, blieb mir deshalb nichts anderes übrig, als mich möglichst unbefangen von Nicole zu verabschieden, ganz ohne Küsschen oder Umarmung, und zu Graulich ins Auto zu steigen. Allerdings nicht ohne mich mit ihr für Freitag in zwei Wochen nach Dienstschluss verabredet zu haben.

Zwei Wochen lang fieberte ich dem Treffen mit ihr entgegen. Ich schwankte zwischen höchster Erwartung und einem schon jetzt schlechten Gewissen. Wir hatten ausgemacht, dass wir einen Stadtbummel machen, irgendwo einen Kaffee trinken und später zusammen in der Altstadt etwas essen wollten. Sarah hatte ich gesagt, dass es wegen einer Besprechung in Düsseldorf später würde – was zwar irgendwie stimmte, aber trotzdem gelogen war.

Um in der Firma kein Aufsehen zu erregen, wollten wir nicht gemeinsam das Gebäude verlassen und so verabredeten wir uns in einem kleinen Biergarten in der Nähe von Nicoles Wohnung in Düsseldorf-Oberkassel. Ich war vor ihr dort, und als sie ankam, fegte es mich fast von meinem Biergartenstuhl. Sie hatte sich zu Hause umgezogen und in ein hautenges rosa Kleid gezwängt, das ihre etwas kräftigen Oberschenkel und ihre vollen Brüste vorteilhaft zur Geltung brachte. Vorn hatte das Kleid einen tiefen Schlitz, der nur durch ein Schnürband zusammengehalten wurde und einen großzügigen Einblick gewährte. Die Augen der wenigen anderen Gäste folgten ihr, wie sie auf den hohen Absätzen ihrer Pumps über den Kies des Gartenlokals auf meinen Tisch zustöckelte – die Augen der Männer anerkennend, die der Frauen weniger. Sie sah umwerfend aus, wenn auch nicht gerade elegant.

Ihr Äußeres hatte mich so verwirrt, dass ich nicht bemerkte, wie der Himmel von einer fast schwarzen Wolkenwand verdüstert wurde. Plötzlich zuckte ein erster Blitz auf und in der Ferne grummelte ein lang anhaltender Donner. Fast gleichzeitig begann ein sintflutartiger Regen und bedeckte den Boden des Biergartens mit riesigen Pfützen. Nicole nahm ihre hochhackigen Schuhe in die Hand, zog ihren kurzen Rock noch ein Stück höher, und wir rannten durch den prasselnden Regen zu ihrem nur einige hundert Meter entfernten Haus.

Atemlos standen wir uns in ihrer kleinen Mansardenwohnung gegenüber, und auf dem Laminatfußboden bildeten sich mittelgroße Wasserlachen. Wie wir uns so völlig durchnässt ansahen, brachen wir in ein prustendes Gelächter aus, das die Situation entkrampfte, soweit das überhaupt nötig war. Gegenseitig halfen wir uns aus den nassen Klamotten – einschließlich Unterwäsche – und ich stellte fest, dass ihr üppiger Körper und ihre weiße Haut durchaus den Vorstellungen meiner Tagträume entsprachen, ja sie noch übertrafen. Nicole nahm den ganzen triefenden Kleiderhaufen und brachte ihn, während meine Blicke sie verfolgten, in ihr Badezimmer. Dort warf sie alles in die Badewanne – auch meinen ziemlich neuen Anzug, dem das bestimmt nicht guttat, samt Jackeninhalt. Aber dies war nicht der richtige Zeitpunkt, über so etwas zu diskutieren.

Dann trat sie ganz dicht an mich heran, schmiegte ihren nackten Körper leicht an mich, legte ihre weichen Arme um meinen Hals und fragte: »Was für ein Sternzeichen bist du?« Ich war verblüfft. Abgesehen davon, dass ein Mensch kein Sternzeichen sein, sondern höchstens ein solches haben kann, war mir der Gedanke, dass die Konstellationen ferner Gestirne irgendetwas mit dem Glück oder Missgeschick oder dem Charakter des Einzelnen zu tun haben könnten, schon immer fremd. Aber wie man in Köln sagt: Wer poppen will, muss freundlich sein. Deshalb antwortete ich, so nett ich konnte: »Stier, aber bist du etwa abergläubisch?«

»Natürlich nicht, nur wenn du Skorpion oder Wassermann wärst, hätte ich schon meine Schwierigkeiten damit.« Ich sagte nichts und wurde für meine Zurückhaltung reichlich belohnt. Immer noch lachend, warfen wir uns auf ihr breites Bett. Sie war anschmiegsam und hingebungsvoll, und doch hatte ihre Zärtlichkeit auch etwas unerwartet Schüchternes, ja Kindliches, das mich fast um den Verstand brachte. Es war wie ein Rausch, ich surfte auf einer Welle erotischen Glücks.

Auf dem Rückweg nach Köln auf der Autobahn grinste ich voll stolzer Zufriedenheit vor mich hin, aber mir war auch klar, dass ich auf die Dauer Nicoles naives Geschwätz nicht ertragen könnte. Ich freute mich, zu meiner Familie nach Hause zu kommen. Im Autoradio sang Amy Winehouse.

Sarah saß noch vor dem Fernseher, als ich ankam. »Du bist spät dran, und was ist mit deinem Anzug passiert?« Ihre Stimme klang jedoch freundlich und ohne den Unterton eines Verdachts. Ich liebte sie, und in meinen männlichen Eroberungsstolz mischte sich ein Anflug von schlechtem Gewissen. »Ja, es gab unerwartete Schwierigkeiten bei dem Kunden, und dann bin ich in einen fürchterlichen Regen geraten. Aber lass uns schlafen gehen. Ich bin todmüde.«

Mit Nicole hatte ich mich für einen Nachmittag drei Wochen später in Düsseldorf verabredet. Zuerst war ich fast froh, dass dieser Termin noch ziemlich fern war, aber je länger der Abend in ihrer Mansarde zurücklag, desto mehr sehnte ich mich nach ihrer anschmiegsamen Zärtlichkeit, der Weichheit ihres Körpers, dem Sex mit ihr.

Beim nächsten Mal, es war wieder ein Freitag, trafen wir uns schon mittags in der Düsseldorfer Altstadt. Schließlich konnte ich nicht wieder erst nachts nach Hause kommen. Nicole schien Verständnis dafür zu haben, und offenbar konnte sie sich freitagnachmittags frei nehmen, ich übrigens auch. Dass ich verheiratet bin und zwei Kinder habe, hatte ich ihr erzählt, denn ich wollte keine unerfüllbaren Erwartungen bei ihr wecken. Aber es schien sie nicht zu stören, jedenfalls damals noch nicht. Wir aßen in einem hübschen italienischen Restaurant und landeten anschließend wieder in ihrem Bett. Ich hatte nichts anderes erwartet oder zumindest erhofft – und sie wohl auch nicht. Es war genauso hinreißend und berauschend schön wie bei unserem ersten Zusammensein. Aber genau wie beim ersten Mal drängte ich danach weg von ihr und fuhr beschwingt und zugleich auch irgendwie erleichtert nach Hause.

In den nächsten Monaten trafen wir uns alle zwei oder drei Wochen, und immer lief es nach fast demselben Muster ab. Wie ihr Privatleben in der übrigen Zeit aussah, wusste ich nicht, es beschäftigte mich auch nicht allzu sehr. Vielleicht hatte ich nicht das Recht, danach zu fragen. Aber je länger unser letztes Treffen zurücklag, desto mehr vermisste ich sie, wie ein Süchtiger seine Droge. Sie war für mich wie ein süßes Gift, obwohl sie mir mit ihrem Geplapper jedes Mal mehr auf die Nerven ging. Immer wieder nahm ich mir vor, die Sache zu beenden, aber ich kam nicht los von ihr. Es war tatsächlich eine Sucht, schwerer zu bekämpfen, als mir das Rauchen abzugewöhnen, was schwer genug gewesen war. Wenn ich in ihrem Bett lag und nicht genug davon bekam, die üppige Nacktheit ihres Körpers zu bestaunen, wusste ich, dass ich es von mir aus nicht schaffen würde, es vermutlich auch nicht wirklich wollte. Ich resignierte – jedenfalls bis die Sache eine unerwartete Wendung nahm.

Es war Anfang November, als Sarah mir eröffnete, dass sie in zwei Wochen ein Treffen ihrer alten Abiturientenklasse habe. Sie hatte vor zehn Jahren an einem Kölner Mädchengymnasium ihr Abitur gemacht. Die von auswärts Kommenden sollten bei den noch in Köln Wohnenden untergebracht werden, und so würden wir übers Wochenende von einer ihrer Mitschülerinnen Besuch bekommen. »Leider ist es jemand, den ich eigentlich nicht besonders mochte, ich hielt sie immer für etwas unterbelichtet. Aber Nicole hat merkwürdigerweise darauf bestanden, ausgerechnet bei mir zu wohnen.«

»Nicole? – Ich kenne doch eigentlich alle, die mit dir Abitur gemacht haben.«

»Schon, aber diesmal haben wir auch die eingeladen, die mit der mittleren Reife abgegangen sind, und da ist sie eben dabei. Warte, ich habe ein Foto herausgesucht, auf dem sie auch drauf ist. Hier, das ist sie. Wie gesagt, etwas dämlich, aber dir würde sie vielleicht gefallen. Auf Männer hatte sie immer eine erstaunliche Anziehungskraft.« Sie reichte mir die alte Schwarzweißfotografie im Postkartenformat. Die Mädchen auf dem Bild waren nur schwer zu erkennen, aber kein Zweifel, die Blonde in der Mitte, das war sie, Nicole! Es traf mich wie ein Faustschlag in die Magengrube. Was bezweckte sie? Was war in sie gefahren? Meine Hand zitterte, als ich Sarah das Foto zurückgab.

Als ich am Abend den Hund ausführte, rief ich Nicole auf dem Handy an. »Ja, hier ist Nicole«, säuselte sie etwas gekünstelt ins

Telefon. Vermutlich hatte sie meine Nummer auf ihrem Display erkannt. Es sollte wohl verführerisch oder auch ein bisschen verrucht klingen, machte aber auf mich in diesem Moment nicht den gewünschten Eindruck.

»Was soll das, dass du dich bei uns einquartierst? Willst du mich auffliegen lassen?«

»Nein, aber ich möchte deine Familie kennenlernen. Ist doch bestimmt interessant!«

»Warum das in aller Welt?«

»Ich will sehen, wie es mit dir und deiner Frau so läuft – was ich für die Zukunft von dir zu erwarten habe, halt meine Chancen auf etwas Dauerhaftes mit dir checken.« Ich war verblüfft über ihre Offenheit und diese unerwartete Wendung der Dinge. Es dauerte einige Sekunden, bis ich antworten konnte.

»Ich habe dir doch erzählt, dass ich glücklich verheiratet bin.«

»Verheiratet schon, aber von glücklich hast du nichts gesagt.«

»Dann sage ich es eben jetzt. Übrigens bin ich an dem Wochenende nicht da. Ich fahre nach Hamburg zu einer Fortbildung«, entgegnete ich unwirsch, aber da hatte sie schon aufgelegt.

Das mit der Fortbildung in Hamburg war mir während des Telefonats spontan eingefallen. Es gab diese Tagung tatsächlich, und am nächsten Tag meldete ich meine Teilnahme an. Mit Sarah sprach ich nicht mehr über Nicole und das Klassentreffen, aber sie schien froh zu sein, dass ich an diesem Wochenende aus dem Haus war. Ich überlegte für einen Moment, ob sie vielleicht Nicoles Wirkung auf mich fürchtete, verwarf den Gedanken jedoch sofort wieder, denn eigentlich war sie sich meiner immer ziemlich sicher gewesen.

Am Sonntag nach dem Klassentreffen kam ich nachmittags aus Hamburg zurück. Sarah und die Kinder saßen um den Esstisch und spielten Monopoly. Ich wurde mit lautem Hallo, Küssen und Umarmungen begrüßt, woraus ich schloss, dass alles problemlos verlaufen war. »Na, wie war dein Treffen?«, fragte ich erleichtert.

»Ganz toll! Es war schön, die alten Freundinnen wiederzusehen. Samstag haben wir bis in die Nacht gequatscht. Nur Nicole ist nicht gekommen. Sie hat es nicht einmal nötig gefunden abzusagen – sieht ihr ähnlich. Nun, ich hab sie auch nicht vermisst.«

In der folgenden Woche teilte mir mein Chef mit, dass ich im kommenden Monat den Raum Frankfurt/Wiesbaden bearbeiten würde, was sogar mit einer kleinen Gehaltssteigerung verbunden war. Das bedeutete, dass ich auch Nicoles Firma nicht mehr betreuen würde, und das war vermutlich auch besser so.

Seit dieser Sache ist etwa ein halbes Jahr vergangen, ohne dass ich Nicole wiedergesehen habe. Mehrmals war ich kurz davor, sie anzurufen, aber ich wusste, dass ich mich von dem Objekt meiner Begierde fernhalten musste wie ein trockener Alkoholiker vom Alkohol. Eigentlich bin ich erleichtert und sogar ein wenig stolz auf mich selbst, von meiner Besessenheit losgekommen zu sein. Nur manchmal erfasst mich noch eine schmerzliche Sehnsucht nach diesem süßen Gift, das sie – vielleicht sogar unwissentlich – in mein Männerhirn geträufelt hat. Vermutlich geht das jedem ehemals Süchtigen so.

Groupies forever!

Simon (24), Musiker, Hamburg,
über
Groupies (17–35)

>> Das Glück war dabei auf unserer Seite, denn nach
einiger Zeit saßen die Mädchen fast nackt da,
während wir noch größtenteils bekleidet waren. <<

Jungs gründen Bands, um Mädchen kennenzulernen. Wer etwas anderes erzählt, lügt ... oder spielt in einem Streichquartett. Genau aus diesem Grund hatten auch wir eine Band gegründet. Wir spielten in der klassischen Viererbesetzung Gitarre, Bass, Schlagzeug und Gesang und probten beharrlich zwei Mal pro Woche.

Nachdem wir das Abitur hinter uns gebracht hatten, zogen wir alle nach Hamburg, die nächste größere Stadt, und fingen bei verschiedenen Stellen unseren Zivildienst an. Inzwischen hatten wir bereits über vierzig Auftritte in unserem Bundesland und einen Gig in Berlin hinter uns gebracht. Bei diesem waren jedoch außer unseren Freunden nur drei zahlende Gäste anwesend. Natürlich hatten wir uns auch weiterentwickelt und waren mittlerweile zu einer ganz passablen Band mit selbstgeschriebenen Songs geworden. In Hamburg erhofften wir uns nun den großen Durchbruch.

Wir bekamen sogar einige Gigs als Vorband und spielten auch einige Konzerte alleine in kleinen Clubs.

Als wir wieder einmal den Support für eine etwas bekanntere Band im »Molotow« auf der Reeperbahn spielten, lernte ich Jana kennen. Sie war mir während des Auftritts schon aufgefallen, sie stand ganz vorn und lächelte mich an, weswegen ich mich einige Male verspielte. Nachdem wir unsere Instrumente ins Auto verladen hatten, sprach ich sie an und lud sie auf einen Drink im Backstagebereich ein. Dieser ist meist deutlich weniger glamourös als angenommen. Ein paar alte Sofas und ein Kasten Bier, mehr braucht es nicht. Während wir also dort saßen und tranken, erwähnte ich natürlich, so oft es ging, unsere Band und was wir schon erlebt hatten. Jana hatte zwar vorher noch nie etwas von uns gehört, sagte aber netterweise, sie fände uns ziemlich gut.

Wir unterhielten uns so angeregt, dass wir die Hauptband des Abends verpassten und erst wieder aus dem Backstagebereich kamen, als die Party, die nach dem Konzert stattfand, schon in vollem Gange war. Dort quatschten wir weiter, tranken, tanzten und knutschten irgendwann bei Joy Divisions *Love will tear us apart*. Als sich der Abend dem Ende zuneigte, fragte ich sie, ob sie mit zu mir kommen wolle. Das lehnte sie mit der Begründung, sie sei doch kein Groupie, ab, aber ich lud sie zu unserem nächsten Konzert ein und versprach, sie auf die Gästeliste zu setzen. Dort lief im Prinzip alles genau wie bei unserem letzten Treffen ab und nach zwei weiteren Dates waren wir zusammen.

Vorher hatte ich natürlich auch einige Beziehungen gehabt, aber nie war ich so verliebt wie in Jana. Ich bekam überhaupt kein Verlangen nach anderen Mädchen, bei ihr hatte ich alles, was ich wollte. Selbst wenn ich sie hätte betrügen wollen, auf unseren Konzerten war sie meistens dabei, von daher bot sich dort kaum eine Möglichkeit. Die anderen Jungs aus der Band waren da ganz anders drauf, keiner von ihnen war vergeben und sie nahmen alles mit, was nicht bei drei auf den Bäumen war.

Als sich unser Zivildienst dem Ende zuneigte, brauchten wir neue Zimmer und Jobs, denn wir wollten natürlich nicht zu unseren Eltern zurückziehen. Meine Band gründete eine WG, ich zog zu Jana, da ihre Mitbewohnerin für ein Jahr durch Asien reiste und ich sowieso meistens bei ihr war.

Nach etwa einem Jahr entdeckte uns endlich ein Talentscout einer Plattenfirma und nahm uns unter Vertrag. Wir bekamen einen kleinen Vorschuss und konnten in ein vernünftiges Tonstudio und unsere erste richtige CD aufnehmen. Als das Album rauskam, ging alles Schlag auf Schlag. Nach etwa einem Monat hatten wir in Deutschland rund 4000 CDs verkauft und gingen dann natürlich auch auf Tour.

Jana war bis dahin kaum eifersüchtig gewesen, ich hatte ihr auch nie einen Anlass dafür gegeben und hatte auch vor, auf der anstehenden Tour treu zu bleiben. Doch wie das meistens mit guten Vorsätzen ist, gehalten werden die wenigsten.

Schon nach den ersten Tagen der Tour waren wir überwältigt von den offensiven Offerten. Bereits beim Ausladen der Instrumente wurden wir von Mädchen angesprochen, bekamen Handynummern zugesteckt und wurden gefragt, in welchem Hotel wir abgestiegen waren. Und wir waren ja nicht plötzlich irgendwelche Stars aus der *Bravo*, sondern spielten nur in kleineren Clubs mit vielleicht 300 bis 400 Zuschauern.

Am dritten Tag, wir waren gerade in Köln, nahm unser Gitarrist nach dem Konzert eine Handvoll Mädels mit backstage. Wir tranken einiges und ließen diverse Joints kreisen, bis jemand auf die grandiose Idee kam, Flaschendrehen zu spielen. Logisch, dass ich auch gleich mit einem der Fans knutschen musste.

Erst danach dachte ich an Jana und war fast schon erschrocken, wie egal sie mir in dem Moment gerade gewesen war. Aber um mir wirklich Gedanken darüber zu machen, war ich schon viel zu dicht und gleich neben mir wartete schon die Nächste auf einen Kuss. Natürlich wurde Küssen allein früher oder später zu langweilig und wir erweiterten das Ganze um Ausziehen.

Das Glück war dabei auf unserer Seite, denn nach einiger Zeit saßen die Mädchen fast nackt da, während wir noch größtenteils bekleidet waren. Irgendwann ließen wir das Flaschendrehen ganz bleiben und gaben den Mädchen einfach direkt Aufgaben. Das steigerte sich von »Isabell, gib Anna einen Kuss auf die Brust« bis hin zu »Ina, nimm die Flasche und steck sie dir so weit rein, wie es geht«. Die Mädchen und wir hatten jegliche Selbstachtung verloren und wir behandelten sie fast schon wie Leibeigene. Es stand außer Frage, wie die Nacht weitergehen würde. Das Hotel war zum Glück nur zwei Straßen entfernt vom Club und jeder von uns nahm eine mit aufs Zimmer. Dort ging es auch sofort zur Sache und ich fickte die eine, von der ich nicht mal mehr den Namen wusste, nach allen Regeln der Kunst von vorn bis hinten durch.

Als ich aufwachte, war sie verschwunden und ich ging mit den anderen frühstücken. Deren Begleiterinnen hatten inzwischen auch das Weite gesucht. Als ich später mit Jana telefonierte, erwähnte ich von der ganzen Sache natürlich nichts, aber ich hatte auch keinerlei Schuldgefühle, da mir die ganze Szenerie so unwirklich und fernab von unserem eigentlichen Leben vorgekommen war.

Noch am selben Abend ging es ähnlich weiter und am Ende der Tour hatte ich mit zwölf verschiedenen Frauen geschlafen, es war, als wolle ich alles aufholen, was ich im Gegensatz zu meinen Kumpels vorher verpasst hatte. An Jana dachte ich so gut wie gar nicht, das Leben auf Tour war eine Welt, in der sie nicht zu existieren schien. Doch das Komische war, als wir wieder zurück in Hamburg ankamen, war alles wie zuvor. Ich liebte sie immer noch, als wäre nie etwas passiert.

Mittlerweile geht das seit vier Jahren so, ungefähr dreimal im Jahr fahren wir auf eine längere Tour und ich betrüge sie fast jeden Tag, doch sobald ich wieder zu Hause bin, geht alles wieder seinen gewohnten Gang. Es ist auch noch nie etwas rausgekommen, die Jungs halten dicht und von den Groupies hört man nach der einen Nacht meist auch nichts mehr ...

Das Herrenhaus

Raffael (21), Student, Düsseldorf,
über
Inga (29), Inneneinrichterin, Düsseldorf

>> Matteos Muskeln glänzten ölig in der Sonne, er be-
wegte sich geschmeidig und selbstsicher, dann ließ
er sich mit einem Kopfsprung ins Wasser gleiten
und begann schnelle, kraftvolle Bahnen zu ziehen. <<

Mallorca würde bei meinem Vater bleiben, das war sogar meiner
Mutter von Anfang an klar. Zu keinem Zeitpunkt ihrer jahrelangen Entfremdung, die fast übergangslos in einen kräftezehren-
den Scheidungskrieg mündete, schienen die beiden Vaters allei-
nigen Anspruch auf das alte Herrenhaus im Osten der Insel auch
nur anzuzweifeln. Nicht dass Mutter sich billig verkauft hätte;
am Ende blieben ihr eine Eigentumswohnung in der Düsseldorfer
Altstadt, das Familienauto, zwei pubertierende Kinder und die
dazugehörigen monatlichen Unterhaltszahlungen. Vielleicht hätte
mein Vater sich beim Sorgerecht etwas mehr anstrengen können,
aber letztlich war uns allen klar, dass wir auf seiner Suche nach
der verlorenen Jugend nur im Weg stehen würden.

Zwar war auch unsere Erzeugerin nicht gerade mit ausgeprägten mütterlichen Qualitäten gesegnet, aber wenigstens wusste sie,

dass Teenager eigentlich nur schlafen, essen und ihren Körper verunstalten wollen und viel Nachsicht brauchen. Während seine Kinder also bloß gelegentlich Aufmerksamkeit während der jugendamtlich verordneten Wochenend-Besuche und an Geburtstagen einforderten, konnte Helmuth – in der Öffentlichkeit hörte er seine familiäre Funktionsbezeichnung nur ungern – seine Wiedergeburt als Lebemann, Porsche-Fahrer und jung gebliebener Endfünfziger feiern. Mir war das nur recht. Seitdem ihre Scheidung endlich über die Bühne war, schien beiden Elternteilen eine große Last von den Schultern gefallen zu sein. Endlich konnten sie sich ihrer neuen Zukunft zuwenden.

Mamas neuer Freund trat nach anderthalb Jahren der – manchmal etwas verkrampften – Partnersuche in Form von Prof. Dr. med. Thomas Herzberg schließlich doch noch auf den Plan. Eine Freundin, die sich bereits mehrere Male erfolglos als Kupplerin versucht hatte, stellte die beiden einander vor. Der Herr Professor und Privatdozent hatte weder Sportwagen noch Jeanshosen nötig; er hatte mit seinen Studenten, Patienten, Sekretärinnen und Referenten genug Fans, um sich ganz auf besser geeignete Statussymbole wie Macht und Unsterblichkeit konzentrieren zu können. Natürlich war er zu gebildet und geschliffen, um allzu offensichtlich seiner Eitelkeit und Geltungssucht zu erliegen. Er kannte spannende Geschichten, hatte Sinn für Geschenke und behandelte unsere Mutter mit großer Ehrerbietung. Wir mochten ihn, obwohl ich heute sicher bin, dass seine Untergebenen wenig zu lachen hatten.

Auch mein Vater stellte selbstverständlich keine Konkurrenz dar. Allerdings beruhte das auf Gegenseitigkeit. Während Dr. Herzberg in Helmuth vermutlich einen ungebildeten, konsumorientierten Neureichen mit getönten Haaren sah, erkannte Helmuth in seinem schwergewichtigen Nachfolger die Personifikation aller Ängste, die ihn ohne die schnellstmögliche Trennung von unserer Mutter zwangsläufig ereilt hätten. Für ihn war Dr. Herzberg vor allem ein Mann, der wirklich scharfe Frauen nur noch gegen Barzahlung in sein Bett bekommen konnte. Aber da lag ja ohnehin seine Exfrau, deren verbliebene sexuelle Anziehungskraft er auch nicht gerade hoch einstufte.

Ganz anders dagegen Inga, die jüngste Eroberung meines Vaters. Inga hatte alles in seinen Augen – Schönheit, Charme, Intelligenz und Jugend. Ziemlich viel Jugend sogar; mit ihren 28 Jahren war sie dreißig Jahre jünger als ihr neuer Freund und nur acht und neun Jahre älter als ihre neuen Stiefkinder.

Wenigstens machten weder mein Vater noch Inga überhaupt den Versuch, ihre Beziehung als klassische Familie mit Anhang auszugeben. Vaters Eroberung wurde uns Kindern ohne viel Aufheben als »die Inga aus Hamburg« vorgestellt, welche gerade in Wirtschaftswissenschaften promovierte und jetzt erst mal hier wohne. Auch Inga gab sich gelassen; sie schien bereits Erfahrung als jugendliche Geliebte und mit den damit verbundenen gesellschaftlichen Herausforderungen zu besitzen.

Schon nach einem Jahr gönnten die beiden sich etwas mehr seriösen Anstrich und heirateten im kleinen Kreis in der Toskana. Inga war also gekommen, um zu bleiben. Wann immer ich meinen Vater während meines Studiums besuchte, fand ich »Schmusekatze« Inga an seiner Seite. Von ihrer Doktorarbeit war keine Rede mehr. Stattdessen entdeckte Inga ihre Lust an Innenarchitektur, besonderes Gefallen fand sie an der Kombination floraler Muster. Der Hang zu ausgedehnten Shopping-Touren und seltsamem Essverhalten waren ihr vermutlich schon in die Wiege gelegt worden.

Dass sich mit Ingas Auftritt auch die familiären Machtverhältnisse änderten, war mir nicht entgangen. Vater las ihr jeden Wunsch von den Augen ab, als Gegenleistung ließ Inga ihn an Wochenenden kaum noch aus dem Bett. Da mich diese traute Zweisamkeit im Herzen Düsseldorfs nicht wirklich interessierte, hatte ich eigentlich keinen Grund, mich ernsthaft mit Inga zu befassen. Aber leider teilten wir beide eine besondere Leiden-

schaft – das Haus auf Mallorca. Hier hatte ich fast alle Sommer-
ferien verbracht, meinen ersten Kuss von der Tochter des Dorfwirtes bekommen und das erste Mal Sex unterm Sternenhimmel
gehabt. Meine Schwester pflegte vermutlich ähnlich romantische
Erinnerungen an dieses weitflächige, geschmackvoll restaurierte,
schlicht und klassisch eingerichtete, aber doch sehr luxuriöse Anwesen am Hang eines Hügels nahe der Küste. Mallorca gehörte
uns – das war unausgesprochenes, ehernes Familiengesetz. Aber
genau wie die vielen Geschäftspartner, Freunde und Schulkame-
raden, die wir hierher eingeladen hatten, noch Jahre später von
einem der schönsten Urlaube ihres Lebens berichteten, wusste
auch Inga schon beim ersten Besuch, wo sie ihren Lebensabend
verbringen wollte.

Selbstverständlich brach kein offener Konflikt über die verschiedenen Besitzansprüche aus, immerhin war Vater bei guter
Gesundheit, wie er gern betonte, und es gab genug Platz für alle,
wie er ebenfalls gern beizeiten erwähnte. Bedauerlicherweise ver-
fügten Helmuth und Inga jedoch über viel Freizeit und wann
immer ich mich nach der Verfügbarkeit unseres Anwesens er-
kundigte, hatten sie schon eine ausgedehnte Reise dorthin geplant.
Erst schmollte ich und hoffte, dass Inga bald ihr Interesse verlieren
würde. Aber als sie den Erwerb eines dauerhaft vor Ort statio-
nierten Kleinwagens durchsetzte, wurde mir klar, dass das lange
dauern könnte. Immer mehr Zeit verbrachte das junge Glück auf
der Insel, immer weniger Zeit in der Düsseldorfer Altstadt.

Vergangenen Sommer schließlich nahm ich den Kampf auf und
buchte zur besten Reisezeit einen Flug – ohne mich vorher nach
Terminüberschneidungen zu erkundigen. Es überraschte mich
kaum, dass die beiden tatsächlich zur selben Zeit – und noch
einige Wochen darüber hinaus – auf Mallorca verweilten. Aber
bei insgesamt sechs Schlafzimmern würde sich schon ein wenig
Privatsphäre für mich finden lassen. Mittlerweile waren Helmuth
und Inga schon vier Jahre zusammen und die Leidenschaft schien

sich etwas gelegt zu haben. Sie konnten mittlerweile auch kommunizieren, ohne sich dabei ständig anzufassen, was den Umgang mit ihnen um einiges erträglicher machte. Helmuth widmete sich gelegentlich auch wieder anderen Hobbys wie Auto fahren, Auto waschen oder Auto polieren. Und Inga kannte ohnehin keine Langeweile, ihr Körper und ihr Geist konnten immer ein wenig Aufmerksamkeit und Optimierung vertragen. So ließ sich unser erster gemeinsamer Urlaub sehr geruhsam an. Wir alle gingen gern spät zu Bett und schliefen lange. Wenn ich gegen Mittag verschlafen auf die Veranda stolperte, lag Inga meistens am Pool, während Helmuth in der Garage rumorte oder den Rasen sprengte. Beide hatten um diese Zeit oft schon einen Drink in Reichweite. Aber gegen eine leichte Trunkenheit bei dreißig Grad im Schatten und ohne besondere Pläne für den Tag hatte auch ich nichts einzuwenden.

»Bringst du mir einen mit?«, rief Inga, ohne den Blick von der *Vogue* zu heben, und rüttelte mit den verbliebenen Eiswürfeln in ihrem Glas. Ich drehte wieder um und schlurfte gemächlich zurück in die Küche, als der Klang meines Telefons aus dem oberen Stockwerk ertönte. Zwei Stufen nehmend, sprang ich die Treppe hoch in mein Schlafzimmer.

»Raffi, du musst unbedingt etwas unternehmen!«, meldete sich einleitungslos meine Schwester Viktoria. Sie klang sehr aufgeregt. Und das zu Recht. Viktoria pflegte seit einiger Zeit ein Verhältnis mit Dr. Schumann, der neu in die Kanzlei eingestiegen war, in welcher auch der Anwalt meines Vaters wirkte. Auf diesem nicht ganz rechtmäßigen Weg war meine Schwester an brisante Informationen gelangt. Helmuth war dabei, ein neues Testament aufsetzen zu lassen, in welchem er Inga als Haupterbin für Mallorca einzusetzen gedachte. Dieser Teil stand offenbar fest; sobald die übrigen Vermögensverhältnisse geklärt wären, würde mein Vater unterschreiben und wir könnten uns von dem alten Herrenhaus, dem Familienbesitz, in dem wir die sonnigen Tage von Kindheit und Jugend verbracht hatten, verabschieden. In mir begann es zu brodeln.

»So ein Schuft«, entfuhr es mir. »Das kann ich nicht glauben!«

»So ein blutsaugendes Flittchen!«, zischte meine Schwester. »Du musst mit Papa reden! Das kann er nicht machen! Ich komme auch zum Haus, sofort, und unterstütze dich. Wir setzen ihm die Pistole auf die Brust, das darf er nicht machen! Mallorca gehört der Familie!«

»Aber wie sollen wir erklären, dass wir seine Pläne kennen? Er wird doch sofort den Anwalt wechseln!«

»Oh nein, dann verliert Arne sein Mandat, das geht nicht!«, stöhnte Viktoria.

»Und wenn wir Streit mit Papa anzetteln … vielleicht wirft er uns dann einfach raus! Inga steht ihm näher als wir … und dann kommen wir nicht mehr an ihn ran.«

Schockiert sog meine Schwester die Luft ein. »Aber wir sind doch seine Kinder! Das kann er doch nicht tun …« Wir debattierten und überlegten, wurden jedoch immer verzweifelter. Helmuths Verhalten verstieß gegen alle Regeln. Unser Vater hatte schon immer in seiner eigenen Welt gelebt, doch war und blieb er immer unser Vater und diese familiäre Bindung hatten wir nie angezweifelt. Mallorca gehörte uns. Es Inga zu überlassen war undenkbar.

Gegen Nachmittag hatten wir einen Plan geschmiedet. Viktoria stand – ähnlich wie ich zur Tochter – in guter Beziehung zum Sohn des Dorfwirtes. Matteo war ebenso muskelgestählt wie charmant und brachte ihre Hormone bei jedem Mallorcabesuch in Wallung. Auch wenn sie sich immer aufs Neue vornahm, diesmal zu widerstehen, konnte sie seiner direkten Art einfach nicht standhalten.

»Dieses Hamburger Flittchen ist doch bestimmt ganz ausgehungert …«

»Viktoria!«, unterbrach ich meine Schwester. Das Liebesleben meines Vaters wollte ich wirklich nicht tiefer gehend erörtern.

Aber sie hatte recht, Inga musste verführt und auf frischer Tat ertappt werden!

Am gleichen Abend schlug ich meinem Vater und Inga einen Besuch in einer Taverne vor, doch mein Vater lehnte ab, er wollte lieber sein Auto putzen. Auch Inga gähnte nur träge und schüttelte den Kopf über ihrer Modezeitung. Auch am folgenden Abend weigerten sich die beiden, mich zu begleiten. Also lud ich Matteo als Gast zu uns ein. Von Viktoria unterwiesen, erschien er in einem gut geschnittenen hellgrauen Anzug, den er akkurat gefaltet auf seiner Sonnenliege ablegte, um in knapper Badehose neben mir am Pool entlangzustolzieren. Neidvoll betrachtete ich ihn. Matteos Muskeln glänzten ölig in der Sonne, er bewegte sich geschmeidig und selbstsicher, dann ließ er sich mit einem Kopfsprung ins Wasser gleiten und begann schnelle, kraftvolle Bahnen zu ziehen. Mir entging nicht Ingas Blick, der ihm hinter den großen Gläsern ihrer teuren Sonnenbrille folgte.

Matteo wurde vorgeblich mein neuer bester Freund und somit Dauergast in unserem Haus. In erster Linie half er uns, um Viktoria einen Gefallen zu erweisen, doch glaube ich, mehr noch war er ein geborener Eroberer. Kaum eine Frau, die er in seinem bisherigen Leben begehrlich angeblickt hatte, hatte ihm widerstehen können und Inga, die kühle, gut aussehende Blondine, die ihn bisher stets ignoriert hatte, weckte seinen Jagdinstinkt. Er verwickelte sie nun gekonnt in Gespräche, half ihr in der Küche und gab ihr Tipps bei der Zubereitung mallorquinischer Speisen, denn er konnte sehr gut kochen. Schließlich war er in einem Gasthaus aufgewachsen. Tagsüber am Pool überließ er sie ihrer Lektüre, positionierte sich jedoch stets in ihrem Blickfeld, sodass sie ihn über ihre Zeitschrift hinweg heimlich betrachten konnte. Und das tat sie auch. Unser Plan schien sich zu entwickeln.

Mein Vater bekam von unserem bösen Spiel nichts mit. Er hatte sich beim Autowaschen einen Tennisarm zugezogen, der ihn nun einschränkte und ein wenig verdrießlich stimmte. Auch vertrugen sich die Schmerztabletten schlecht mit den alkoholischen Getränken, sodass er immer öfter über Unwohlsein klagte und früh ins Bett ging.

Nach sieben Tagen und fünf Besuchen Matteos schlug ich erneut einen Besuch der Dorftaverne vor. Ein bisschen Abwechslung könne uns allen doch nicht schaden.

»Ja, bitte, erlauben Sie mir, Sie einzuladen«, schnurrte Matteo und blinzelte charmant mit dichten schwarzen Wimpern. »Ich möchte mich revanchieren, dass ich Ihr Gast sein und Ihren Pool benutzen darf.« Mein Vater runzelte die Stirn und suchte nach Ausflüchten, doch Inga hatte schon zustimmend genickt und entschieden: »Du kommst natürlich auch mit, Helmuth.«

Zu dritt machten wir uns auf den Weg, man konnte die Strecke gut zu Fuß zurücklegen und wir wollten den schönen Weg durch den Wald ins Dorf genießen. Helmuth, der über Schmerzen in der Schulter klagte, fuhr mit dem Wagen vor. Im Gasthof aßen wir Stockfischsuppe und anschließend Paella, die von Cesara, der Wirtstochter, in einer großen gusseisernen Pfanne serviert wurde. Dazu tranken wir literweise Wein. Mein Vater war lustig, scherzte mit Esteban, dem Wirt, wirkte im Laufe des Essens jedoch bald erschöpft. Ich schäkerte mit Cesara, Matteos Schwester, doch als ich meine Hand versuchsweise auf ihr dralles Hinterteil legte, wies sie mich mit Bestimmtheit von sich. Wie ich von Matteo wusste, war sie mittlerweile mit einem schnöseligen Deutschen verlobt. Bedauerlich, zu gern hätte ich unsere amourösen Abenteuer aufgefrischt, doch es war nicht zu ändern. Ich hatte Cesara bereits mehrmals das Herz gebrochen, wie sie in vielen Briefen wortreich und anklagend wiederholt hatte, so ein Drama wollte ich nicht noch einmal erleben. Doch plauderte ich unverfänglich mit Cesara weiter, als mein Vater sich erhob, um nach Hause zu fahren. Auf seine Frage in die Runde, wer ihn begleiten wolle, verzog Inga überlegend das gerötete Gesicht, zögerlich, sie wirkte schon recht angetrunken.

»Ach Helmuth, lass die jungen Leute noch sitzen und reden«, rief Esteban wenig feinfühlig aus. Mein Vater zuckte kaum merklich zusammen, verabschiedete sich dann schnell und brauste mit dem Porsche davon. Fast tat er mir ein wenig leid. Aber vor allem fühlte ich mich verraten.

Der Wein floss weiter, doch hielt ich mich nun verstohlen zurück. Um meinen Plan ausführen zu können, brauchte es einen halbwegs klaren Kopf. Matteo spielte seine Rolle als charmanter Unterhalter mit bewundernswertem Geschick, sie war ihm auch wie auf den Leib geschneidert. Und Inga sah in ihrem weißen Kleid ausgesprochen appetitlich aus. Doch blieb er sehr zurückhaltend, um sie nicht zu verschrecken. Erst auf dem Nachhauseweg, vermeintlich ungestört und ohne Zeugen, würde er zuschlagen.

Als meine Stiefmutter sich irgendwann leicht schwankend erhob, ihr enges Kleid glatt strich und verkündete, sie wolle ein Taxi rufen, erbot er sich als Begleiter.

»Ich komme auch mit«, rief ich, um sie zu überzeugen. Als Inga zugestimmt hatte, den Weg doch lieber zu Fuß zurückzulegen, ein wenig frische Luft könne ja nicht schaden, und wir schon zu dritt vor der Taverne standen, entschied ich mich urplötzlich um. »Ich bleib noch ein wenig bei Cesara«, rief ich harmlos. Inga zwinkerte mir zu, ungewöhnlich vertraulich, und wünschte mir viel Spaß.

»Keine Sorge, mit mir kann dir nichts passieren«, gurrte Matteo und bot ihr seinen Arm. Dann beschritten die beiden den kleinen Weg, der durch den Wald zu unserem Anwesen führte. Unserem Anwesen, das Inga sich unter den Nagel zu reißen gedachte.

Ich folgte ihnen heimlich, in sicherem Abstand, die Kamera gezückt. Nur das Mondlicht drang durch den dichten Wald, doch für ein paar eindeutige Aufnahmen würde der extra empfindliche Film schon genügen – vorausgesetzt, Matteos Verführungskünste schlugen an. Ich hörte die beiden vor mir kichern, dann wurde Ingas Stimme plötzlich traurig.

»Oft langweile ich mich«, hörte ich sie klagen, »früher war alles ganz anders« und »ich bin viel allein«, dazwischen das tröstende Gemurmel des jungen Spaniers. Die Silhouetten der beiden Spaziergänger waren zu einer verschmolzen, Matteo hatte seinen Arm um Inga gelegt. Inga trug hohe Sandaletten, ich hatte sie noch nie in flachen Schuhen gesehen. Normalerweise beherrschte sie die Kunst des High-Heel-Ganges in jeder Lebenslage formvollendet, doch heute stolperte sie des Öfteren; ob es am Alkohol lag oder am unebenen Waldboden, kann ich nicht sagen. Doch fing Matteo sie auf, hielt ihren Arm fest und flüsterte verschwörerisch: »Ich bin bei dir, dir kann nichts passieren« und andere dämliche Sachen, bei denen bei einer Frau sofort alle Warnlichter angehen sollten.

»Ich habe noch nie jemanden wie dich getroffen«, vernahm ich Inga mit einer mir unbekannten Kleinmädchenstimme. Wie unangenehm mir das alles war! Ich fühlte mich schäbig dabei, den beiden so hinterherzuspannen, doch schließlich hatte ich eine wichtige Mission zu erfüllen. Hoffentlich kamen sie endlich zum Punkt, sodass ich ein paar aussagekräftige Fotos schießen und die Sache endlich hinter mich bringen konnte. Schon wieder blieben die beiden stehen und betrachteten unter begeistertem Gemurmel irgendein knöchriges Gewächs. Als hätten sie die nächtliche Flora und Fauna nicht allmählich genug gewürdigt! Und dann, ganz plötzlich, fast hätte ich es nicht mitbekommen, umarmten sie einander gierig, umkrallten sich, Matteos Rücken schlug hart gegen einen Baumstamm. Ich wendete mich ab und zählte von zwanzig rückwärts, dann lief ich mit gezückter Kamera auf die beiden zu, die mittlerweile eng umschlungen auf dem Waldboden neben der Straße lagen. Ingas Kleid war aufgeknöpft, der dünne Stoff hochgeschoben. Ihre braun gebrannten Beine waren leicht gespreizt, über ihr Matteo, ich registrierte einen weißen Slip unter ihrem Kleid hervorblitzen. Hektisch riss ich die Kamera hoch und knipste wild drauflos. Schreckerstarrt blickte mich Inga an, Matteo fluchte wütend: »Scheiße, was soll das, hättest du nicht noch

186

warten können!« Gleichzeitig drang Scheinwerferlicht durch die Bäume, ein Auto näherte sich in schnellem Tempo. Am Motorengeräusch erkannte ich sofort, wer da kam.

Das Gesicht meines Vaters werde ich nie vergessen. Als er aus dem Auto stieg, wirkte er grau und um Jahre gealtert. Er trat einen Schritt auf uns zu, öffnete den Mund, sagte aber nichts, machte nur eine hilflose Armbewegung, dann sprang er fluchtartig in den Wagen zurück und fuhr davon.

Der ursprüngliche Plan war, Inga mit den Fotos zu erpressen, entweder ließe sie die Finger von meinem Vater oder wir zeigten ihm das kompromittierende Material. Meinen Vater hatten wir schonen wollen. Das hatte sich jetzt erledigt. Ich schlich nach Hause, legte mich ins Bett und fühlte mich schlecht.

Am nächsten Morgen rief Viktoria an, laut dröhnte ihre Stimme durchs Telefon und verursachte mir Kopfschmerzen. »Ist doch alles prima!«, rief sie aufgedreht.

»Aber du hättest Helmuths Gesicht sehen sollen ...«, widersprach ich.

»Also komm, jetzt tu mal nicht so zimperlich. So etwas wäre früher oder später doch eh passiert! Hauptsache ist doch, Mallorca bleibt in der Familie!« In diesem Punkt musste ich Viktoria recht geben, Mallorca war die Hauptsache.

Helmuth und Inga haben sich nach dem Zwischenfall mit Matteo tatsächlich getrennt. Direkt am nächsten Tag hat Inga ihre Sachen gepackt.

Wir Kinder kommen nun wieder viel häufiger nach Mallorca, um meinen Vater zu besuchen und ihn ein bisschen aufzumuntern. Platz ist ja genug. Seit Inga weg ist, ist er nicht mehr derselbe. Er wirkt gealtert, zynisch, sogar verbittert. Das Thema Inga ist ein rotes Tuch, wir reden nicht über sie, sondern tun, als hätte es sie nie gegeben. Es wird Zeit, dass er sich wieder fängt, da sind wir uns einig. Zum Glück hat er Kinder, die sich um den alten Griesgram kümmern!

Was Mädchen halt so schreiben

Nick (25), Gartenpfleger, Wien,
über
Kai (20), Student, Wien,
und
Svenja (18), Eiskunstläuferin, Wien

>> Mein kleiner Bruder war schon im Krabbelalter ein Frauenschwarm. Alle finden ihn toll. So gern ich ihn mag, habe ich doch nie ganz verstanden, was so großartig an ihm sein soll. Kai ist ein männliches Flittchen, das sieht man doch sofort.

»Geeeiiiil gebumst«, ruft mein kleiner Bruder und wippt veranschaulichend auf seinem Tresenstuhl vor und zurück. Ich muss mich beherrschen, um ihn nicht runterzuschubsen. Das Ganze ist mir peinlich.

»Schön für dich«, sage ich stattdessen, »aber muss das denn der ganze Laden hier mitbekommen?« Kai schaut sich alarmiert um, doch niemand beachtet uns, nur zwei studentisch aussehende Mädchen im hinteren Teil des Ladens recken ihre Hälse nach ihm. Sofort nimmt er Blickkontakt auf.

189

»Hört uns doch niemand«, gibt er zurück, ohne die Mädchen aus den Augen zu lassen, und streicht sich mit der Hand eitel durch seine dunklen Locken. »Aber zurück zu gestern, Svenja ist echt der Hammer. Eiskunstläuferin! Hattest du schon mal was mit einer Eiskunstläuferin?«

Er kennt die Antwort, wartet also nicht ab, sondern erzählt weiter: »Wahnsinnig gelenkig, sag ich dir! Die kann die Beine hier so hinter den Kopf ...« Kai greift nach seinem beturnschuhten Fuß und zieht daran, gleichzeitig beugt er den Oberkörper.

»Ja ja, versteh schon ...«, grummele ich.

»Richtig akrobatisch, ich hab sie in der U-Bahn kennengelernt, Svenja ist ganz neu in Wien. Wir haben uns abends direkt getroffen, im ›Reinberg‹, hab ihr ein paar Läden gezeigt. Dann bin ich mit zu ihr. Sagenhaft, sag ich dir ...«

»Bist du jetzt verliebt?«, frage ich Kai, bevor er weitere Details auspackt, die ich lieber nicht hören möchte.

»Verliebt? Wie? Nee, ich hab doch Maja«, antwortet er kopfschüttelnd. Ja, stimmt. Maja ist Kais feste Freundin, schon seit einem Jahr. Maja ist hübsch, aber eine dumme Göre, zickig und biestig. Keiner versteht, was Kai an ihr findet, vor allem schon seit so langer Zeit. Ein Jahr ist für Kais Verhältnisse eine Ewigkeit. Ebenfalls weiß keiner, warum sie nicht merkt, dass er sie ständig betrügt. Wenn sie davon wüsste, würde sie ihn in Stücke reißen, da bin ich mir sicher.

»Ich muss mal los«, sage ich, »Caro kocht heute. Kommst du noch mit?«

»Ach nee, danke, ich bleib noch was hier«, sagt Kai und wirft einen Blick nach hinten, wo die Mädchen über ihren Büchern kichern. »Vielleicht kann ich ein bisschen Nachhilfeunterricht geben. Mach es gut, Bruder.«

Ich lasse den Schwerenöter allein und fahre nach Hause zu meiner Freundin. Mein kleiner Bruder war schon im Krabbelalter ein Frauenschwarm. Alle finden ihn toll. So gern ich ihn mag, habe ich doch nie ganz verstanden, was so großartig an ihm sein soll. Kai ist ein männliches Flittchen, das sieht man doch sofort. Na gut, er ist recht hübsch, aber dafür auch eitel, steht ständig vorm Spiegel und mindestens zweimal in der Woche geht er ins Fitnessstudio. Was für ein geistloser Zeitvertreib. Und anschließend bräunt er sich im Solarium. Das ist doch peinlich, oder? Aber jedem das Seine.

Erst zwei Wochen später meldet Kai sich wieder bei mir. Nachts. In meinem Traum flüchte ich gerade vor Zombies, ich sehe eindeutig zu viele Gruselfilme. Trotzdem wehre ich mich, als mein Telefon klingelt. Ich will weiterschlafen. Erst als Caroline neben mir zu zappeln anfängt und »Mach das aus, mach das aus!« greint, rappele ich mich auf und suche das Handy. Kai? Auf keinen Fall! Ich drück ihn weg, schalte auf Lautlos und schließe wieder die Augen. Immerhin ist es ein Uhr nachts, ich muss um acht Uhr aufstehen. Als ich fünf Minuten später noch einmal blinzele, leuchtet und vibriert das Telefon noch immer panisch neben meinem Bett. Jetzt werde ich doch ein bisschen neugierig. Achtmal Kai und zwischendurch irgendeine fremde Nummer. Mehrere Nachrichten sind ebenfalls eingetroffen: »Geh sofort ran!«, »Hilfe«, »Notfall!!!« und dergleichen. Kai steckt offenbar in Schwierigkeiten. Ich greife nach den Zigaretten und schlurfe in die Küche.

»Was gibt's?«, murmele ich schlaftrunken.

»Oh Gott, Nick! Endlich! Du musst mir helfen! Bitte! Ich brauch dich!« Hektisch beginnt mein kleiner Bruder zu berichten: »Maja dreht gerade durch! Ich hab dir doch von Svenja erzählt?«

»Ja, hast du? Welche war das noch mal?«, frage ich, denn da Kai mir ständig stolz von seinen Eroberungen berichtet, komme ich schon mal durcheinander. Er hat so viele Affären und One-Night-Stands, dass man schnell die Übersicht verlieren kann. Svenja, die Eiskunstläuferin, so berichtet Kai jetzt, habe er noch zwei oder drei Mal zum Sex getroffen, eigentlich nicht weiter wichtig, er habe die Sache eh auslaufen lassen wollen. Sie sei aber sehr anhänglich und schicke ihm ständig Nachrichten. Die lösche Kai natürlich umgehend, bis auf die letzte Mail, und die sei heute Abend direkt vor seiner Freundin Maja aufgeploppt. Er habe es nicht verhindern können, Maja habe sie gelesen und sei völlig ausgeflippt. Ich müsste die Wohnung mal sehen! Seinen Laptop habe sie aus dem Fenster geworfen. Das ist typisch Maja, denke ich, sie hat wirklich kein Benehmen.

»Was hat Svenja denn geschrieben?«

»Na ja ... was Mädchen halt so schreiben«, antwortet Kai ausweichend.

»Und was hab ich damit zu tun?«, gähne ich. Ich will zurück ins Bett.

»Na ja ... ich habe Maja erzählt, dass du meinen Account benutzt, also dass Svenjas Nachricht eigentlich für dich war ... ich konnte doch nicht anders! Ich musste doch irgendwas erzählen!«

»Ah ... und warum sollte ich deinen Account benutzen?«

»Weiß ich auch nicht ... na ja, wegen Caroline, damit die das nicht mitbekommt, wenn du flirtest und wegen der Fotos ...« Er druckst herum: »... und ich bin ja auch ein bisschen ... trainierter als du ...«

»Wie bitte?«

»Kannst du dir da nicht was einfallen lassen? Komm schon! Maja ruft dich bestimmt gleich an, ich hab ihr deine Nummer gegeben.« Das wird ja immer schöner.

»Was? Nein! Ich kann deiner Freundin doch nicht irgendwelche Lügengeschichten erzählen! Das musst du schon selbst regeln!«

»Bitte, Nick, du musst mir helfen. Ich mach auch alles, was du willst. Für immer! Gehst du ran, wenn Maja anruft? Erklärst du's ihr?«

»Ich denk drüber nach ... ich muss jetzt schlafen, lass uns morgen telefonieren!« Ich würge Kai ab, der vor sich hin wimmert, und schalte mein Handy aus. Langsam werde ich ärgerlich. Das ist so typisch für ihn. Erst gibt er stolz mit seinen Eroberungen an und dann heult er, wenn er erwischt wird, und ich soll ihn aus der Affäre ziehen. Caroline ist wach, als ich wieder ins Bett krieche.

»Was ist denn passiert«, fragt sie und da ich alles mit meiner Freundin bespreche, erzähle ich es ihr.

»Hmm ... na ja, Kai ist dein Bruder und Maja kann ich nicht leiden, das Biest! Aber dass er sie ständig betrügt, finde ich trotzdem nicht gut. Und dass er dich da mit reinzieht, auch nicht«, fasst sie zusammen. »Lügen ist immer scheiße. Aber er ist nun mal dein Bruder, du musst selbst entscheiden, ob du ihm wieder aus der Patsche hilfst ...«

»Ich soll sagen, dass ich Kais Fotos benutze, um Frauen kennenzulernen, weil er so schön trainiert ist und ich nicht?«, knurre ich übellaunig.

»Ja ... und wegen seiner Wuschellocken!«, sagt sie lächelnd. Wuschellocken? Wie bitte?

»Ich dachte, du stehst auf meine Glatze?« Entrüstet ziehe ich mir die Decke über die Ohren und drehe mich zur Wand. Caroline lacht, doch ich finde das nicht komisch, zerknirscht schlafe ich ein.

Als ich am nächsten Morgen mein Telefon einschalte, meldet es sieben verpasste Anrufe. Kai fleht. Er will Maja das nicht antun, sie soll nicht erfahren, dass sie betrogen hat, er wird sich von ihr trennen, später, aber fair und nicht so, es tut ihm leid, dass ich für ihn lügen muss, aber jetzt hat er schon gelogen, jetzt kann er das nicht mehr rückgängig machen ... so geht es noch weiter, aber ich lege auf, denn ich muss ins Garten-Center und mich um meine Pflanzen kümmern. Schließlich habe ich auch noch ein eigenes Leben. In der Mittagspause sehe ich, dass schon wieder unzählige Anrufe eingegangen sind. Das wird ja richtig lästig.

»Bitte kläre das mit Maja – sie wartet«, schreibt Kai. Ich soll das klären? »Klären« ist ja wohl nicht das richtige Wort. Aber gut, ich werde ihm helfen. Dafür soll er mir sein Auto leihen, einen Sommer lang, bedingungslos, wann immer ich es brauche. Kai stimmt zu. Als die fremde Nummer das nächste Mal aufleuchtet, hebe ich ab.

»Hallo?«

»Nick? Hier ist Maja! Kai hat mir erzählt, dass du sein Face-book-Profil benutzt, um Frauen aufzureißen?« Majas ohnehin schon schrille Stimme klingt heiser, als hätte sie in letzter Zeit besonders viel geschrien.

»Äh, ja …«, stimme ich zu.

»Ich finde das ja sooo schäbig! Du solltest dich schämen! Das hört jetzt auf!«, herrscht sie mich an.

»Ja, o.k.«, sage ich und beiße die Zähne zusammen. Unver-schämtheit. Ich konnte Maja noch nie leiden. So, jetzt hatte ich für Kai gelogen und konnte ja wohl wieder an die Arbeit gehen. Doch Maja war noch nicht fertig.

»Was würde Caroline wohl dazu sagen? Deine arme Freundin so zu hintergehen!«, fährt sie fort. Jetzt klingt sie boshaft und ge-nüsslich zugleich. »Diesmal sage ich ihr noch nichts davon … aber wenn ich noch einmal mitkriege, dass du Kai in Schweinkram reinziehst, dann kannst du was erleben! Das kannst du mir aber glauben!«

Ich beiße wütend die Zähne zusammen. Wie redet die denn mit mir? Bevor ich etwas erwidern kann, legt sie grußlos auf. Empört wähle ich Kais Nummer.

»Ich hab mit Maja gesprochen. Was spielt die sich denn so auf?«

»Danke! Danke! Du bist der Beste«, freut sich Kai. »Eins muss ich dir noch sagen. Svenja hat mir nichts geschrieben, sondern mir nur ein paar Fotos geschickt.«

»Fotos?«

»Ja, Muschibilder. Ich muss jetzt leider los …«

»Muschibilder«, krächze ich, doch Kai hat schon aufgelegt.

Das Skihaserl

Stefan (31), Bäcker, Frankfurt am Main,
über
Bettina (28), Medizinisch-technische Assistentin, Frankfurt am Main

>> Die Sache sei vorbei und vergessen, machte ich meinen Mitwissern klar, keiner solle jemals davon erfahren, und die beiden wären die längste Zeit meine Freunde gewesen, wenn sie sich nicht daran hielten. «

Tine hab ich kennengelernt, als ich mit zwei Freunden im Ötztal zum Skilaufen war. Eigentlich verabscheue ich Hüttengaudi und Après-Ski-Spaß, ich will Ski laufen und nicht in stickigen Skihütten mit hochpromilligen Kreischhälsen zu DJ-Ötzi-Rhythmen herumstampfen, doch so ganz kann man sich dem Grauen ja meist nicht entziehen. Also begleitete ich meine Freunde, die sich in dieser Woche keine Party hatten entgehen lassen, am letzten Nachmittag nach der Abfahrt in die gesellige Jausenstation Schönberg. Ralf und Corni sahen am Urlaubsende alles andere als erholt aus, dunkle Augenringe schattierten ihre zerfurchten Gesichter. Ich war nur froh, dass sie bislang niemanden umgefahren hatten, so grobmotorisch und tumb standen sie mittlerweile auf ihren Snowboards.

»Drei Schlüpferstürmer«, krächzte Ralf kraftlos über den Tresen. Ab der vierten Runde kehrten seine Lebensgeister zurück.

»Noch son Gamsmilch!«, grölte mein Freund gestärkt, stampfte und schüttelte die Fäuste zu Almklausis »Lo-Lo-Los«.

Ich wandte mich lieber ab. Es war überfüllt und unerträglich heiß in der Hütte, wohl um die Skihaserln zu animieren, ihre Daunenanzüge aufzuknöpfen und die Bikinioberteile freizulegen. Ich wollte mich durch die tobenden Menschen nach draußen auf die Sonnenterrasse schlängeln. Da stellte sich mir ein Mädchen in den Weg.

»Hey, nicht gehen! Lass uns tanzen!« Tanzen? War das ihr Ernst? Irgendwer trällerte gerade über die »Musi, die so schön spielt«, begleitet von hysterischem Gejodel, es konnte einfach nicht ihr Ernst sein. Doch das Mädchen war hübsch, sehr hübsch sogar. Braunhaarig, sommersprossig und ein wenig pausbäckig, was ihr aber gut stand. Sie sah aus wie das Rosenresli, das in Kindertagen eine meiner Hörspielkassetten geziert hatte. Nur älter und in Neonfarben. Also kehrte ich um und versuchte trotz der Enge ein paar schmissige Bewegungen hinzulegen, hoffend, dass mich niemand beobachtete.

»Wie heißt du denn? Machst du hier Urlaub?«, schrie ich Resli über das Gejodel zu.

»Bettina«, rief sie, »kannst mich aber Tine nennen!« Sie kam ebenfalls aus Frankfurt und war vorgestern angekommen. Wir hopsten und schrien eine Weile, ich fühlte mich dabei sehr albern, dann verließ ich die Lokalität, nicht ohne mich mit Tine für später verabredet zu haben. Ganz unverbindlich natürlich, es war der letzte Abend meines Urlaubs, morgen würde ich nach Hause fahren, zu meiner Freundin Esther.

»Freue mich wahninnig auf dich, meine Süße«, tippte ich in der Badewanne an Esther, dann machte ich mich auf den Weg in die Dorfdisco, wo das nachmittägliche Hüttenfest seine Fortsetzung fand. Am nächsten Tag war Sonntag, ich musste früh aufstehen, um die Heimfahrt anzutreten, also hatte ich nicht vor, zu übertreiben. Tine empfing mich in Hochstimmung, stellte mich einigen Freundinnen vor, deren Namen ich sofort vergaß, trank mit mir, plauderte, dann tauschten wir Handynummern. Tine war sehr fröhlich, hatte zu allem eine Meinung, sodass man sich mühelos mit ihr unterhalten konnte. Sie lachte viel und wich nicht von meiner Seite. Zum Abschied brachte sie mich noch an die Tür, wir schüttelten uns die Hände, gaben uns zwei Küsschen auf die Backe – und knutschten auf einmal übergangslos. Ganz ungeplant geschah das und unerwartet. Ich meine, Tine sah richtig gut aus, aber da ich eine Freundin hatte, hab ich mich nicht irgendwie ins Zeug gelegt, sondern die Dinge einfach geschehen lassen. Derart hübsche Mädchen knutschen erfahrungsgemäß nicht einfach so mit Typen, die sie gerade kennengelernt haben. Doch Tine sah das offensichtlich anders.

»Ich bring dich noch ein Stück«, sagte sie und da mein Hotel in Fußnähe lag, liefen wir die Straße entlang nebeneinanderher, hielten aber alle paar Meter an, um uns zu küssen. Die dunkle verschneite Straße, die weißen Atemwolken, ihr angenehm leises Lachen – sonst war alles still –, es schien so unwirklich, so weit fort von meinem normalen Leben. Ich wollte nicht, dass es vorüberging. Trotzdem hörte ich mich sagen: »Ich hab eine Freundin. Die wartet zu Hause.«

»Das macht doch nichts«, entgegnete Tine. So unbekümmert, dass ich beschloss, ihr einfach zu glauben. Als wir irgendwann doch vor meinem Hotel ankamen, wollte ich mich verabschieden – ich erzähle das nicht, um besser dazustehen, es war wirklich so –, doch Tine sagte: »Ach, ich komm noch mit.« Beiläufig, als böte sie mir einen Kaugummi an. Also folgte ich ihr in mein Hotel. Corni und Ralf kamen ausgerechnet in diesem Moment aus dem Aufzug, starrten uns mit blutunterlaufenen Augen an, eher erstaunt als sensationslüstern, denn, wie gesagt, ich bin eigentlich kein Aufreißertyp. Gequält stellte ich die drei einander vor, dann betrat ich hinter Tine den Aufzug und drückte den Knopf für die dritte Etage.

Im Zimmer küsste mich Tine, mit einer Hand knipste sie dabei hinter meinem Rücken an der Beleuchtung herum, mit der anderen knöpfte sie effizient mein Hemd auf. Ich floh ins Badezimmer, um Zeit zu gewinnen, putzte mir im grellen Neonlicht die Zähne und betrachtete ein wenig ratlos mein Spiegelbild. Einerseits irritierte es mich, dass diese Fremde so einfach mit in mein Hotelzimmer kam, andererseits schien sie zu wissen, was sie wollte. Das beeindruckte mich, denn das wissen ja die wenigsten.

Als ich aus dem Bad kam, saß sie in Unterwäsche (neonpink) auf meinem Bett und las in dem Buch, das auf meinem Koffer gelegen hatte. Ein Geschenk meiner Mutter, das ich noch von dem weihnachtlichen Besuch im Gepäck hatte: *So kriegen Sie jede Frau rum – egal wie Sie aussehen.* Meine Mutter hatte nach ihrer Scheidung noch einmal ziemlich »durchgestartet« und vertrat nun ganz eigene Ansichten zu einem erfüllten Lebenskonzept. Sie fand mich zu langweilig und war stets bemüht, dies zu ändern. Peinlich berührt dachte ich an die Widmung.

»Egal wie Sie aussehen!«, lachte Tine.

»Das hab ich geschenkt bekommen – von meiner Mutter«, sagte ich, was Tine noch mehr zum Lachen brachte. Sie schlug die erste Seite auf und begann laut zu lesen: »Für meinen kleinen stoffeligen …« Ich sprang auf sie zu und versuchte ihr das Buch zu entreißen. »Das ist privat«, schnappte ich, als ich es ihr endlich entwunden hatte. Doch zu spät.

»Haha, du kleines stoffeliges … Würstchen!«, kreischte Tine. Am liebsten hätte ich ihr die Hände um den Hals gelegt und zugedrückt, doch ich fing mich. Stattdessen legte ich eine Hand auf ihre runde Brust, die bei dem Gerangel aus dem pinkfarbenen Bikini gerutscht war. »Du machst dich also lustig über mich? Das musst du jetzt wiedergutmachen«, sagte ich im Pornomodus und drückte ihren Kopf an meinem Bauch nach unten.

Am nächsten Morgen um sieben piepste der Wecker. Tine sprang auf, zog sich blitzschnell an und küsste mich zum Abschied: »Ich will früh auf die Piste!« Im Halbschlaf murmelte ich etwas Bewunderndes, dann sank ich zurück ins Bett, bis meine Freunde um neun an meine Tür trommelten.

Schon beim Frühstück löcherten sie mich mit Fragen, auf die ich nur ausweichend antwortete. Obwohl Ralf und Corni beide solo waren und alles darangesetzt hatten, im Urlaub Frauen kennenzulernen, war es ihnen im Gegensatz zu mir nicht geglückt, mit einem der Skihaserl über Small-Talk hinauszukommen.

»Wie hast du das angestellt?«

»Wie war es denn, du Schandluder?«

Irgendwann reichte es mir. »Ich will kein Wort mehr darüber hören – nie wieder!« Die Sache sei vorbei und vergessen, machte ich meinen Mitwissern klar, keiner solle jemals davon erfahren, und die beiden wären die längste Zeit meine Freunde gewesen, wenn sie sich nicht daran hielten. »Das war ein einmaliger Ausrutscher«, schloss ich und nahm ihnen das Schweigegelübde ab.

Tine schrieb noch ein Mal, eine SMS. Gute Fahrt und dass es nett gewesen sei, mehr nicht. Nett? Was sollte das denn heißen? Aber offenbar war alles gut, so wie es war, und sie hegte keine weiteren Erwartungen. Beruhigt schrieb ich zurück, schönen Urlaub noch und ja, war wirklich nett!

Drei Monate später schob ich mich Hand in Hand mit Esther durch die überfüllte Frankfurter Fußgängerzone. Es war Samstag, scheußliches Märzwetter und wir hatten Filme, Snacks und anderes Utensil gekauft, um uns den Rest des Wochenendes drinnen verkriechen zu können. Plötzlich entdeckte ich Tine. Sie sprach mit einem rothaarigen Mädchen und kam direkt auf uns zu. Wie paralysiert blieb ich stehen, dann sprang ich zu einem Ständer mit geblümten Hauskitteln. Sie durfte mich nicht sehen!

»Was machst du da?«, fragte Esther.

»Oh! Schön sind die! Schau mal!« Mit dem Rücken zum Geschehen hielt ich den grünbraun geblümten Polyesterstoff in die Höhe. Bettina war jetzt auf Esthers Höhe, gleich war die Gefahr gebannt. Da geschah etwas Unerwartetes. Ich hörte einen spitzen Schrei hinter mir, dann noch einen, und als ich mich vorsichtig umdrehte, um zu sehen, was da vor sich ging, sah ich, dass Tine und meine Freundin einander um den Hals gefallen waren. Sie kannten sich? Fassungslos kniete ich mich hinter den Ständer und beobachtete so ungesehen das nun folgende Begrüßungsritual, das ich von Esther und ihren Freundinnen bereits kannte.

Wie geht's dir denn, super und dir, auch super, das freut mich, ja toll, und wie toll du aussiehst, du aber auch, klasse Frisur, deine erst, die Haarfarbe, kurz steht dir ausgezeichnet, danke, du aber auch, abgenommen hast du, steht dir, toller Rock …

»Ich begleite Moni zu einem Vorsprechen, wir müssen weiter«, brach Tine irgendwann ab und stellte ihre rothaarige Begleitung vor.

Jetzt erst fiel Esther auf, dass ich nicht mehr da war: »Hallo! Und das … ach, wo ist denn mein Freund?«, fragte sie irritiert, »gerade war er doch noch da.«

»Komisch. Wir müssen uns aber auch beeilen, war schön, dich zu sehen, bis bald!«

Noch eine Abschiedsumarmung, dann verschwanden die beiden. Esther blieb stehen und sah sich suchend nach mir um. Ich tauchte unauffällig wieder auf, murmelte eine Entschuldigung.

»Jetzt hast du Tine gar nicht gesehen! Mit der hab ich mal MTA gelernt, bevor ich das abgebrochen hab.« So war das also. Wie lächerlich klein war die Welt.

»Doch, doch, die habe ich noch gesehen. Gute Freundin von dir, was?«

»Nein! Eine ganz blöde Gans ist das! So ein Flittchen! Die macht auch vor gar nichts halt! Und was die anhatte! Hast du das gesehen? Schlimm. Diese Neonfarben! Geschmacklos.«

»Ach, so schlimm fand ich sie gar nicht«, sagte ich matt. Dann lief ich mit Esther zur Tiefgarage. Tine haben wir seitdem nicht mehr gesehen.

Die Hermanns

Otto (48), Architekt, Saarbrücken,
über
Valeska (37), Hausfrau, Saarbrücken

> **»** Sie trug eine kurze taillierte schwarze Seiden-
> jacke, die den Einschnitt zwischen ihren Brüs-
> ten mehr als nur vorteilhaft zur Geltung brachte,
> und waghalsig hohe Absätze. Ihre Designerjeans
> sahen aus, als wären sie ihr auf die Haut gemalt. **«**

Als mir die Sache mit Valeska passierte, war ich seit gut fünf Jahren mit Sarah verheiratet. Ich sage bewusst, dass mir diese Sache
passierte, denn sie kam über mich wie ein Gewitter am Ende eines
schwülen Hochsommertages oder eine Grippe im November.

Sicher, ich liebe meine kluge und verständnisvolle Sarah und
meine beiden Kinder Roberta und Max, damals fünf und drei
Jahre alt, über alles, und seit ich Sarah kenne, hatte ich nie eine
Affäre und habe auch keine gesucht. Manchmal bemerke ich
zwar, dass sich Frauen, vor allem auch jüngere Frauen, nach mir
umschauen, aber ich bin alles andere als ein Frauenheld. Dazu
habe ich kein Talent, ich bin einfach zu schüchtern und leider
etwas unbeholfen in diesen Dingen. Man könnte auch sagen,
ich bin etwas verklemmt, das jedenfalls meint mein Freund und

Partner Tobias, ein Meister in der Leichtigkeit des Seins. Tobias leide an »Don Juanismus«, hatte Sarah einmal gespottet.

Tobias und ich betreiben in einer mittelgroßen Stadt ein Architekturbüro. Zwar ist dies nicht gerade die günstigste Zeit für Architekten, doch wir halten uns vor allem mit der Sanierung älterer Gebäude über Wasser. Das ist nicht sonderlich einträglich und kostet uns viel Zeit, aber wir haben meistens genügend Aufträge.

Einer dieser Aufträge war die Renovierung einer hübschen, halb verfallenen Villa, in der besten Lage der Stadt in einem verwilderten kleinen Park gelegen. Gekauft hatten sie die Eheleute Franz und Valeska Hermann. Ich kannte die beiden nicht, aber sie hatten über meine Sekretärin einen Termin für eine Vorbesprechung mit mir vereinbart. (Natürlich muss ich die Namen meiner Auftraggeber ändern, und aus Gründen der Diskretion werde ich auch den Namen unserer Stadt verfremden.)

Als die Sekretärin die beiden in mein nicht sehr repräsentatives und unaufgeräumtes Büro führte, war es, als hätte mich ein Faustschlag in die Magengrube getroffen – allerdings ohne dass es wehtat. Der Mann war ein grobschlächtiger, lauter Klotz von vielleicht fünfzig Jahren, offenbar ziemlich wohlhabend, aber ein Ekel. Die Frau aber war eine dunkle, elegante Schönheit, mittelgroß, schmales, mediterranes Gesicht mit großen lebhaften Augen, voller, sinnlicher Mund. Mir schien, dass ich selten einer so attraktiven Frau begegnet war. Sie mochte etwa zehn Jahre jünger sein als ihr Mann. Ihr offensichtlich teures nadelgestreiftes schwarzes Kostüm betonte die schlanken Formen ihrer Figur. Während sie mir ihre schmale, gepflegte Hand reichte, warf sie mit einer gekonnten Bewegung die üppigen schwarzen, bis über die Schultern reichenden Haare zurück, sodass es aussah wie in einer Werbung für Haarfestiger. Sie schien diesen Schwung intensiv geübt zu haben. Dabei musterte sie mich neugierig und, wie mir schien, leicht amüsiert. Ich war hingerissen.

202

Verwirrt und unbeholfen zog ich den beiden zwei Stühle heran und bat sie mit belegter Stimme, Platz zu nehmen. Valeska, so nannte ich sie insgeheim schon, rollte die Baupläne der alten Villa auf meinem Schreibtisch aus und erklärte ihre Umbauwünsche. Dabei betrachtete sie mich wieder mit diesem spöttisch-interessierten Lächeln, das so gar nichts Geschäftliches hatte und das zugleich Interesse als auch Distanz zu signalisieren schien. Ich glaube, in meiner Verwirrung habe ich kaum einen vernünftigen Satz herausgebracht und bestimmt keine überzeugende Figur gemacht, und so war ich überrascht, als die beiden am Ende erklärten, sie wollten den Umbau und die Sanierung ihres künftigen Heims vertrauensvoll in meine Hände legen. Ich war fast erleichtert, als meine neuen Auftraggeber sich nach zwei Stunden verabschiedet hatten, zugleich aber sehnte ich den Tag herbei, an dem wir gemeinsam zum ersten Mal das Haus besichtigen wollten und ich Valeska wiedersehen würde. Ja, ich fieberte diesem Tag entgegen, diese Frau ging mir nicht mehr aus dem Kopf.

Als ich durch das prachtvolle schmiedeeiserne Tor des Parks trat, parkte in der Einfahrt ein neuer schwarzer Mercedes mit getönten Scheiben und auffälligen Sonderfelgen, vermutlich Hermanns Wagen. Im selben Moment kamen mir auch schon Valeska und ihr Mann auf der Treppe der Villa entgegen. Diesmal trug sie, dem Anlass entsprechend, Stiefel, Jeans und eine schlammfarbene Arbeitsjacke aus festem Stoff, eine Art Arbeitskleidung zwar, aber auch wieder mit einem Hauch luxuriöser Eleganz, wie aus einer Edelboutique. Und sie erschien mir noch genauso umwerfend schön wie beim ersten Mal.

Die Begutachtung des Hauses verlief in freundlich-lockerem Geplauder. Das Gemäuer war in einem erbärmlichen Zustand und es würde eine Menge Geld und Arbeit kosten, es wieder bewohnbar zu machen. Aber die Verhandlungen mit den beiden waren angenehm, und Herr Hermann erwies sich als großzügiger, oder besser gesagt leicht großkotziger Bauherr, was ihn mir als seinem

Architekten natürlich um eine Nuance sympathischer machte. Trotzdem fragte ich mich, was dieses ungleiche Paar zusammengeführt haben mochte. Vermutlich war es sein – offenbar reichlich vorhandenes – Geld, wobei ich allerdings nie herausgefunden habe, welchen Geschäften Herr Hermann eigentlich nachging.

Die Arbeiten an der Villa der Hermanns gingen gut voran. Ich sah Valeska fast wöchentlich auf der Baustelle, allerdings immer nur in Begleitung ihres Mannes. Und immer waren da ihre neugierig taxierenden Blicke – und eine schwer zu beschreibende Spannung zwischen uns. Fast bedauerte ich den schnellen Fortgang der Arbeiten, bedeutete er doch, dass ich nach deren Abschluss Valeska wohl nicht mehr sehen würde.

Dann aber, es war Anfang September und die Arbeiten an der Villa standen kurz vor ihrem Abschluss, geschah etwas Unerwartetes. Ohne Anmeldung rauschte Valeska eines Morgens in mein Büro, allein. Sie erschien mir blasser als sonst, und auch der Spott war aus ihrem Blick verschwunden. Nachdem sie mir gegenüber am Tisch Platz genommen hatte, eine Tasse Kaffee vor sich, so als handele es sich um eine normale Besprechung, verkündete sie: »Wir werden nicht in das Haus einziehen. Wir werden es verkaufen, so wie es ist. Es tut mir leid, aber machen Sie Ihre Rechnung fertig, natürlich mit dem entgangenen Gewinn für die Restarbeiten. Mein Mann wird das schon zahlen.« Ihre Stimme klang ruhig und gelassen, als sie erklärte, dass sie sich von ihrem Mann getrennt habe und sich scheiden lassen werde. Das kam für mich zwar unerwartet, wunderte mich aber eigentlich nicht, und auch ihr schien es nicht gerade das Herz zu brechen. Als sie sich verabschiedete, war das spöttische Lächeln in ihre Augen zurückgekehrt, diesmal allerdings mit einem Zeichen von geheimem Einverständnis – so schien es mir jedenfalls.

»Vielleicht sehen wir uns ja mal wieder«, meinte sie leichthin.

»Vielleicht. Bestimmt. Ja natürlich!«, stotterte ich. Aber da hatte sie schon die Tür hinter sich zugezogen, nicht ohne vorher ihr Haar in dieser unnachahmlichen Weise über die Schultern geschwungen zu haben.

Warum hatte ich nicht die Gelegenheit ergriffen und mich mit ihr verabredet? Aber was hätte ich ihr vorschlagen können, wohin hätte ich sie einladen sollen? Es war einfach alles zu schnell gegangen, jedenfalls für meine Verhältnisse. Zurück an meinem Schreibtisch, fand ich ihre Visitenkarte, auf der sie mit zierlicher und doch energischer Handschrift ihre neue Adresse und Telefonnummer eingetragen hatte.

Zwei Wochen trug ich Valeskas Karte in meiner Brieftasche mit mir herum und meinte fast, sie ständig durch den Stoff meines Hemdes auf der Haut zu spüren wie ein Hitzepflaster zur Behandlung von Rheuma. Ich konnte mich nicht mehr auf meine Arbeit konzentrieren, machte Fehler, weil ich ständig grübelte, wie ich es anstellen könnte, sie wiederzusehen, bis mich Tobias – Sie erinnern sich, mein Freund und Kollege – ansprach, was mit mir los sei. Tobias hatte für alles, was mit Liebe, Erotik u. Co. zu tun hatte, ein offenes Ohr, und so gestand ich ihm meine Liebeskrankheit. Wir entwarfen eine Strategie, einen, wie ich heute finde, niederträchtigen und ziemlich absurden Plan.

Mit klopfendem Herzen und zitternden Fingern wählte ich am nächsten Tag die Mobilnummer auf Valeskas Karte. Es dauerte eine Weile, aber dann meldete sie sich, nur mit ihrem Vornamen. Dieses »Valeska« traf mich wie ein süßer Stich; ein Junkie muss etwas Ähnliches fühlen, wenn er die ersehnte Nadel in seiner Haut spürt. Mit heiserer Stimme meldete ich mich. Sie schien erfreut über meinen Anruf, jedenfalls sagte sie, dass sie eigentlich schon darauf gewartet habe.

»Ich würde dich, äh, Sie gern wiedersehen«, stotterte ich. »Du kannst mich ruhig duzen. Du weißt ja, ich heiße Valeska.«

»Otto – ich heiße Otto.« Mein Name hat mir noch nie sonderlich gefallen, jetzt aber empfand ich ihn als peinlich, irgendwie nicht passend zu dieser eleganten Frau.

Als ich den roten Trennknopf des Telefons drückte, hatte ich sie für den kommenden Freitag um acht ins »La Mamma« eingeladen. Das »Mamma« war ein Edelitaliener, angeblich das beste, allerdings auch das teuerste Restaurant weit und breit. Mit Sarah war ich noch nie dort, wohl wegen der Preise.

Heute war Mittwoch, also würde ich Valeska übermorgen in ihrer neuen Wohnung abholen. Ich war aufgeregter als ein Schüler vor seinem ersten Date.

Am Freitag rief ich Sarah vom Büro aus an, um ihr zu sagen, dass ich heute schon früher nach Hause käme, so gegen fünf. Sie solle etwas Feines kochen, und ich würde eine Flasche von dem neu gekauften St. Emilion aufmachen, der eigentlich für Weihnachten oder so gedacht war. Wir würden es uns so richtig gemütlich machen. »Wird doch mal wieder Zeit, oder?« Meine Stimme schien mir unsicher und verlogen. Sarah war überrascht, aber dann schien ihr der Vorschlag zu gefallen: »Prima, ich freu mich, komm nicht zu spät!« Ich fühlte mich schon etwas schäbig.

Als ich nach Hause kam, füllte schon der köstliche Duft von Sarahs Roastbeef die Wohnung. Ich kenne niemanden, der ein solches Roastbeef zaubern kann wie Sarah, und an diesem Abend schien es ihr besonders gut gelungen, ein Meisterstück. Ich öffnete den St. Emilion, wir steckten die Kinder in die Badewanne, und dann duschte ich zusammen mit Sarah. Es hätte wirklich ein schöner Abend werden können.

Als wir uns gerade alle vier in unseren flauschigen Bademänteln an den Tisch gesetzt hatten, es war gegen Viertel nach sieben, schrillte das Telefon. »Geh du dran«, bat ich Sarah, »wenn es ein Kunde ist, sag, ich bin nicht da oder krank oder gestern gestorben.« Sie verdrehte vorwurfsvoll die Augen und ging ins Nebenzimmer zum Telefon.

»Ja, da ist er schon, aber im Moment passt es überhaupt nicht. Hat das nicht Zeit bis morgen?«, hörte ich sie durch die offene Tür. Dann war es eine Weile still. Ihr Gesprächspartner schien

intensiv auf sie einzureden. Mit ärgerlich vorgeschobener Unter-
lippe, bei ihr ein Zeichen höchsten Unmuts, kam sie zurück ins
Esszimmer und hielt mir das Telefon hin. »Für dich, es ist Tobias.
Angeblich ungeheuer wichtig.«

Ich übernahm. Tobias murmelte zum Schein etwas von Plänen, die bis morgen fertig sein sollten, und dass alles fürchterlich
schwierig sei. »Nein Tobias, das ist nicht dein Ernst! Ich kann
jetzt wirklich nicht und wenn du dich auf den Kopf stellst«, empörte ich mich. »Nein, bitte, Tobias, versteh doch, gerade heute
Abend ist es besonders unpassend.« Wieder folgte irgendein
blödsinniges Gerede seinerseits, bis meine gespielte Ablehnung
langsam abebbte und ich scheinbar nachgab: »Okay, der Betrieb
geht eben vor. Ich bin in einer halben Stunde bei dir.«

»Es ist wegen der Sache mit der Major-Bau. Die wollen morgen
früh die Pläne abholen. Tobias kommt damit allein nicht zurecht.
Ich muss noch mal weg. So eine Scheiße!«, erklärte ich meiner
verdutzten Familie und verschwand im Schlafzimmer, um mich
umzuziehen.

»Du hast dich ja richtig fein gemacht fürs Büro«, meinte Sarah,
als ich zurückkam. »Die Sachen lagen halt gerade da, und ich
hab's eilig. Tut mir leid. Tschüss!« Und damit zog ich die Wohnungstür hinter mir zu.

Die Adresse, die Valeska mir angegeben hatte, lag in einem
großzügigen Apartmenthaus am Rand der Innenstadt. »Ich komme runter«, sagte sie über die Gegensprechanlage, obwohl ich
gern zu ihr nach oben gegangen wäre, und eine Minute später
stand sie vor mir, genauso hinreißend, wie ich sie in Erinnerung
hatte. Sie trug eine kurze taillierte schwarze Seidenjacke, die den
Einschnitt zwischen ihren Brüsten mehr als nur vorteilhaft zur
Geltung brachte, und waghalsig hohe Absätze. Ihre Designerjeans
sahen aus, als wären sie ihr auf die Haut gemalt. Ich stellte mir
vor, wie es wäre, sie aus dieser edlen Verpackung herauszupellen.
Aus meinen Tagträumen der letzten Zeit hatte ich eine ziemlich

207

genaue Vorstellung von ihrem Körper, von den vermutlich dunklen, großen Höfen ihrer runden Brüste, ihren zierlichen, geschwungenen Hüften, dem kleinen, festen Po und der Wölbung des Schamhügels, rasiert? – Da war ich mir nicht sicher, aber vermutlich ja, bis auf einen eleganten schwarzen Streifen.

»Was ist los? Siehst du Gespenster? Komm, lass uns gehen!«, riss sie mich aus meinen Fantasien.

Das Lokal war gut besucht, immerhin entdeckte ich beim Eintreten unter den Gästen keine Bekannten. Unser reservierter Tisch war nicht der beste, eigentlich eine Zumutung, irgendwo eingezwängt zwischen der Tür zur Küche und einer Säule, ich gehörte hier eben nicht zu den Stammgästen. Um den Abend nicht zu verderben, beschwerte ich mich nicht, und Valeska nahm es zu meinem Erstaunen auch eher belustigt.

Wir bestellten als Aperitif einen Champagner, Antipasti allo Chef, Kalbsmedaillons, dazu einen zwölf Jahre alten Barolo und jeder eine Nachspeise. Unwillkürlich addierte mein Gehirn wie eine Registrierkasse die Rechnung. Es war mehr, als ich jemals für ein Essen mit Sarah ausgegeben hatte, doch darüber wollte ich jetzt wirklich nicht nachdenken. Ich nahm mir vor, diesen Abend, dieses Essen mit Valeska zu genießen. Aber es gelang mir nicht wirklich, und daran war nicht das Essen schuld, denn das war, soweit ich mich überhaupt erinnern kann, ganz in Ordnung. Valeska erwies sich als witzig und unkompliziert und die Unterhaltung mit ihr fiel mir unerwartet leicht, was bei mir schon einiges heißen will. Trotzdem fiel es mir schwer, mich auf ihr Geplauder zu konzentrieren, weil mein Hirn fieberhaft mit dem weiteren Verlauf des Abends beschäftigt war.

Es muss gegen halb elf gewesen sein, als sie meinte: »Wir sollten so langsam gehen.« Ich verlangte die Rechnung, die jetzt für mich keine Überraschung mehr war, und dann gab ich mir einen Ruck. »Glaubst du, du könntest mich noch auf einen Kaffee oder so was zu dir einladen?«, fragte ich mutig, aber meine Stimme kam mir irgendwie gequetscht vor. »Das würde ich ganz bestimmt, aber es geht nicht. Ich wohne zur Zeit noch bei meiner Schwester. Die hat für so was keinen Sinn, und leider, leider ist sie zu Hause. Du musst dir schon etwas anderes einfallen lassen.«

»Klar, ich hab da eine Idee«, versicherte ich mit einer gespielten Weltläufigkeit, die überhaupt nicht zu mir passte. Bedauerlicherweise war das aber gelogen. Einen Plan B gab es nicht in meinem Szenario. Was tun? Vielleicht im Auto …? Mit Valeska? Ausgeschlossen! Wir könnten in ein Hotel gehen, aber in welches? In den Hotels, die mir einfielen, kannte man mich. Überhaupt war die Gefahr, in einem Hotel gesehen zu werden, zu groß. Ohne Gepäck würden wir sowieso auffallen. Und natürlich konnte ich auch nicht die ganze Nacht wegbleiben, denn auch die längste Arbeitssitzung im Büro dauerte schließlich nicht bis zum Morgen. Ich war ratlos und wurde immer nervöser.

»Warte einen Moment, bin gleich zurück«, entschuldigte ich mich bei Valeska. Auf dem Weg zur Toilette kam ich direkt an einem Tisch vorbei, an dem ein älteres Ehepaar saß, stockkonservative, kleinkarierte Leute, die vor Kurzem ein spießiges Einfamilienhaus mit mir gebaut und mich eine Menge Nerven gekostet hatten. Auch das noch! Ich konnte nicht umhin, die beiden zu begrüßen.

»Ihre Frau Gemahlin?« Der Mann deutete mit einem Nicken in Valeskas Richtung. »Ja, äh, nein, eine Kundin. Wir besprechen gerade ein Projekt«, murmelte ich unsicher. »Aha, sicher ein besonderes Projekt.« Er lächelte. Was meinte er damit? Seine Stimme schien mir einen höhnischen Klang zu haben. Aber vielleicht signalisierte sein Grinsen auch so etwas wie Bewunderung, ein männlich-augenzwinkerndes Einverständnis. Ich war mir nicht sicher und machte, dass ich weiterkam. In der Toilette schloss ich mich in einer Kabine ein und wählte Tobias' Nummer.

»Ja, hallo«, Tobias' Stimme klang, als ob ich ihn gerade geweckt hätte. Im Hintergrund brummelte ein Fernseher. Wahrscheinlich war er auf seiner Couch eingeschlafen.

»Tobias. Du musst mir noch einmal helfen.«

»Weißt du, wie viel Uhr es ist?«

»Ja, weiß ich, aber bitte ruf mich in genau fünf Minuten auf dem Handy an. Ist wichtig.«

»Okay, mach ich ... du Feigling!« Verachtung klang aus seiner Stimme, immerhin schien er überraschend schnell verstanden zu haben, was ich vorhatte.

»Also, wohin jetzt?«, fragte Valeska leise in einem, wie mir schien, verführerischen Ton, als wir vor dem Restaurant standen. In diesem Moment ertönte in meiner Hosentasche die amerikanische Nationalhymne – mein Handyzeichen.

»Valeska, entschuldige bitte einen Moment – ach Tobias, du bist es«, versuchte ich meiner Stimme einen überraschten Ausdruck zu verleihen. »Nein Tobias, das ist nicht dein Ernst! Ich kann jetzt wirklich nicht, und wenn du dich auf den Kopf stellst. Nein, verstehe doch, gerade heute Abend ist es besonders unpassend.« Das Gespräch kam mir unangenehm bekannt vor. Wieder flaute meine gespielte Ablehnung langsam ab, bis ich schließlich nachgab: »Okay, in einer halben Stunde bin ich bei dir.«

Ich wandte mich wieder zu Valeska, die mich mit ihrem spöttischen Blick von unten herauf ansah, und erklärte ihr das, was ich vor vier Stunden auch Sarah schon erklärt hatte – die Sache mit den dringenden Plänen für die Major-Bau.

»Na, dann eben nicht.« Ihre Enttäuschung schien sich in Grenzen zu halten, was mich nun doch ziemlich verletzte. Meine zur Schau getragene Verärgerung und mein Bedauern über den Verlauf des Abends waren wirklich nicht gespielt.

Als ich Valeska vor ihrer Haustür absetzte und sie sich mit einem leichten Kuss von mir verabschiedete, fragte ich sie nicht nach einem Wiedersehen. Als Architekt würde ich ja auch keine teure Luxusbadewanne in eine Sozialwohnung einbauen. Diese Frau war einfach zu schön für mich.

Der Brief

Marius (43), Grafiker, Wiesbaden,
über
Lisa (39), Hausfrau, Wiesbaden

» Währenddessen saß ich in meinem Keller und sehnte mich nach ... Leidenschaft! Diesem Kribbeln im
Bauch, heißem Sex mit heißen Zungen ... nach diesem Verzehren bis zum Anschlag, nach Wollust ... «

Es regnet schon wieder. Oder immer noch? Es regnet wie aus
Kübeln, so stark, die Luft ist ganz weiß. So weiß, als wollte sie die
Gegenwart ausradieren. Ich kann das verstehen, mir geht es ähnlich. Mein Blick schweift über das karge Meublement meiner neu-
en Wohnung und es erscheint mir nicht angemessen. Als Grafiker,
der ich nun mal bin, lege ich großen Wert auf eine ästhetische
Umgebung. Weder die klapprige Siebziger-Jahre-Kommode,
Eicheimitat, aus dem Nachlass meines Vormieters noch der drei-
beinige Küchentisch, den ich, nicht blöd, gegen die apfelgrüne
Kullertapete gelehnt habe, kann dem gerecht werden. Und doch
sollte ich dankbar sein, dass Wilfried, mein alter Studienkollege
aus längst vergangenen Zeiten, diese Bleibe so schnell für mich
aufgetan hat.

Und hatte ich in den letzten Jahren meine Abende mehr oder
weniger selbstvergessen vor meinem Computer verbracht, so ist

jetzt mein einziger technischer Lichtblick der rundliche Ghetto-blaster, made in China, den mein Töchterchen mir beim Aus-zug, mit feuchten Augen übrigens, noch am Auto zum Abschied durchs Fenster reichte.

Ich vermisse sie, meinen Computer und meine Tochter. Und meine ästhetische Umgebung.

Auch vor drei Wochen hatte es so geregnet. Auch da hatte ich, gerade aus der Dusche kommend, aus dem Fenster geschaut, mich noch über den dichten Regenschleier über der weißlich ver-hangenen Landschaft gewundert. Das Handtuch, das ich dabei um die Hüften geschlungen hatte, war weichgespült gewesen, duftete nach ... Äpfeln? Es hatte wohlgefaltet im Regal gelegen, einem Bauhaus-Sammlerstück übrigens, bevor ich es heraus-nahm. Lisa war, ich beginne es jetzt gerade zu schätzen, immer schon eine vorbildliche Hausfrau. Und alles in unserem Leben hatte seine eingespielte Ordnung gehabt.

Die Handtücher, der Besteckkasten – und unser Sexualleben. Morgens, wenn Lisa schon zur Arbeit gegangen war, brachte ich Anna zur Schule. Um viertel nach eins holte ich sie immer ab, außer dienstags, da hatte sie Musik-AG und eine Stunde länger. Mittwochs brachte ich sie zum Reiten, freitags zum Schwimmen, so ist das, wenn man von zu Hause aus arbeitet. Und sonnabends, wenn sie bei den Möllers zum Spielen war, hatten Lisa und ich Sex. So ist das, wenn man nicht aufpasst. So eine Routine kann einen auffressen.

Na ja, nun bin ich frei und das, was mir im Augenblick am fernsten liegt, sind Gedanken an Sex.

Das war aber mal anders. Ganz anders. Ich hatte schon längst die Nase voll gehabt von diesem Gleichklang. Gleichklang, nicht zu verwechseln mit Einklang. Die zehn Jahre mit Lisa hatten mich abstumpfen lassen. Lisas zunehmendem Genörgel mir gegenüber, ihrem immer dicker werdenden Hinterteil und auch den immer gleichen Abläufen an den Samstagnachmittagen gegenüber. Dies alles mit dem Resultat, dass ich mich, um nicht verrückt zu werden, immer mehr hinter dem Computer in meinem Studio, meiner eigenen kleinen Welt, verschanzte.

Ich hatte mich für eine Karriere entschieden, was sollte ich machen? Das Familienleben im Geschoss über meinem Kellerstudio funktionierte anscheinend auch ohne mein weiteres Zutun ganz gut. Ich fühlte mich wohl da unten, das Klappern der Kochtöpfe aus Lisas Küche über mir störte mich nicht. Selbst Annas Kinderreime, am liebsten *Old McDonald had a farm* ..., ach Ananas, diese endlos vielen Strophen, von der Schaukel im Garten aus gesungen, die durch das geöffnete Kellerfenster zu mir drangen, nervten mich nicht. Was mich aber störte, zunehmend verstörte, ja, mich manchmal fast zu zerstören drohte, war ... diese elendige Routine! Lisa verstand mich nicht, ich hatte versucht, mit ihr darüber zu reden, ihr zu verklickern, was diese Art zu leben mit mir machte. Sie war zwar selbst nicht besonders glücklich mit unserer Beziehung, wohl auch, weil ich mich zunehmend zurückzog, hatte sich aber anscheinend mit unserem Dasein abgefunden und fand das alles ganz normal. Katholisch erzogen, wie sie war, fügte sie sich in den Lauf der Dinge, formte und buk in ihrer Freizeit kleine Figuren aus Salzteig, die sie liebevoll bemalte und dann auf Basaren verkaufte.

Währenddessen saß ich in meinem Keller und sehnte mich nach ... Leidenschaft! Diesem Kribbeln im Bauch, heißem Sex mit heißen Zungen ... nach diesem Verzehren bis zum Anschlag, nach Wollust ... nach langen, gebräunten Beinen, die sich besitzergreifend um mich schlangen, und einer Muschi, die mich erwartungsvoll zuckend aufnehmen würde, ganz heiß darauf, mich zu vernaschen. Einer Muschi, die nicht gleich danach auf unrasierten Beinen ins Bad rennen würde, um meine heißblütigen Ergüsse rigoros mit Intimwaschlotion auszumerzen.

An einem dieser vielen gleichförmigen Vormittage, ich hatte mir gerade noch eine Tasse Kaffee eingeschenkt und mich mit der Zeitung hingesetzt, sprang sie mich förmlich an, diese Anzeige. Diskreten, außerehelichen Sex ohne Erwartungen wünschte sie also ... Hatte der Himmel ein Einsehen, meine geheimsten Wünsche erhört?

In meiner Jogginghose, rot, warm und bequem, begann sich etwas zu regen. Ich nahm den Kaffee mit nach unten und schmiss den PC an. Ich war zuerst so weit. Meine Fantasie, auch da unten in der Hose, spielte verrückt. Vielleicht war es das, was mir hier in diesem Grottendasein fehlte! Diskreter, folgenloser außerehelicher Sex! Zittrig, wie ich nun war, legte ich das Taschentuch beiseite und begann, meine Anliegen zu formulieren. Verheiratet, Diskretion unbedingtes Kriterium, Fantasie und – anstelle von nicht ausgelebter Leidenschaft – Kreativität. Auch über die Norm hinaus. Ich bot alles auf, Erlösung erhoffend. Ich gab wirklich alles in diesem Brief! Als es Zeit war, Anna abzuholen, war ich fertig. Hatte ein fantastisches Erlösungsprogramm erstellt, das jeglicher Realität in diesem meinem Leben zuwiderlief. Versuch macht kluch, sagte ich mir.

Es fehlen mir fast die Worte zu beschreiben, was bei uns in den folgenden Tagen ablief. Lisa beschwerte sich über meine außerplanmäßigen Avancen, die nun sogar mittwochs stattfanden. Ich hingegen war dauererregt, fragte mich, ob die neue Muschi wohl rasiert war, welches Parfüm sie tragen würde und welche Wäsche. Natürlich erwartete ich besonderen Aufwand. Wer solch eine Annonce schaltete, würde mit mir womöglich bis zum Letzten gehen. Ich träumte von der Chiffrenummer und webte sie in meine Nachtträume ein.

Wo würden wir uns treffen?

Wie würde sie aussehen?

Wie würde sie mich antörnen?

Und – war sie überhaupt mein Typ?

Jeden Tag lauerte ich nun dem Postboten auf, der sich natürlich darüber freute, wenn ihm die steile Anfahrt zum Briefkasten auf unserem Grundstück erspart blieb. Auch ihm kam ich gern entgegen.

Und dann kam der Tag und mit ihm der Brief. Dick, wie auf Kommando auch ich in der Hose ... Ich kam vor Aufregung fast um und verkroch mich schnell in mein kleines Studio. Es war ein Samstag, ich erinnere mich genau. Lisas Absätze klapperten über mir in der Küche, sie buk gerade einen Kuchen, ihre Eltern sollten zum Kaffee kommen, als ich mit zittrigen Händen – mal wieder, was machte diese Frau schon jetzt mit mir? – diesen erwartungsschweren Brief öffnete. Ich nahm mein Herz in die Hand, riss ihn auf, und in meinen feuchten Händen hielt ich ... meinen eigenen Brief – und oben rechts, mit Tesafilm auf die Ecke geklebt, ihre Annonce. Sonst nichts.

Ich überstand diesen schwiegerelterlichen Freundschaftsbesuch irgend- ich weiß nicht wie, war mal mehr, mal weniger fassungs- oder hoffnungslos, schwankte zwischen diesen Gefühlen und all ihren erdenklichen Nuancen.

Am Abend, Lisa schlief schon, schlich ich mich in mein Studio, las meinen Brief noch ein letztes Mal, fand ihn immer noch recht ansprechend, und schloss ihn dann, schicksalsergeben, in meiner alten rostigen Kassette ein. Die Kassette hatte ich mal von meinem Großvater geerbt, sie war Geheimnisse gewohnt. Hier hob ich alles auf, was ich für ganz privat hielt. Den Schlüssel ließ ich, wie immer, stecken und vergaß das Ganze.

Irgendwie ging dann alles ein Jahr so weiter, genauso weiter wie schon hinlänglich gewohnt.

Und dann, genau heute vor drei Wochen, es war schon den ganzen Tag lang unglaublich schwül gewesen, die Luft war stickig und legte sich zäh und klebrig auf meine Haut, war ich duschen gegangen.

Es war wieder ein Samstag, aber diesmal erwarteten wir Besuch von meinem Kollegen Hans, der mit Frau und Kind zum Kaffee kommen sollte. Als ich mich nach dem Duschen zum Abtrocknen vors Schlafzimmerfenster stellte, wunderte ich mich noch über die ungewohnt mattierte Aussicht. Während ich mich ausgiebig eingeseift und abgeduscht hatte, war da draußen ein regelrechtes Unwetter ausgebrochen. Es regnete nicht, es schüttete. Dünne, harte Regenstreifen, die meine gewohnte grünhügelige Aussicht verschleierten, ja, geradezu torpedierten und, was ich noch nicht ahnen konnte, auch unser ganzes bisheriges Leben.

Unten in der Küche hörte ich Lisa mit dem Mixer die Sahne schlagen. Und dann einen Schrei. Jetzt, im Nachhinein, vermag ich diese Szene kaum noch zu rekonstruieren, alles schien plötzlich auf einmal zu geschehen. Nur mit Unterhose bekleidet, rannte ich die Treppe hinunter, mich alarmiert fragend, ob man sich beim Sahneschlagen ernsthaft verletzen könne.

Lisa stand, mit dem Mixer in der Hand, von dem die Sahne noch tropfte, ich erinnere mich genau, und starrte in den Flur, der hinunter zu meinem Studio führt. Am Fuße der Treppe befand sich ein kleiner Abfluss im Boden, aus dem das Wasser nur so heraussprudelte. Der Abfluss war schon längst nicht mehr zu sehen, das Wasser fast einen halben Meter hoch und immer noch steigend. Ich stürzte hinunter, watete bis zu den Knien durch die braune Brühe und öffnete die Tür zu meinem Allerheiligsten. Auch hier stand alles unter Wasser und damit nicht genug, über die Außentreppe ergoss sich ein weiterer Strom von dem überlasteten Gully an der Kellertür her, der den Pegel nun bedenklich schnell ansteigen ließ. War das Wasser elektrisiert, war der PC noch zu retten?

Als Hans mit Frau und Kind eine halbe Stunde später vorfuhr, trug ich außer meinem Unterhöschen immer noch nichts weiter als einen erneuten Stapel mit Unterlagen, Zeichnungen oder Druckschablonen, die ich noch zu retten hoffte. Alles war nass, klebte zusammen, aber ich gab die Hoffnung nicht auf, dass noch etwas von meiner jahrelangen Arbeit zu gebrauchen war.

Lisa und Anna hatten, was wir schleppen konnten, im Garten ausgebreitet. Unterlagen, Fotos, Ordner und Filme, mein Lebenswerk, lag auf dem Rasen verstreut, unter einer Sonne, die schien, als wenn nichts gewesen wäre. Es sah wüst aus bei uns, wir wahrscheinlich auch. Hans erfasste die Lage mit einem schnellen Blick und anstatt seine Hilfe anzubieten, schlug er vor, unseren Kaffeeklatsch auf einen günstigeren Termin zu verlegen, und fuhr von dannen, bevor seine Beifahrerinnen auch nur eine Autotür geöffnet hatten.

Ich war ein gebrochener Mann, dort auf dem Sofa, abends, lange nach zehn Uhr. Aus unserer samstäglichen Routine auszubrechen, hatte ich mir immer ganz anders vorgestellt. Der Keller war ausgepumpt, ich übrigens auch, die Früchte meines Schaffens lagen gut gewässert im Garten verstreut, mein Computer war samt Inhalt ruiniert und wahrscheinlich auch all meine Zeichnungen, Fotos, Unterlagen und wasweißichsonstnoch. Als Lisa Anna ins Bett gebracht hatte und in die Stube kam, hatte ich kaum noch die Kraft, den Blick zu heben. Ich tat es trotzdem und wusste plötzlich mit bestechender Sicherheit, dass das Schlimmste trotz allem noch vor mir lag. Ich erkannte es an ihrem Blick und an der alten rostigen Kassette in ihrer rechten Hand. In der anderen hielt sie diesen Brief, auf den ich nie eine erfüllende Antwort erhalten hatte.

Das ist übrigens etwas, was ich jetzt sehr bedauere. Ich meine, es ist ja nicht mal etwas passiert, was diesen Bruch wirklich rechtfertigen würde, es war doch alles nur … reine Theorie! Aber mit Lisa konnte man nicht vernünftig reden, nicht an diesem Abend, den ich unten auf dem Sofa beschließen musste, und auch nicht am nächsten Morgen, als sie mir die Schlüssel abnahm, bevor sie grußlos ins Haus verschwand, während Anna mir ihren Radiorecorder ins Auto reichte, bevor ich wie ein gescholtener Hund die Auffahrt hinunterfuhr.

Jetzt hat es aufgehört zu regnen. Wie heißt es doch immer so schön? Auf Regen folgt auch wieder Sonnenschein? Eine grelle Sonne grinst da draußen hinter ungeputzten Scheiben. Und ich weiß nicht, lacht sie mich an oder lacht sie mich aus?

Marry me

Holger (34), Wirtschaftsingenieur, Rostock,
über
Luise (31), Marketingassistentin, Rostock

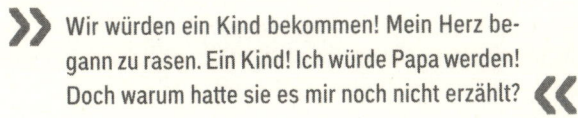

Wir würden ein Kind bekommen! Mein Herz begann zu rasen. Ein Kind! Ich würde Papa werden! Doch warum hatte sie es mir noch nicht erzählt?

»Liebling«, rief ich Richtung Badezimmer. »Das nächste Mal, wenn der Hochzeitsplaner anruft, gehst du bitte ran?«

»Wieso?«

»Na er hat doch diesen französischen Akzent. Er sagt dann ›Guten Morgen, Holger‹, es klingt aber wie ›Guten Morgen, Olga‹ und so langsam fühle ich mich, als würde ich eine lesbische Hochzeit planen.«

»Stell dich nicht so an!«, entgegnete meine zukünftige Frau humorlos, dann hörte ich, wie etwas ins Waschbecken fiel und im nächsten Moment übergab sie sich lautstark. Ich hastete Richtung Badezimmer. Dort hing sie mit dem Kopf über der Toilettenschüssel.

»Ja, aber Liebling«, murmelte ich, kniete neben ihr nieder und streichelte ihre Haare. »Hast du etwas Falsches gegessen?« Sie richtete sich auf, wischte sich den Mund mit dem weiten Ärmel ihres Bademantels ab und stand auf. »Das sind die Nerven«, sagte sie entschlossen. Dann rauschte sie aus dem Zimmer. Ich blieb etwas unschlüssig neben der Toilette sitzen. Am nächsten Morgen war die Stimmung eindeutig komisch. Ich hatte uns Eier gekocht, doch Luise rümpfte die Nase über den »unerträglichen Gestank« in der Küche. Hatten gekochte Eier überhaupt einen Geruch? Als sie sich mir gegenüber setzte, sah Luise nicht einfach nur schlecht, sondern regelrecht erbärmlich aus. Ihre Gesichtsfarbe schwankte zwischen ungesundem Gelb bis hin zu einem leichten Grünstich, der mich vermuten ließ, dass ihr erneut übel war. Als ich sie danach fragte, schob sie wieder alles auf ihre nervliche Konstitution.

»Ich habe mir gestern in der Mittagspause Tabletten dagegen besorgt, könntest du sie mir aus meiner Handtasche holen?«, bat sie mich.

»Ja natürlich!« Schon als ich im Flur ihre Handtasche öffnete, fiel mir eine längliche Schachtel auf. Ich griff danach und erstarrte. Ein Schwangerschaftstest. Anhand der demolierten Laschen schlussfolgerte ich, dass er bereits benutzt worden war. Ich zog den Tester hervor und schaute aufs Display. Dort stand: »Schwanger« und darunter: »2–3 Wochen«. Ich ließ den Tester sinken. Es waren also nicht die Nerven. Wir würden ein Kind bekommen! Mein Herz begann zu rasen. Ein Kind! Ich würde Papa werden! Doch warum hatte sie es mir noch nicht erzählt? Ich nahm den Tester mit und stürzte zurück in die Küche. Luise sah auf meine Hand, dann in mein Gesicht, und dann wurde sie noch blasser, als sie sowieso schon war.

»Wir werden Eltern!«, flüsterte ich. »Es tut mir leid, dass ich es jetzt schon weiß, vielleicht wolltest du es mir ja erst bei der Trauung sagen, aber Liebling, ich freue mich so sehr!« Ich wollte mich zu ihr hinunterbeugen und ihr einen Kuss geben, doch sie drehte den Kopf weg.

»Setz dich bitte«, sagte sie stattdessen. Ihre Stimme klang gepresst. Etwas überrascht ließ ich mich ihr gegenüber nieder. Ich meinte mich zu erinnern, dass eine Schwangerschaft den Frauen oft aufs Gemüt schlägt, und wunderte mich nicht. Dafür war ich sowieso viel zu aufgeregt.

»Hattest du vorher schon einen Verdacht?«, fragte ich. »Oder ist es ein Überraschungskind?«

Luise sah mich nicht an, sondern blickte auf ihren leeren Frühstücksteller.

»Kann man jetzt schon erfahren, ob es ein Junge oder ein Mädchen wird? Warst du schon bei einem Frauenarzt? Meine Güte, dann müssen wir umziehen, wir brauchen ja bald ein Kinderzimmer!« Meine Gedanken überschlugen sich.

Luise schüttelte leicht mit dem Kopf und sah mich immer noch nicht an.

»Ist dir wieder übel? Das tut mir so leid, Liebling. Kann ich dir irgendetwas Gutes tun? Möchtest du vielleicht lieber Croissants? Dann gehe ich sofort welche holen. Oder ist das jetzt schon die Phase mit den Gurken? Wie lange dauert eigentlich …«

»Holger, ich ziehe aus.«

Ich war mir sicher, mich verhört zu haben. Hatte sie soeben von Ausziehen gesprochen? Ich sah in ihr Gesicht und konnte keine weitere Regung ausmachen.

»Ich ziehe aus«, sagte sie ein zweites Mal.

»Aber, wir heiraten doch«, erwiderte ich perplex. »Und zwar in drei Tagen!«

»Nein, ich habe die Hochzeit abgesagt.«

»Die Hochzeit abgesagt … wann?«

»Gestern.«

»Seitdem du weißt, dass du schwanger bist?«

»Genau.«

»Aber … das verstehe ich nicht! Was ist das für ein Unsinn! Wir haben alles geplant, alle Einladungen sind raus. Morgen reisen meine Eltern an. Das Hotel ist gebucht, das Restaurant reserviert, das geht doch nicht!«

»Doch«, sagte Luise nur.

»Luise«, sagte ich ruhig. »Ich verstehe dich nicht. Wo liegt dein Problem?«

»Ich bin schwanger!«, sagte sie, als würde das alles erklären.

»Ja! Und ich freue mich! Was also ist so schlimm?«

Luise sah mich an, wie jemanden, der aus einer psychiatrischen Klinik entlaufen war.

»Du verstehst es nicht, oder?«

Ratlos erwiderte ich ihren fragenden Blick.

»Es ist nicht von dir.«

»Es?« Meinte sie mit »es« unser Baby?

»Holger, verstehst du, was ich sage? Hörst du mir zu? Es ist nicht dein Kind! Du bist nicht der Vater.«

»Was?«, flüsterte ich schließlich.

Luise stand auf und sah mich an. »Es ist von meinem Kollegen, im Büro.«

»Aber du ... woher weißt du das?«

»Weil wir seit zwei Monaten keinen Sex mehr hatten?«

»Ja aber nur, weil *du* nicht wolltest!«, entgegnete ich unsinnigerweise. Plötzlich fiel der Groschen dann doch noch. »Du wolltest mit mir nicht mehr schlafen, weil du es mit *ihm* gemacht hast?«

Luise nickte. »Ich liebe ihn. Deshalb verlasse ich dich. Ich packe gleich meine Koffer. Mach dir keine Gedanken, ich kann direkt bei ihm einziehen.«

»Und das geht mit euch schon zwei Monate? Und du lässt mich unsere Hochzeit planen? So als wäre nichts? Wann wolltest du es mir sagen? Nach der Trauung beim Kaffeetrinken? Oder doch erst in der Kirche und dann statt ›Ja‹ einfach mal ein ›Nein‹ einwerfen?«

Luise zuckte nur mit den Schultern. »Keine Ahnung, ich habe es versucht, mehrmals, aber dann habe ich es jedes Mal nicht gekonnt.«

Das war zwar keine wirkliche Erklärung, doch es zeigte mir, dass ich den Menschen dort vor mir eigentlich nie gekannt hatte. Diese Kälte, mit der sie mich behandelte, ließ mich eine innerliche Gänsehaut bekommen. Luise ging wortlos aus der Küche.

Eine Stunde später verließ sie unsere Wohnung. Ich fand kurz darauf heraus, dass sie lediglich den Hochzeitsplaner von ihrem Entschluss informiert hatte. So blieb es an mir, Verwandte anzurufen, Hotel- und Restaurantbuchungen zu stornieren und die Termine beim Standesamt und beim Pfarrer abzusagen.

Ihr »Kollege« und sie wollten wenig später heiraten. Dazu kam es jedoch nicht, denn Luise hat ihn vorher mit einer anderen erwischt. Noch während ihrer Schwangerschaft, wie sie mir am Telefon erzählte. Warum sie ausgerechnet bei mir anrief, um sich auszuheulen, weiß ich nicht. Doch sie wirkte ziemlich mitgenommen, also ließ ich sie einfach erzählen. Rachegelüste hatte ich keine. Der Zorn, den ich in den ersten Wochen verspürt hatte, war mittlerweile erloschen. Nach einer Auffrischung unserer Beziehung stand mir allerdings auch nicht der Sinn. Luise hat danach noch einige Male bei mir angerufen, aber ich bin nicht mehr rangegangen.

Keine Zeit
für lange Szenen

Martin (24), Student, Bern,
über
Nina (21), Studentin, Bern

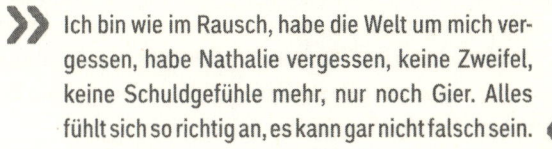 Ich bin wie im Rausch, habe die Welt um mich ver-
gessen, habe Nathalie vergessen, keine Zweifel,
keine Schuldgefühle mehr, nur noch Gier. Alles
fühlt sich so richtig an, es kann gar nicht falsch sein.

Seit Wochen habe ich mir vorgestellt, wie Nina nackt aussieht.
Sie ist so anders als Nathalie, meine Freundin. Viel weicher. Nina
lacht viel, aber nicht albern, sie trägt kurze Röcke, tiefe Ausschnit-
te und malt sich die Lippen knallrot an. Ein bisschen bitchig sieht
sie aus, aber sehr sexy. Nina ist in meiner Semestergruppe und ich
habe ein halbes Jahr erfolglos versucht, sie in mein Bett zu lotsen.

»Lass uns das doch noch mal durchgehen? Ich wohne gleich
hier an der Ecke, ich mach dir auch einen Kaffee!«

»Gern. Aber geht heute nicht, ich muss leider los, nächstes
Mal.«

Jede Woche dasselbe. Kein klares Nein, immer nur »nächste
Woche«.

225

Nächste Woche sind aber Semesterferien und ich dachte schon, ich würde Nina niemals nackt sehen. Aber heute hat sie tatsächlich Ja gesagt. Einfach so. Bei mir war ich plötzlich nervös, aber sie ist durch die Wohnung gelaufen, um sich alles anzusehen, hat ein paar Fragen zur Miete und so gestellt und sich dann auf den Küchentisch gesetzt.

»Komm doch mal her.« Ich folgte der Anweisung, beugte mich zu ihr runter und wir begannen uns zu küssen, Nina schlang ihre nackten Beine um mich. Noch vor dem Kaffee lag sie ausgezogen in meinem Bett. Perfekt.

Und jetzt liege ich endlich mit Nina im Bett, habe sie ganz für mich. Ihr Körper drückt sich gegen meinen, fest und doch nachgiebig. Ich bin wie im Rausch, habe die Welt um mich vergessen, habe Nathalie vergessen, keine Zweifel, keine Schuldgefühle mehr, nur noch Gier. Alles fühlt sich so richtig an, es kann gar nicht falsch sein. Es gibt nur noch Nina, ihre Haut, ihren heißen Atem, leicht keuchend an meinem Hals.

Ich schiebe mich über sie, drücke ihren Körper fest auf das Bett, als plötzlich die Zimmertür geöffnet wird. Da steht Nathalie und starrt uns an, ihre Augen sind weit aufgerissen, ihr Mund ist ganz schmal. Wir drei erstarren, keiner bewegt sich, keiner atmet. Nur Nathalies Lippen werden langsam weiß, alle Farbe weicht aus ihnen. Eine Ewigkeit verharren wir so, bis Nathalie ihre Einkaufstüten fallen lässt, mit einem lauten Aufprall landen sie auf meinem Dielenboden. Auf einmal fühlt sich gar nichts mehr richtig an. Ich versuche, etwas zu sagen, doch stattdessen stammle ich: »Na-tha-lie.«

Ich will mich entschuldigen, ich weiß, das sollte ich, aber irgendwie bin ich auch wütend. Wieso kommt Nathalie einfach so in meine Wohnung? Jeden verdammten Donnerstagnachmittag sitze ich alleine hier und lerne. Das hat sie noch nie gemacht. Nina rührt sich als Erste, sie schiebt sich unter mir hervor und beginnt, hektisch und ohne den Blick vom Boden zu heben, ihre

Sachen zusammenzusuchen und überzuziehen. Auch ich richte mich auf. Nathalies Blick senkt sich auf meine Körpermitte. Als wäre nicht schon alles schlimm genug, habe ich noch immer eine Erektion, steif steht mein Schwanz in die Höhe, er scheint von den Geschehnissen noch nichts mitbekommen zu haben. Wir alle drei schauen jetzt stumm auf meinen Schwanz, Nathalie voller Abscheu, ich peinlich berührt und Nina, als wolle sie nur ganz schnell hier weg. Das kann ich verstehen.

Ich nehme mir vor, mich später bei Nina zu entschuldigen. Jetzt ist der falsche Moment dafür. Halb angezogen schiebt sie sich an Nathalie vorbei aus der Tür. Die tritt nicht zur Seite, blitzt Nina an, als wolle sie ihr an den Hals springen. Dann ist Nina draußen, wir hören die Wohnungstür ins Schloss fallen und ihre Schritte im Treppenhaus. Anscheinend zieht sie sich im Treppenhaus an, bloß schnell weg hier.

Nathalie sagt noch immer nichts, funkelt mich nur böse an, aus schmalen Augenschlitzen. Ich wünschte, sie würde etwas tun, von mir aus brüllen oder sich auf mich stürzen, mit ihren kleinen Mädchenfäusten auf mich einschlagen. Hauptsache, es passiert etwas. Aber das ist nicht ihre Art, sie verliert nie die Contenance.

Das Schweigen ist quälend. Sie steht noch immer einfach da und funkelt. Also beginne ich mich anzuziehen. Meine Erektion hat sich nun endlich verabschiedet. Nathalie nicht.

»Du bist so schäbig! So was Billiges ...«, schreit meine Freundin so laut und so plötzlich, dass ich vor Schreck zusammenfahre.

»Es tut mir wirklich leid ...«, setze ich an, überlege angestrengt, doch mehr will mir einfach nicht einfallen. Unsere Beziehung zieht im Schnelllauf vor meinem geistigen Auge vorüber. Der erste Kuss im Kino – Urlaub auf Mallorca – Streit im Supermarkt ... Innerhalb weniger Augenblicke durchlebe ich die acht Monate – und ich möchte weg. Ein nüchternes Resümee. Ich möchte weg, am liebsten Nina hinterher, doch vor allem weg. Leider sind wir hier in meiner Wohnung. Und Nathalie sieht nicht so aus, als wolle sie das Ganze schnell hinter sich bringen. Ich kann sie doch nicht einfach hier stehen lassen. Oder doch?

»Es tut mir leid«, sage ich, denn irgendwas muss ich sagen und es stimmt ja auch. Nathalie stößt ein höhnisches Pfeifen aus. Sie hat die Arme vor dem Körper verschränkt, ihre spitzen Ellenbogen stacheln mir entgegen.

Ich schaffe es nicht mal mehr, eine ordentliche Abschiedsszene durchzuhalten. Stattdessen greife ich einfach meine Jacke, schiebe mich an Nathalie vorbei und murmle noch mal: »Tut mir echt leid! Aber ich muss jetzt los.« Sie ist zu fassungslos, um etwas zu erwidern. Ich höre noch ihr ungläubiges Schnauben, dann bin ich im Treppenhaus. Drei Stufen nehmend, springe ich die Treppe runter ins Freie.

Auf der Straße atme ich tief durch. Ob Nathalie jetzt wohl meine Wohnung demoliert? Aus Rache? Ich könnte es ihr nicht mal wirklich übel nehmen, aber das passt nicht zu ihr. Und wenn schon, eh alles billiger Schrott. Einzig meine CDs ... mein Computer! Egal, es wird schon nichts passieren. Nina ist bestimmt zur Bushaltestelle gegangen ... ob ich sie noch einholen kann? Vielleicht nimmt sie mich mit. Ich spurte los.

Wollen wir noch mal?

Slava (34), Mediengestalter, Mainz,
über
Juliette (26), Studentin, Mainz

>> Sie fragte nicht, ob es mir gefallen hatte, nicht, wie ich hieß, was ich beruflich tat, nicht, ob ich wiederkommen würde. Wollen wir noch mal, oder willst du los? Das fand ich großartig. <<

Mit einem mulmigen Gefühl gab ich die Daten meiner Kreditkarte in den Computer ein. Urlaub, Elektronik, Kleidung, das alles zahle ich bedenkenlos mit Kreditkarte im Internet, aber einer Seitensprung-Agentur Geld zu überweisen erschien mir diffamierend, so als würde ich Sexspielzeug oder eine Penisverlängerung bestellen. Oder eine Prostituierte, immerhin bezahlte ich hier gerade für ein Sexabenteuer. Um genau zu sein, 46 Euro für die Vermittlung eines solchen. Doch schnell schob ich den Gedanken weg, meine Kreditkartenabrechnungen waren privat, die Seitensprung-Agentur warb mit Seriosität und Anonymität, und ich wollte das jetzt endlich ausprobieren. Sofort, bevor ich es mir anders überlegte.

Ich verbrachte anderthalb Stunden damit, mir ein Profil zu erstellen, das meine Identität nicht verraten würde und dennoch taugte, Frauen anzusprechen. Mit Selbstauslöser hatte ich ein geeignetes Foto geschossen und war mir dabei ziemlich albern vorgekommen. Ein unscharfes Schwarz-Weiß-Porträt, das meinen Rücken in einem weißen Hemd zeigte und ein klein wenig Profil, eigentlich nur die Kinnlinie. Man erkannte mich nicht, konnte aber an den Umrissen erahnen, dass mein Körper einigermaßen trainiert war. Das weiße Hemd sollte Stil und Gepflegtheit vermitteln. Ein weiteres Foto fügte ich hinzu, das Gesicht abgewandt und das weiße Hemd neckisch aufgeknöpft. Das Bild sah aus wie aus einer *Bravo*-Traumboy-Serie der achtziger Jahre. Aber egal … noch meine Maße und ein paar Vorlieben eingefügt (schlanke Frauen, von 18 bis 40 – ich blieb lieber vage, das war spannender), ein paar Hobbys (Reisen und Kultur), dann drückte ich auf Senden.

Die Agentur übernahm die Vermittlung, doch konnte ich gleichzeitig auf eigene Faust mein Glück versuchen. Also suchte ich nach Frauen in meiner Stadt, deren Profil mir zusagte und die wie ich auf der Suche nach einem spontanen Sexabenteuer ohne weitere Verpflichtungen waren. Aus den Textvorgaben stellte ich eine Nachricht zusammen, die ich achtmal verschickte, dann klappte ich den Laptop zu, denn ich hörte den Schlüssel in der Wohnungstür.

Beim Abendessen mit Conni war ich zappelig und aufgedreht. Ungefragt erzählte ich ausführlich von Frank, meinem alten Schulfreund, der gerade nach Mainz gezogen war. Ich wollte ihm bald die Stadt zeigen, also das Nachtleben, ihm ein paar meiner Freunde vorstellen. Das stimmte auch alles, doch vor allem sollte Frank mir natürlich ein Alibi verschaffen. Conni nickte dazu, ein wenig abwesend. Hauptsache, sie musste uns nicht begleiten. Kneipentouren waren meiner Freundin ein Graus, nach einem anstrengenden Tag im Krankenhaus legte sie sich am liebsten sofort aufs Sofa und schlief vor dem Fernseher ein.

So auch heute. Ich räumte schnell die Teller ab und sprang dann ins Bürozimmer, wo mein Laptop stand. Zwei Vorschläge

hatte ich bereits erhalten und eine Antwort auf meine Kontaktaufnahme. Eine überraschend konkrete Antwort. Juliette, 26,
Single, hübsch, blond und sportlich, wollte mich treffen, gern
noch am selben Abend, und lud mich dazu in ihre Wohnung ein.
Ich überlegte kurz, nach einem Foto zu fragen, beschloss dann
aber, lieber schnell zuzusagen, die Gelegenheit zu ergreifen, bevor
das ein anderer tat.

Hatte die junge Dame denn gar keine Angst, wunderte ich
mich. Gut, die Agentur hatte meine Daten, aber wenn ich ein
Sittenstrolch wäre, würde mich das nicht unbedingt schrecken.
Zum Glück war ich nur ein harmloser Fremdgänger.

»Bin um halb zehn Uhr da. Ich freu mich!«, tippte ich zurück,
dann duschte ich, rasierte mich, zog ein frisches Hemd an und
packte ein paar Toilettenartikel in eine Tüte. Parfümieren wollte
ich mich lieber erst im Wagen, das war unauffälliger. Conni lag
auf dem Sofa und registrierte durch halb geöffnete Augenlider,
wie ich ihr einen Teller Kekse auf den Couchtisch stellte, ihr übers
Haar streichelte und auf Zehenspitzen das Zimmer verließ.

Dann saß ich im Auto und fuhr durch den abendlichen Verkehr
zu meinem Seitensprung. Ich hatte mir solch ein Treffen bereits in
allen erregenden Variationen vorgestellt, aber nur den Sex, ohne
das Vorher und Nachher. Schon eine abstrakte Situation, würden
wir vorher reden, uns kennenlernen, auf dem Sofa sitzen und etwas trinken? Sprach man eher über sexuelle Vorlieben oder über
Hobbys und Haustiere? Ich stellte das Radio laut und sang mit.

Die Haustür stand offen. Das Treppenhaus war steil, abgetretene Stufen, die Wände bekritzelt. Neben der Tür klebten zwei
weiße Hansaplast-Streifen, auf denen in verlaufenen Buchstaben
»C. Hartmuth« und »L. Wegemann« stand. Die Tür war über
und über mit hässlichen Aufklebern bedeckt, hauptsächlich Fir-
menlogos und politisches Werbematerial, selbst für ein Kind eine
erstaunlich geschmacklose Sammlung. Störte das die Bewohner
nicht? Auch wenn das albern klingt, war ich plötzlich gehemmt,

das hier war so real. Ein neutrales Hotelzimmer, oder ein schickes Apartment, bewohnt von einer ebenso schicken Künstlerin, wäre mir als Ambiente doch lieber gewesen. Beklommen drückte ich die Klingel, ein schriller Ton erklang.

Ein blondes Mädchen öffnete die Tür einen Spalt und betrachtete mich neugierig von oben bis unten, ohne etwas zu sagen. Das war sie also. Ihr Gesicht war weder hübsch noch hässlich. Sie trug dunkle Leggins und ein schlichtes schwarzes Oberteil mit einem schmalen Gürtel.

»Bist du Juliette?«, fragte ich endlich. Ihr Date-Name passte nicht zu ihr, doch ihren richtigen Namen kannte ich nicht.

»Ja genau. Hallo!« Sie trat einen Schritt zurück, um mich hereinzulassen, und lächelte. Ich war froh über dieses Lächeln, denn offenbar entsprach ich ihren Erwartungen.

Die Wohnung war studentisch eingerichtet, Juliette führte mich durch einen schmalen Flur, von dem Küche, Bad und zwei Zimmer abgingen. Ein Wohnzimmer gab es nicht.

»Dein Mitbewohner ist nicht da?«, fragte ich.

»Mitbewohnerin«, erwiderte sie. »Nein, die kommt später wieder.«

Wir standen jetzt in ihrem kleinen, spärlich beleuchteten Zimmer, Kunstdrucke hingen an der Wand und überall lagen abgegriffene dicke Bücher, wie man sie in Uni-Bibliotheken ausleihen konnte. Ein Sofa gab es nicht, also blieb ich unschlüssig im Raum stehen. Einen Moment lang war ich unsicher, ob mein Vorhaben hier funktionieren würde. Wer war dieses Mädchen, was erwartete sie von mir, tat sie so etwas öfter und warum, was dachte sie über mich?

»Studierst du?«, fragte ich, um Zeit zu schinden. »Und was studierst du denn?«

»Ja«, sagte sie einfach, mehr nicht, dann trat sie näher an mich heran und begann mein Hemd aufzuknöpfen. Ich stand ganz still da, hielt den Atem an. Das Mädchen fuhr mit ihren

Händen über meinen Oberkörper. Ihr Mund war dabei ein wenig geöffnet, sodass ein leicht lüsterner Ausdruck auf ihren Lippen lag. Sofort vergaß ich alle Zweifel. Ich zog sie an mich, schob ihr T-Shirt nach oben und spürte ihren nackten Bauch auf meinem. Mit einer schnellen Bewegung löste sie sich und zog sich das Shirt über den Kopf, sodass ich sie betrachten konnte. Sie trug keinen BH, und das brauchte sie auch nicht. Hingerissen begann ich ihre Brüste zu kneten und an ihnen zu saugen. Wir küssten uns, überall, jedoch kaum auf den Mund, was mir allerdings erst später auffiel. Mein Kopf war wie ausgeschaltet, alles war plötzlich ganz einfach. Gierig zogen wir einander aus, wälzten uns nackt über ihr Bett, ich hatte jedes Gefühl für Raum und Zeit verloren. Keine Fragen, kein Gespräch, nur unsere Körper. Ihre Haut war hell, weich und sommersprossig, sie schwitzte und atmete schwer, als sie sich auf mich setzte. Sie bestimmte, was geschah, nahm sich, was sie wollte. Das war unbekannt für mich, ich war gewohnt zu dirigieren, doch hier konnte ich alles vergessen, es fühlte sich so natürlich an, mich von ihr leiten zu lassen. Als sie kam, bäumte sich ihr Körper auf, zuckte und sofort fühlte auch ich, wie mich die Wellen des Orgasmus' mit sich rissen.

Anschließend lagen wir stumm nebeneinander im Dunkeln, meine Beine fühlten sich an wie Gummi, eine angenehme Schwere lähmte mich. Nach ungefähr zehn Minuten, als ich langsam wieder zu mir gekommen war, fragte sie:

»Wollen wir noch mal, oder willst du los?«

Sie fragte nicht, ob es mir gefallen hatte, nicht, wie ich hieß, was ich beruflich tat, nicht, ob ich wiederkommen würde. Wollen wir noch mal, oder willst du los? Das fand ich großartig. Schon allein ihre Frage, die lapidare, sachliche Art, wie sie sie stellte, erregte mich und ließ mich »Noch mal!« antworten.

Als es vorbei war, stieg sie von mir runter, zog sich einen Bademantel über und verschwand im Badezimmer, bis ich mich angezogen hatte. Im Flur stellte sie sich auf die Zehenspitzen, um mir einen Kuss auf die Wange zu geben, sagte »Gute Nacht« und ging in ihr Zimmer. Völlig kompromisslos. Ich kannte noch nicht einmal ihren Namen. Auf Gummibeinen verließ ich die Wohnung.

Zu Hause duschte ich und löschte dann mein Profil, noch bevor ich mich zu Conni ins Bett legte. Niemand sollte von dieser Nacht erfahren, ich wusste, ich würde so etwas nicht regelmäßig tun können. Doch ich wusste auch, dass ich früher oder später ein neues anlegen würde, wenn auch nur für einen Abend.

Frau Kordula

Hermann (54), Versicherungsdirektor, Bonn,
über
Kordula (23), Sachbearbeiterin, Zürich

 Ich wusste, dass ich nun nicht mehr aufhören
konnte. Kordula trug schwarze Spitzenunterwäsche, die an einigen Stellen fast durchsichtig
war. So etwas kannte ich nicht von meiner Frau.

Geschäftsreisen sind meist langweilig, bestehen aus endlosen Mee-
tings und jeder Menge Small Talk. Deshalb freute ich mich, als
letztes Jahr eine junge Kollegin mitkam, die mir bereits bei firmen-
internen Besprechungen positiv aufgefallen war. Auf der Zugfahrt
nach Hamburg, wo das Meeting stattfinden sollte, lernte ich sie
etwas besser kennen. Frau Hoppe hatte ein sympathisches und offenes Wesen und bald sprachen wir nicht nur über Geschäftliches,
sondern auch über allerlei Privates. Ich war überrascht, als ich
den Eindruck bekam, dass sie ein wenig mit mir flirtete, denn der
Altersunterschied zwischen uns betrug circa dreißig Jahre.

Als wir kurz vor Hannover waren, wurde unser Zug plötzlich
immer langsamer. Eine Weile warteten wir, ohne dass eine Durch-
sage vonseiten des Personals kam. Dann endlich teilte man uns
mit, dass der Zug aufgrund eines technischen Defekts nur noch

bis Hannover fahren würde und unsere Reise dort vorerst zu Ende sei. Da ich keine Lust hatte, stundenlang auf einem zugigen Bahnhof auf einen Ersatz-ICE zu warten, orderte ich ein Taxi und buchte mein Team und mich in das nächstgelegene Hotel ein.

Abends gingen wir im hoteleigenen Restaurant essen und wieder unterhielt ich mich mit Frau Hoppe. Sie war so jung, so unbeschwert und schien dabei gleichzeitig doch so verständig und reif. Ein feucht schimmerndes Lipgloss betonte ihren sinnlichen Mund, und als sie wie geistesabwesend den obersten Knopf ihrer Bluse öffnete, vergaß ich kurz, was ich hatte sagen wollen. Neben ihr war ich wieder Mitte zwanzig. Irgendwann fiel mir ein, dass jemand aus dem Team vielleicht merken könnte, wie sehr mich diese junge Frau faszinierte, also hielt ich mich fortan etwas zurück. Frau Hoppe schien enttäuscht, als ich immer einsilbiger wurde. Nach dem Abendessen gingen wir hinüber in die Bar. Wir nahmen noch ein paar Drinks und ich konnte meine Augen kaum von ihr lassen. Auch sie warf mir immer wieder hinter dem Rücken der anderen Blicke zu. Ein Mal berührte sie unter dem Tisch meinen Oberschenkel. Ich bekam eine Erektion.

Plötzlich sagte sie: »Ich bin müde, ich werde nun auf mein Zimmer gehen.« Für den Bruchteil einer Sekunde und doch zu lange, als dass es Zufall gewesen sein könnte, sah sie mir direkt in die Augen. Ich erkannte die Aufforderung und mein Herz fing wie verrückt an zu klopfen. Ich war seit mehr als fünfundzwanzig Jahren verheiratet, ich liebte meine Frau und war immer treu gewesen. Bis zu jenem Abend.

Ich zückte mein Handy und täuschte einen Anruf vor, um einen Vorwand zu haben, die Bar ebenfalls verlassen zu können. Bevor sich die Türen des Aufzugs in der Lobby komplett schließen konnten, hielt ich meine Hand zwischen die Lichtschranke. Ruckelnd öffneten sich die Türen. Frau Hoppe lächelte. Noch im Aufzug begannen wir uns zu küssen. Ich war ein wenig gehemmt, denn ich war ja keine zwanzig mehr.

»Ich musste Ihnen einfach folgen ...«, brachte ich heraus, mein Gesicht an ihrem Hals. Ich hörte, wie sie leise lachte, da ich sie immer noch siezte.

»Ich heiße Kordula«, flüsterte sie in mein Ohr, während sie ihren Körper an mich drückte und dabei über den Reißverschluss meiner Anzughose streichelte. Ich bekam schon wieder eine Erektion.

Auf der sechsten Etage angekommen, zog Kordula mich hinter sich her in ihr Zimmer.

»Möchtest du noch einen Drink?«, flüsterte sie verschwörerisch leise, als würden wir belauscht. Ich nickte wie in Trance. Das hier konnte nicht echt sein, so etwas passierte doch nur in Kinofilmen!

Kaum dass der Zimmerservice die Getränke gebracht hatte und wir wieder allein waren, nippte Kordula an ihrem Drink, stellte dann das Glas zur Seite und knöpfte ihre Bluse auf. Ich wusste, dass ich nun nicht mehr aufhören konnte. Kordula trug schwarze Spitzenunterwäsche, die an einigen Stellen fast durchsichtig war. So etwas kannte ich nicht von meiner Frau. Als sie sich auf mich setzte und mein Oberhemd öffnete, schämte ich mich ein bisschen wegen meiner nicht mehr wirklich sportlichen Figur. Doch Kordula schien es nicht zu stören. Sie zog mich weiter aus, während sie mich küsste. Ich streichelte sie, überall, ihre Haut war so weich! Und ihr Parfüm roch so verführerisch.

Ich konnte mich kaum noch beherrschen und wir hatten Sex, kaum dass Kordula mich komplett ausgezogen hatte. Leider habe ich nicht so viel Erfahrung, was Sexpraktiken angeht. Ich fragte mich, ob Kordula auch ihren Spaß gehabt hatte. Doch als ich mich an ihrem Bauch nach unten küsste, stöhnte sie bald laut auf und presste ihre Oberschenkel ganz fest an meinen Kopf.

Danach waren wir beide etwas verlegen und kicherten albern wie Teenager. Eigentlich wollte ich gar nicht wieder gehen, doch schließlich stand ich auf und begann, mich anzuziehen. Kordula half mir noch, meine Frisur zu richten, was mich irgendwie rührte, bevor ich mich auf den Weg zurück in die Bar machte. Sie blieb auf ihrem Zimmer.

Den Rest der Geschäftsreise war ich sehr auf Diskretion bedacht. Ich erklärte Kordula, dass ich meine Frau liebte und so etwas nicht noch einmal passieren dürfe. Kordula schien ein wenig enttäuscht, aber vor allem auch verwundert, abgewiesen zu werden. Es schmeichelte mir natürlich, dass diese junge und hübsche Frau mich mochte, doch meine Ehe wollte ich dafür nicht riskieren.

Kordula hat kurze Zeit später die Firma verlassen, sie bekam ein Jobangebot aus der Schweiz. Vielleicht war es besser so, denn ich hatte immer ein mulmiges Gefühl, wenn ich ihr in der Firma begegnet bin. Ich wünsche Kordula, dass sie glücklich wird und einen jungen Mann findet.

Einmal und immer wieder

Philipp (29), Soziologe, Aachen,
über
Magda (28), Anthropologin, Bochum

 Sie war die einmalige Mischung aus unglaublich
niedlich und überaus heiß, was in dieser Perfektion nicht allzu häufig vorkommt. Zu guter Letzt
macht mich die Art, wie sie tanzte, sofort verliebt. «

Seit über drei Jahren hatte ich von dieser Zusammenkunft geträumt. Doch was sich in diesen Stunden abspielte, übertraf alles,
was ich erwartet hatte – im Guten wie im Schlechten. Bereits
dreimal hatten wir in den letzten zwei Stunden miteinander
geschlafen. Magda kniete vor mir und hatte meinen Schwanz
im Mund. Ihre langen schwarzen Haare hingen ihr über das
makellose polnische Gesicht und ihre Brüste wippten mit jeder
Bewegung. Ich konnte den Blick kaum von ihr lösen.

Es dauerte lange, bis ich kam, doch wie immer nicht lange
genug. Wir legten eine kurze Verschnaufpause ein, die ich dazu
nutzte, auf dem Nachttisch die letzten Kokainreste auszubreiten.
Mindestens ein halbes Gramm lag nun vor mir und sollte den
Moment noch perfekter gestalten. Als die Lines präpariert waren,
legte ich mich zu ihr aufs Bett, fuhr ihr durch die Haare und

ließ meine Hand an ihren Titten entlangwandern. Ich begann, sie immer fester zu kneten, und hatte die Lines gerade vergessen, als Magda plötzlich aufschrak.

»Da war doch was?«

»Ich habe nichts gehört …«

Wir hielten inne, lauschten, doch nichts war zu vernehmen.

»Komm, lassen wir lieber das Zeug verschwinden, bevor einer von den anderen ins Zimmer kommt und sieht, was wir hier treiben.«

Nackt hockten wir uns vor das Tischchen. Magda zog die erste der beiden mehr als großzügigen Linien weg. Als ich mir gerade die zweite vornahm, wurde abrupt die Tür aufgerissen. Rebecca, meine Freundin, stand im Zimmer. Stumm starrte sie uns an. Ihr entsetzter Blick wechselte von meinem halbsteifen Pimmel zu Magdas Brüsten und schließlich zu den letzten Drogengebrauchs-spuren auf dem Nachttisch. Rebeccas Gesicht versteinerte sich, dann knallte sie die Tür zu und lief schreiend oder vielleicht auch weinend die Treppe hinunter. Ob Wut oder Trauer, konnte ich nicht mehr eindeutig feststellen. Magda und ich sahen uns einen Moment schweigend an, lauschten, ob Rebecca vielleicht zurück-kommen würde. Dann stand ich auf und schloss wortlos die Tür. Diesmal holte ich allerdings noch den Zimmerschlüssel aus der Schublade und drehte ihn im Schloss, bevor ich mich wieder zu Magda ins Bett legte.

Wieso war Rebecca auch einfach so gekommen, ohne sich vor-her anzumelden? Sie hatte den Wohnungsschlüssel einem Freund abgeschwätzt, wie ich später erfuhr, um mich zu überraschen. Oder zu kontrollieren? So etwas tat man doch nicht! Ich will nicht sagen, sie sei selbst schuld … aber irgendwie schon.

Magda war ich das erste Mal vor drei Jahren auf einer der denkwürdigen »Scumunity Partys« in Münster begegnet. In der westfälischen Stadt hatte ich Freunde besucht und das Wieder-sehen mit den üblichen Partydrogen gefeiert. Diese Kokainabende brachten meine Finanzen zwar gehörig durcheinander, aber egal ... Hauptsache, es schmeckt! Und der Abend war bisher fabelhaft verlaufen. In wenigen Stunden sollte die Sonne aufgehen und das Ende der Party für mich einleiten. Erst zu diesem Zeitpunkt entdeckte ich den Electrofloor. Nüchtern hätten mich damals keine zehn Pferde in den Raum gekriegt. Aber nun stand ich dort, an meinem Bier nippend, mit mahlendem Kiefer und zuckte manisch zu den Beats. Dann sah ich sie. Sie war dunkelhaarig, etwa 1,60 Meter groß und ihre Lippen waren knallrot angemalt. Ihre Figur war ein Traum. Kurzum: Sie war die einmalige Mischung aus unglaublich niedlich und überaus heiß, was in dieser Perfektion nicht allzu häufig vorkommt. Zu guter Letzt machte mich die Art, wie sie tanzte, sofort verliebt.

Eine Weile überlegte ich, ob ich sie ansprechen sollte. Zwar hatte ich seit zwei Jahren eine Freundin, die ich nicht mal im Traum betrügen wollte, aber ein kleiner Flirt war ja auch kein Verbrechen. In Anbetracht der massiven Drogeneinwirkung hätte ich die Coolness in Person sein müssen, doch ich war es nicht. Ich war unvorstellbar nervös. Anstatt noch einmal kurz durchzuatmen, einen Schnaps zu exen und mir wenigstens ein paar Gedanken zu machen, wie ich das Objekt meiner Begierde ansprechen sollte, überlegte ich nicht lange und fragte sie nach Kaugummis. Ein eher dämlicher Schachzug. Ihre Antwort fiel entsprechend kurz aus – sie hatte keine. Ich sagte: »Oh schade!« und schlich mich davon wie ein Heini.

Auch merkte ich, dass ich in diesem Moment tatsächlich nichts nötiger als einen Streifen Kaugummi hatte, denn mein Kiefer drehte frei, mahlte wild und verweigerte mir den Gehorsam. Um mich nicht weiter zu blamieren, räumte ich das Feld und versuchte mich abzulenken. Doch vergessen konnte ich sie nicht. Bevor ich die Party verließ, sprach ich ein fremdes Mädchen an, das sich mit Magda unterhalten hatte. Nach einem kurzen Moment der Peinlichkeit, in dem ich erklärte, dass ich nicht an ihrem, sondern

an Magdas Namen interessiert sei, nannte sie ihn mir schulter-
zuckend. Magda Corbiç – ich hielt den Atem an.

Am nächsten Abend, zurück in der gemeinsamen Wohnung
von Rebecca und mir in Bonn, wartete ich, bis die Luft rein
war. Dann suchte ich sie im Internet. Das Internet bietet sich
für Stalking einfach an, sodass es töricht gewesen wäre, diese
Möglichkeit für eine zweite Kontaktaufnahme nicht zu nutzen.
Bald hatte ich tatsächlich ihr Profil gefunden und klickte mich
durch ihre Bilder. Nicht nur einmal in dieser Nacht. Um mir
nicht allzu sehr die Blöße zu geben, wartete ich zwei Tage, dann
schrieb ich ihr eine kurze Mail. Sie antwortete am nächsten
Morgen. Der Inhalt unseres E-Mail-Austauschs war mehr als be-
langlos: Hallo – Hallo – Wir haben uns in Münster kurz kennengelernt – Ah ja, ich erinner mich, Kaugummi, Zigarette oder
so – Ja, genau, jetzt wollte ich dir mal schreiben … und Hallo
sagen – Ja dann Hallo.

Aber sie konnte sich an mich erinnern, das war zunächst die
Hauptsache. Ich begann, ihr unregelmäßig zu schreiben und sie
schrieb immer öfter auch zurück. Gemeinsam mal einen Jäger-
meister trinken, das war der Plan. Dummerweise befand nicht
nur ich mich damals in einer Beziehung, sondern sie sich auch.

In den nächsten drei Jahren kam es häufiger vor, dass wir uns
monatelang nicht schrieben. Auch unser Vorhaben wurde nicht
mehr ernsthaft konkretisiert. Umso überraschter war ich, als sie
mir eines Tages mailte, dass sie nach Köln käme und wir uns
unbedingt treffen sollten. Außerdem sei sie seit wenigen Wochen
solo und könne die Hoschis aus ihrem alten Freundeskreis nicht
mehr sehen. Sofort willigte ich ein, rief einen Freund in Köln an
und machte eine Unterkunft für uns in seiner WG klar. Rebecca
sagte ich nichts; natürlich nicht, nur dass ich nach Köln fahren
wollte. Und so kam es, wie es kommen musste.

Ich holte Magda vom Bahnhof ab. Um nicht vor lauter Vor-
freude und Aufregung zu zerspringen, schnupfte ich die erste

Line, noch bevor ich losging. Äußerlich war ich jetzt kühl wie Eis, doch mein Herz pochte wild.

Dann stand ich am Gleis – mein Herz raste. Der Zug fuhr ein. Mein Herz donnerte. Sie stieg aus. Mein Herz implodierte.

Verdammt, sah sie gut aus. Ihre schwarzen Haare wehten im Wind. Sie trug ein entzückendes Kleidchen und darunter eine schwarze Leggins. Für Frauen in Leggins hatte ich zu dieser Zeit eine Schwäche entwickelt. Wir umarmten uns und redeten sofort drauflos. Meine Güte, war sie reizend. Wir gingen zurück zu meiner Herberge, in der eine eher laue Party von einem Rudel Trockenpflaumen gefeiert wurde. Nach einigen Bieren zogen wir weiter in einen Club. Mittlerweile hatte ich mich mit Electro mehr als angefreundet. Es lief Minimal der besseren Sorte und bald gehörte uns der Club. Während des Tanzens kamen wir uns näher. Häufige wie zufällig wirkende Berührungen, ich erzählte ihr etwas, nur um mit meinen Lippen ihr Ohr, ihren Hals zu berühren. Dann küssten wir uns. Sicherlich gab es auch Schmetterlinge in meinem Bauch, doch vor allem spürte ich die heftige Erektion in meiner Jeans. Meine Freundin war vergessen. Auch das schlechte Gewissen, das ich tagsüber immer mal wieder gespürt hatte. In den letzten Wochen waren mir Rebeccas Eigenheiten ohnehin immer mehr auf den Sack gegangen.

Im Morgengrauen fuhren wir mit dem Taxi in die WG, wo wir uns im Wohnzimmer ein letztes Bier genehmigen wollten. Die anderen Jungs waren noch nicht heimgekehrt. Kaum hatten wir angestoßen, rissen wir uns gegenseitig die Kleider vom Leib. Dass sie eine großartige Figur hatte, habe ich bereits erwähnt. Ihre Brüste waren sogar noch größer als gedacht. Bald lagen wir im Gästebett und bumsten nach allen Regeln der Kunst. Derart guten, hemmungslosen Sex hatte ich seit Jahren nicht mehr gehabt. Das Kokain steigerte meine Lust und wirkte auf die Standfähigkeit meines Schwanzes. Wir pausierten nur, um zu ziehen. Alles war geil. Alles war perfekt. Bis die Tür aufging …

Als ich in Bonn ankam, standen meine Sachen im Hof und das Schloss war ausgewechselt. Das Ende dieser Beziehung hatte ich mir so bestimmt nicht vorgestellt. Wir hatten uns immer gut verstanden, kaum gestritten, viel miteinander geredet. Aber kämpfen wollte ich auch nicht. Und »es war nicht das, wonach es aussah« hätte auch nicht weitergeholfen. Also packte ich mein Zeug ins Auto und fuhr zurück nach Köln.

Später traf ich Magda noch an manchen Wochenenden und wir verbrachten unzüchtige Stunden miteinander. Ich mochte sie sehr, aber der Nährboden für eine Beziehung war vergiftet. Und schließlich wollte ich nicht zerstören, was bisher eine perfekte Basis bildete – die gegenseitige Anziehung. Nach weiteren ein, zwei Jahren verloren wir uns aus den Augen.

Mittlerweile wohne ich in Aachen und bin seit einem halben Jahr mit einem Mädchen liiert. Mit unserer Beziehung ist es mir ernst. Auch wenn es nicht geplant war, ist sie bereits im vierten Monat schwanger und wir wollen demnächst heiraten. Ich denke schon, dass ich sie liebe. Aber manchmal frage ich mich, was wäre, wenn ich Magda eines Tages wiedersehen würde. Eine ehrliche Antwort zu geben fällt mir schwer: Wir würden ins Bett springen und alles würde von vorn beginnen. Ohne Rücksicht auf die Konsequenzen.

Große Brüste sind nicht alles

Ruben (30), Umweltschutz-Ingenieur, Nürnberg,
über
Mira (ca. 35)

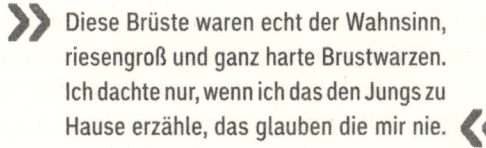

Diese Brüste waren echt der Wahnsinn,
riesengroß und ganz harte Brustwarzen.
Ich dachte nur, wenn ich das den Jungs zu
Hause erzähle, das glauben die mir nie.

Ich bin nur einmal fremdgegangen, und daran kann ich mich noch ziemlich genau erinnern.

Es ist ungefähr zehn Jahre her, und ich war damals mit meiner Freundin Lea im Urlaub. Wir waren Studenten auf einem Rucksack-Urlaub in Griechenland. Es war toll. Wir haben am Strand übernachtet und ständig neue Leute kennengelernt. Natürlich liefen die Mädchen immer halb nackt herum, manche hatten noch nicht einmal eine Bikinihose an, aber mich haben andere Frauen nicht interessiert. Ich war sehr in Lea verliebt und sie war in meinen Augen auch die Hübscheste von allen.

Nach einer Woche auf der Insel Paros sind wir nach Mykonos gefahren. Auf dem Schiff waren eine Menge junger Leute, alle in

Partystimmung und unternehmungslustig. Wir haben schon auf dem Schiff viel zu viel Rotwein getrunken und Lea wurde irgendwann übel. Nicht schön auf so einer Seefahrt. Irgendwann hing meine arme Freundin mit dem Kopf über der Reling und musste sich ständig übergeben. Ich hielt ihre Haare beim Kotzen nach hinten, obwohl es mir selbst auch nicht gut ging. Der Seegang war ziemlich stark und das Schiff wankte die ganze Zeit. Um mich von der Übelkeit abzulenken, habe ich die anderen Interrailer beobachtet und da sah ich sie zum ersten Mal. Sie fiel sofort auf, dabei war sie eigentlich überhaupt nicht mein Typ. Ich mag zierliche Frauen mit blonden langen Haaren. Sie hatte ganz kurze fast schwarze Haare. Außerdem war sie sehr groß und hatte einen auffällig großen Busen.

Nach zwei Stunden waren wir endlich in Mykonos und ich suchte mit Lea erst mal einen Schlafplatz. Ein Stück außerhalb der Stadt haben wir einen kleinen Strand gefunden und dort unser Lager aufgeschlagen. Lea ging es nach einer Weile wieder besser und wir zogen los, um die Insel zu erkunden. In Mykonos-Stadt herrschte Dauerparty und nach kurzer Zeit trafen wir die Leute wieder, mit denen wir schon auf dem Boot getrunken hatten.

Wir stürzten uns in das Getümmel und bald hatte ich schon viel zu viel getrunken. Lea unterhielt sich mit einem blonden Surfertypen und ich merkte, dass mich das doch ziemlich störte. Also schlug ich ihr vor, mal woandershin zu gehen.

Lea sah mich verständnislos an. »Wieso? Ist doch lustig hier.«

Irgendwie machte mich das sauer. »Okay, dann bleib du hier! Ich gehe mal weiter, wir sehen uns später am Strand.«

Erstaunt fragte Lea: »Was ist denn mit dir los?«

»Nichts. Was soll denn sein?«, antwortete ich ihr ruppig.

»Na gut, der Marco schläft auch an unserem Strand, ich gehe dann mit ihm zurück.«

»Alles klar«, fauchte ich, ließ sie stehen und zog mit ein paar anderen in die nächste Kneipe. Im Nachhinein kann ich gar nicht mehr verstehen, warum ich so wütend geworden bin. Wir haben beide gern mit anderen geredet und gefeiert. An diesem Abend hat mich das aber plötzlich gestört. Ich war ungerecht. Bestimmt lag es auch an diesem Marco, der hatte so eine selbstgefällige Ausstrahlung, die mir nicht gefiel.

In den nächsten Stunden zog ich mit Steven und Peter durch die Stadt, bis es langsam hell wurde. Als wir irgendwann ziemlich betrunken auf einer Bank saßen und auf das Meer schauten, tippte jemand auf meine Schulter.

»Hey, da bist du ja wieder.«

»Ah.« Mehr bekam ich nicht raus, ich sah nur fasziniert auf die großen Brüste.

»Was machst du denn jetzt noch so?«

»Keine Ahnung, und du?«

»Ich heiße Mira, wir wollen da hinten in einen Neubau gehen zum Duschen.«

»Super Idee«, murmelte ich verwirrt.

»Ich habe schon seit zwei Tagen keine Dusche mehr gesehen und bin ganz klebrig vom Salzwasser.« Mira fuhr sich durch ihre kurzen Haare und zupfte an ihrem zu engen kurzen Kleid.

»Cool, da kommen wir mit.« Steve packte meinen Arm und schubste mich von der Bank.

Zu acht zogen wir los in Richtung des Neubaugebietes. Mira nahm meine Hand, einfach so, und es fühlte sich toll an. In diesem Moment habe ich gar nicht an Lea gedacht.

Als wir an dem Haus ankamen, kletterten wir unter Gelächter durch das Fenster. Das Haus war super. Es fehlten zwar noch alle Möbel, aber die Küche und die Badezimmer waren schon fertig. Ich weiß gar nicht mehr, wie es dazu kam, aber ich landete mit Mira in einem kleinen Bad mit Dusche. Mira hatte sich in zwei Sekunden ausgezogen und drehte den Wasserhahn auf. Ich schaute betreten auf den Boden, denn mir wurde langsam klar, dass das eine sehr brenzlige Situation werden konnte.

»Komm doch rein, das Wasser ist toll.«

»Nee, lass mal, ich dusche nach dir.«

Ich hörte noch ihr »Na dann eben nicht« und versuchte, auf den Boden zu schauen.

Alles was ich sah, waren ihre langen Beine, an denen das Wasser herablief. Ich konnte nicht anders, mein Blick wanderte langsam immer weiter nach oben. Die Frau war echt unglaublich. Mit ruhigen kreisenden Bewegungen begann sie, ihre Brüste zu massieren, legte den Kopf zurück und sah mich auffordernd an. Ich rührte mich nicht vom Fleck. Ganz selbstverständlich begann sie, sich zwischen den Beinen zu waschen. Ich versuchte, mich dazu zu zwingen, den Raum zu verlassen, aber es ging nicht. Innerhalb kürzester Zeit hatte ich einen Ständer. Mira lachte nur und massierte abwechselnd jedes ihrer Körperteile. Ich kam mir vor wie ein Spanner, wurde aber immer geiler. Diese Brüste waren echt der Wahnsinn, riesengroß und ganz harte Brustwarzen. Ich dachte nur, wenn ich das den Jungs zu Hause erzähle, das glauben die mir nie.

Nach einer Weile, die mir ewig vorkam, drehte Mira den Wasserhahn ab und zog ihr enges Kleid an. Das Kleid klebte an ihrem nassen Körper und ich sah ganz schnell weg.

»Was ist denn jetzt mit dir, willst du nicht duschen?«

»Doch. Klar.« Ich zog mein T-Shirt und die Shorts aus und versuchte, mich so zu drehen, dass sie meinen Ständer nicht sah. Es war die kürzeste Dusche meines Lebens. So schnell ich konnte, zog ich mich wieder an und fühlte mich gleich wieder sicherer. Mira machte mir fast schon Angst mit ihrer direkten Art.

»Wo sind denn die anderen?« Mira schnappte meine Hand und zog mich aus dem Badezimmer.

»Da seid ihr ja. Was habt ihr denn getrieben?« Steve schlug mir freundschaftlich auf den Rücken.

»Nichts«, murmelte ich lahm. Steve kannte schließlich Lea.

»Los, lass uns den Rest des Hauses ansehen!« Mira stieg die

Treppe hoch. Die anderen Jungs und ich folgten ihr. Steve zischte mir erneut zu, was denn in dem Badezimmer abgegangen sei.

»Die Alte ist der Hammer, hast du die klargemacht, jetzt sag doch mal?«

»Nein, Mann, ich habe doch 'ne Freundin!«

»Was? So was lässt du dir durch die Lappen gehen? Hut ab!« Steve sah mich bei diesem fragwürdigen Lob erstaunt an.

Oben im Haus war eine große Dachterrasse und wir legten uns in die Sonne. Wir waren schon fast eingeschlafen, als Mira aufstand, mich ansah und sagte, sie würde jetzt gehen. Ich bin ihr wie ein Roboter hinterher und bevor ich so richtig verstanden hatte, was passierte, fühlte ich schon ihre Hand zwischen meinen Beinen. Wir stolperten durch den Flur, in ein Minizimmer, und Mira hörte nicht auf, meine Eier und meinen Schwanz zu kraulen.

Ich konnte echt nicht anders und habe sie an die Wand gedrückt. Wir begannen uns wie verrückt zu küssen. Ich hatte noch nie so große Brüste in der Hand. Mira stöhnte und mein Kopf war abgeschaltet. Sie drehte sich mit dem Rücken zu mir und zog ihr Kleid hoch. Ihr Hintern war so was von scharf. Ich fuhr ihr zwischen die Beine und spürte, wie nass sie war. Mira zerrte an meiner Hose und Sekunden später war ich in ihr drin. Mit meinen Händen massierte ich ihre Brüste und ich konnte richtig spüren, wie sie immer geiler wurde. Als sie kam, war es wie eine Explosion, sie zitterte und bäumte sich auf. So etwas hatte ich noch nie erlebt. Ich spritzte ab … dann war auf einmal alles nicht mehr toll. Sofort war da ein komisches Gefühl in meinem Bauch. Ich zog mir die Shorts wieder hoch und bin ohne ein Wort raus.

Ich hatte keine Lust, auf die anderen zu warten, und bin allein zurück zum Strand gegangen. Als ich Lea dort liegen sah, eingekuschelt im Schlafsack, bekam ich ein sehr schlechtes Gewissen. Ich bin erst mal ins Meer gegangen, denn so wollte ich mich nicht neben Lea legen. An Mira wollte ich nicht denken, denn obwohl es so geil mit ihr war, wusste ich doch gleich wieder, dass ich Lea über alles liebe.

Am nächsten Tag habe ich Lea so lange überredet, bis wir nach Naxos gefahren sind. Ich wollte Mira nicht mehr treffen. Ich habe Lea nie davon erzählt, wir hätten sicher einen riesigen Streit bekommen, und das war die kurze Nummer mit Mira nicht wert.

Stille Wasser
sind gefährlich

Raffael (30), Programmierer, Hamburg,
über
Thekla (28), Architektin, Hamburg

 Wir waren schon drei Jahre zusammen und irgendwie war ein wenig die Luft raus. Aber fremdgehen wollte ich nicht. Natürlich nicht, wer will
das schon, so etwas passiert ja meist ungeplant.

Ich bin schon öfter fremdgegangen, meist hat es sich gelohnt. Mit
Thekla war es eher seltsam. Wir hatten damals Abi-Nachtreffen
in einer Grillhütte. Meine früheren Mitschüler hatte ich alle fast
fünf Jahre nicht gesehen. Zuerst war die Party noch etwas steif,
also haben mein Freund Per und ich ziemlich viel getrunken und
dabei die Mädchen beäugt. Es war erstaunlich, wie die sich ver-
ändert hatten. Manche waren ganz schön aus dem Leim gegangen, andere sahen viel besser aus als früher. Besonders stach mir
Thekla ins Auge. Früher war sie ein absoluter Streber mit fettigen
Haaren und Schlabberklamotten. Wie oft hatte sie uns verpetzt,
bloß um selbst gelobt zu werden. Wenn man sich dann bei ihr
beschwerte, petzte sie das wieder und so setzte sich das ewig fort.

Eine unangenehme Person. Doch jetzt war sie kaum wiederzuerkennen. Das mausfarbene Haar war rot gefärbt und gelockt, ihre Kleidung sexy-elegant und ihr Lachen blitzte gewinnend.

»Schau dir mal die Marianne an, die hat aber auch 'ne Kiste bekommen!« Per war schon immer jemand, der die Dinge gern beim Namen nannte.

»Stimmt, aber die Thekla sieht richtig gut aus.«

»Und ob! Die hat gar keine fettigen Haare mehr ... und was für einen geilen Arsch, Hammer.« Per musterte Thekla von oben bis unten und bekam dabei eine feuchte Unterlippe.

Wir haben noch eine Weile die Mädchen begutachtet, bis Per die Idee mit der Wette kam.

»Ich hab noch zwei Tickets für das Red-Hot-Chili-Peppers-Konzert, das geb ich dir, wenn du heute die Thekla klarmachst.« Er grinste von einem Ohr zum anderen.

»Spinnst du? Ich habe eine Freundin!« Typisch Per! Immer musste er Intrigen spinnen. Tanzt, meine Marionetten, tanzt! Doch nicht mit mir.

»Du sollst die ja auch nicht gleich flachlegen, sondern nur ein bisschen mit ihr rummachen. Die fand dich schon immer toll.«

Wir haben uns dann immer mehr in Begeisterung geredet, wie lustig es wohl wäre, mit der Streberin zu knutschen. Ich hab das alles als Spaß gesehen. Mit meiner Freundin Anne war ich glücklich ... Na ja, wenn ich ehrlich bin, lief die Beziehung eigentlich gar nicht so toll. Wir waren schon drei Jahre zusammen und irgendwie war ein wenig die Luft raus. Aber fremdgehen wollte ich nicht. Natürlich nicht, wer will das schon, so etwas passiert ja meist ungeplant.

Der Abend wurde immer lustiger und ich kam mit immer mehr Leuten wieder ins Gespräch. Wir klönten und jedem fiel irgendeine Geschichte von früher ein, über die wir uns kaputtlachen konnten. Doch mit der Zeit leerte sich die Party. Viele hatten schon Kinder und mussten heim und so gegen zwei Uhr morgens saßen nur noch circa fünfzehn Leute um das Lagerfeuer. Per saß neben Thekla und erzählte wohl etwas Ulkiges, denn die beiden kicherten albern. Ich hatte mich an einen Baumstamm gelehnt und beobachtete die anderen. War schon eine coole Zeit, die Oberstufe. Wie locker das Leben damals war! Alles drehte sich nur um Partys und Mädchen. Na ja, ums Lernen natürlich auch ein bisschen. Aber heute arbeite ich jeden Tag im Großraumbüro und bin froh, wenn ich ab und an noch mal ausgehen kann.

Ich habe erst gar nicht gemerkt, wie Thekla sich neben mich setzte. Aus den Augenwinkeln sah ich Pers Grinsen und dann riss mich ihre Stimme aus meinen Gedanken.

»Ich habe gehört, du bist in der Computerbranche?«

»Ja, ist ziemlich stressig, aber macht auch Spaß.« Das war meine Standardantwort. Öde. Ich sah in Theklas Gesicht und bemerkte, dass sie von Nahem noch hübscher war.

»Und was machst du so?«

»Ich studiere Architektur, bin hoffentlich bald fertig.« Theklas Zunge fuhr beim Reden auf eine aufreizende Art immer wieder über ihre Lippen. Da sprang jemand neben uns auf und schlug vor, eine Nachtwanderung zu machen. Alle waren dabei. Jeder schnappte sich ein bis zwei Bierflaschen und los ging es. Wir stolperten mehr durch den Wald, als dass wir gingen. Thekla blieb in meiner Nähe. Per raunte mir Unsinn ins Ohr, »Halt dich ran«, »Greif zu« und so peinliche Sachen. Am liebsten hätte ich ihn getreten, damit er Ruhe gab. Auch wenn Thekla jetzt ganz gut aussah, war in meinem Kopf noch immer das alte Bild – Thekla, die gehässige Streberin mit den fettigen Haaren.

Alle paar Meter spürte ich Theklas Hand. Sie zupfte mir Blätter aus den Haaren oder von der Jacke, warnte mich vor einem Baumstumpf oder zeigte mir irgendein Nichts in der Dunkelheit. Offenbar hegte sie Interesse an mir. Offensives Interesse.

Als wir zurück zu der Grillhütte kamen, war das Feuer fast aus, also machten wir uns auf die Suche nach Brennholz. Thekla wich mir nicht von der Seite. Mal stolperte sie gegen mich, dann griff sie nach dem Ast, den ich gerade aufheben wollte, dann stolperte sie wieder und entschuldigte sich kichernd dafür. Das alles irritierte mich. Und dann gingen plötzlich die Pferde mit mir durch.

Als wir ein Stück von den anderen entfernt waren, hab ich sie mir geschnappt, sie an einen Baum gedrückt und ihr meine Zunge in den Mund geschoben. Thekla zappelte und tat für ein paar Sekunden so, als würde sie das gar nicht wollen, dann griff sie in meine Haare, zog daran und küsste mich wild. Fest presste sie sich gegen mich, keuchte und schob ihr Knie zwischen meine Beine. Ich bin ziemlich schnell wieder zu mir gekommen. Mir tat der Kopf weh, da sie an meinen Haaren zog. Keine Ahnung, warum sie das tat. Vielleicht sollte es ihre Leidenschaft unterstreichen, war aber einfach nur unangenehm. Immer deutlicher wurde mir klar, die Frau kann absolut nicht küssen. Sie war viel zu brutal, biss mir in die Lippen und saugte an meiner Zunge, als wolle sie sie mir aus dem Hals ziehen. Ich schob Thekla von mir weg.

»Lass uns mal wieder zurück zu den anderen gehen.«

»Aber warum denn, es ist doch schön hier? Bleib doch noch!«

Mittlerweile ging sie mir gewaltig auf den Wecker, ich wollte nur noch weg von ihr.

»Ich muss pissen und danach heimgehen!« Ich wartete ihre Antwort gar nicht ab, sondern lief so schnell wie möglich zum Lagerfeuer.

»Na wie war's?« Per passte mich neugierig an der Hütte ab.

»Die ist ein Monster, die hat mich gebissen.«

»Was? Das Mauerblümchen?«

»Von wegen Mauerblümchen!« Auf einmal musste ich lachen bei dem Gedanken, dass mich die Oberstreberin gerade wie ein Vampir angefallen hatte.

»Okay, die Karten hast du dir verdient.«

»Cool!« Ich hatte die Wette schon ganz vergessen, aber für ein RHCP-Konzert nahm ich gern die angebissene Zunge in Kauf. Per und ich sind dann auch bald nach Hause gefahren.

Ein paar Tage später bekam ich eine Mail von Thekla, in der sie mich zu sich nach Hause einlud. Obwohl ich ihr nicht geantwortet habe, schrieb sie mir noch mindestens zehn weitere Mails und wollte sich mit mir verabreden. Ihr Ton klang so vertraulich, als wären wir seit Jahren liiert, Busenfreunde, Blutsbrüder, ein Herz und eine Seele. Beim Lesen bekam ich Gänsehaut. In ein paar Wochen haben wir zehnjähriges Abi-Treffen. Ich bin gespannt, wie das wird. Thekla werde ich jedenfalls aus dem Weg gehen.

Zu dem Red-Hot-Chili-Peppers-Konzert bin ich mit meiner Freundin Anne gegangen. Ich habe ihr von dem Knutschen erzählt. Zuerst war sie sauer, aber da ich ja regelrecht angegriffen wurde und auch nicht mehr gelaufen ist, hat sie mir schnell verziehen.

DIE AUTORIN

Mia Mings Eltern wünschten sich eine erfolgreiche Anwältin und aufopfernde Ehefrau mit zwei Kindern und Reihenhaus in Wanne-Eickel. Sie bekamen eine Nachtschwärmerin von zweifelhafter Moral mit zwielichtigen Freunden, wechselnden Liebschaften und einem WG-Zimmer in Berlin-Prenzlauer Berg. Ob Lesung, Vernissage oder Club – Mia Ming ist stets ganz Ohr, wenn der Small Talk in ein Flüstern übergeht. Nach der Bestseller-Trilogie *Schlechter Sex* und *Seitensprünge 1* ist dies ihr fünftes Buch.

Mia Ming
SEITENSPRÜNGE 2
33 Männer erzählen von aufregenden Affären,
gefährlichen Liebschaften und haarsträubenden Eskapaden

ISBN 978-3-89602-999-7
© Schwarzkopf & Schwarzkopf Verlag GmbH, Berlin 2011
Lektorat: Sylvia Gelinek

KATALOG
Wir senden Ihnen gern kostenlos unseren Katalog.
Schwarzkopf & Schwarzkopf Verlag GmbH
Kastanienallee 32, 10435 Berlin
Telefon: 030 – 44 33 63 00
Fax: 030 – 44 33 63 044

INTERNET | E-MAIL
www.schwarzkopf-schwarzkopf.de
info@schwarzkopf-schwarzkopf.de